KB143060

맹자, 세상을 말하다

맹자, 세상을 말하다

초판인쇄 | 2023년 11월 5일
초판발행 | 2023년 11월 10일

지은이 | 송철호
펴낸이 | 신중현
펴낸곳 | 도서출판학이사

    출판등록 : 제25100-2005-28호
    주　　소 : 대구광역시 달서구 문화회관11안길 22-1(장동)
    전　　화 : (053) 554~3431, 3432
    팩　　스 : (053) 554~3433
    홈페이지 : http://www.학이사.kr
    이 메 일 : hes3431@naver.com

ISBN _ 979-11-5854-464-5　03820

이 도서는 한국출판문화산업진흥원의 '2023 중소출판사 출판콘텐츠 창작 지원 사업'의
일환으로 국민체육진흥기금을 지원받아 제작되었습니다.

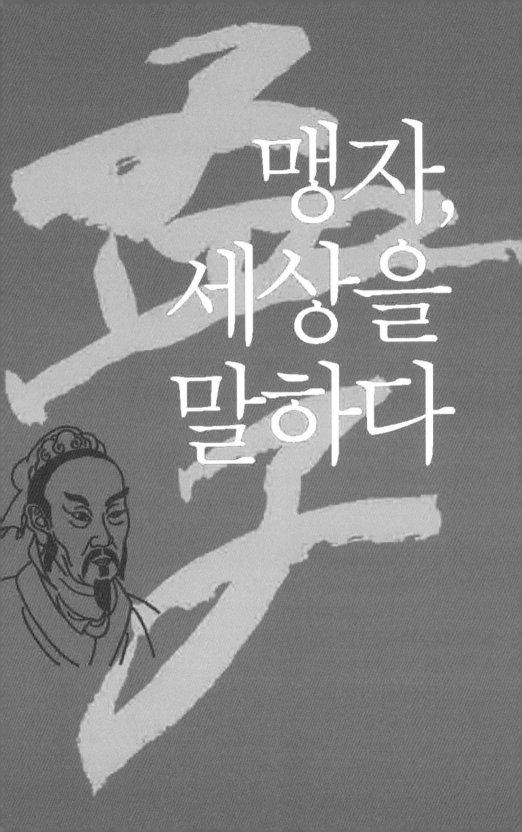

차 례

제1부 **맹자와 『맹자』 이해하기**

제2부 **맹자, 세상을 말하다**

머리말

1.

할아버지는 시골 서당의 훈장이셨다. 아버지는 그런 할아버지를 자랑스럽게 생각하셨다. 나는 할아버지가 남긴 책을 보면서 한문과 익숙해졌다. 대학에 진학하고 고전문학에 관심을 가지면서 문집에 남겨진 할아버지의 글을 읽었다. 할아버지의 글은 부드러우면서도 예리했고, 분명하면서도 선한 기운이 느껴졌다. 대학원에 진학해서는 문헌학을 전공한 지도교수님을 만났다. 덕분에 할아버지가 남긴 책들을 더 꼼꼼히 살펴볼 수 있었고, 일제 강점기 시골 유학자의 독서 성향을 알 수 있었다.

어릴 적부터 한문을 좋아했다. 아버지가 멋진 필체로 한자를 써가는 것을 볼 때면 나도 커서는 저렇게 한자를 잘 써야지 했다. 불행히도 여전히 한자는 잘 쓰지 못하지만 그래도 한문은 변함없이 좋아한다. 내가 처음 본 책은 『논어』이다. 당시는 무슨 뜻인지도 모른 채 그냥 열심히 읽고 썼다. 대학에서 고전 읽기 모임을 만들고 한동안 회장을 했다. 당시 재미있게 본 책은 『고문진보』였다. 대학 4학년 때 '한문소설강독'을 수강했다. 한문학과의 전공과목이어서 국문학과인 내가 듣기에 쉬운 것은 아니었지만, 책이 너절

해질 만큼 무척이나 열심히 공부했다. 특히『수신기(搜神記)』등 전기소설 작품들에 큰 흥미를 느꼈고, 덕분에 한문학에 대한 안목이 넓어지는 계기가 되었다.

대학원 석사 때 나는 지도교수님으로부터 '전문학' 강의를 들었고, 정규 과목과는 별도로 한문학과 교수님에게『맹자』를 배웠다. 수업은 강독 형식이었는데, 나는 수업에서 부족했던 것들을 열심히 찾고 생각하면서 독학했다. 그때 크게 깨달았던 게 경전 공부에서 사유의 필요였다. 당시 사유하지 않는 독서는 언어 유희에 불과하다고 생각할 정도였다.『맹자』를 읽으면서 대학 시절에 읽었던『삼국사기』와『삼국유사』를 원문으로 다시 읽었다. 특히『삼국사기』를 재미있게 읽었다.

대학원을 마치고 대학에서 강의할 때 한시의 즐거움에 빠졌다. 이미 경전의 즐거움에 빠져 있던 나는 전공인 고전소설이나 인물전, 야담보다는 시나브로 경전과 한시에 더 많은 열정을 쏟고 있었다. 당시에 지인의 부탁으로 대학원생들에게『맹자』를 가르친 적이 있다. 인생에서 제대로 된 경전 강의는 처음이었다. 이후『맹자』를 몇 번 가르쳤으며『대학』과『중용』,『사기열전』등을 꾸준히 가르쳤다. '가르치는 것이 배우는 것이다'라는 것을 확인한 시간이었다.

2.

지금 사람들에게『시경』과『근사록』을 가르치고 있다. 둘 다 가르치기 이전에 내가 재밌어서 더 열심히 공부하고 있다. 특히『근사록』은 성리학을 비롯해 유교 철학 전반을 넘어 동양의 많은 사상을 이해하게 해준다. 읽고 이해해 가는 과정에서 많은 관련 자료들을 찾게 되고, 생각을 더 많이 하게 되었다. 알아가는 과정, 깨달아 가는 과정이 가져다주는 즐거움이란 이루 말할 수 없다. 사람들은 내게 『근사록』처럼 생소하고 어려운 것 수업하지 말고 재미있고 쉬운 것을 수업하란다. 그래야 수강생이 많고, 그래야 더 많은 돈을 벌 수 있다고 한다. 나도 알지만 공부하는 즐거움을 버리지 못해 아직은 그렇게 하지 못하고 있다.

맹자를 공부하다가 순자를 공부했고, 순자를 공부하다가 한비자로 넘어갔다. 그들 모두에게서 배운 것은 결국은 많은 공부가 바탕이 되어야 한다는 것이다. 맹자는 탁월한 수사학자이고, 순자는 다양한 학설들을 자유롭게 섭렵하여 하나로 묶어내는 천재이다. 한비자는 어떻게 인간의 심리를 그렇게까지 섬세하게 파악하고 그것을 글로 풀어냈을까. 언젠가부터 사람들이 동양고전을 추천해 달라고 하면 나는 대체로 『묵자』를 추천한다. 비록 2000년 가까이 묻혀 있던 학설이지만, 세상을 사랑하는 마음과 그 마음을 뒷받침하는 엄청난 실천력이란, 그가 왜 위대한 사상가인지를 알게 해준다.

사서삼경 중 내가 아직 강의하지 않은 것은 『주역』과 『서경』이다. 『주역』은 공부를 하고 있지만, 아직은 완전히 이해한 게 아니라서 그렇고, 『서경』은 재미가 없어서 할 생각이 없다. 『한비자』는 외부강연 때 많이 하고는 있지만, 전체를 집중해서 오롯이 강의한 적은 없다. 내용이 매우 흥미롭기는 한데, 철학적 사유보다는 처세학적인 측면이 많아서 원문 강독 수업을 해야 하나 고민 중이다. 『사기 열전』은 완독 강의를 했는데, 하고 나니 다시 한 번 더 했으면 싶다. 『사기 열전』에 대한 정확한 이해가 다른 고전 공부에 많은 도움이 되기 때문이다.

나는 살면서 『울산의 전란 이야기』 한 권의 책만 냈다. 그동안 쓴 글은

3,000여 편인데 책으로 엮은 것은 그렇다. 전공 박사학위논문을 책으로 내지 않아서 다른 책을 낼 생각을 하지 않았기 때문이다. 박사학위논문은 내 공부를, 내 생각을 제대로 담고 있지 않아서 특별히 가까운 사람이 아니면 책은커녕 관련 학자나 관련 기관 아무 데도 발송하지 않았다. 그새 지천명을 지나 이순을 향해 가는 나이이기에, 이젠 그동안 공부한 것, 써두었던 글들을 엮어서 책으로 낼 생각이다. 세상에 책이 너무 많아서 굳이 나까지 내면 책 공해인가 하는 우려가 없지는 않지만, 낙양의 종잇값을 올리지는 못할지라도 책을 내기 위한 책이 아니라면 책을 낼 것이다.

내가 꼭 내고 싶은 책은 『근사록』 해설서이다. 제대로 된 『근사록』 해설서를 낼 수 있다면 동양고전에 관한 나의 공부가 그래도 부끄럽지 않을 만큼은 된다고 할 수 있을 것이다. 물론 그전에 낼 책은 있다. 『중용』과 『대학』, 『시경』·『한비자』·『묵자』·『사기 열전』, 그리고 한시 관련 책이 그것이다. 물론 번역 책은 아니다. 번역이야 원체 많은 분이 했기에 굳이 나까지 할 필요는 없다. 내가 하고 싶은 것은 의미 파악, 곧 이해를 돕는 책이다. 뜻한 대로 모두 책을 낼 수 있을지는 모르겠다. 다만 힘닿는 데까지 최선을 다할 뿐이다.

3.

뵌 적도 없는 할아버지가 그립다. 그분의 흔적이 있어서 이렇게 공부를 하고 있기 때문이다. 고등학교 때 한문을 가르쳐주셨던 서상호 선생님도 생각난다. 너무나 열정적으로 가르쳐주신 분인데, 한문 공부의 즐거움을 내게 심어주셨다. 대학교 때 '한문소설강독'을 가르쳐주셨던 이헌홍 선생님도 생각난다. 선생님은 평생 고전문학 공부에서 한문의 중요성을 강조하셨고 몸소 실천하셨다. 대학원 때 『맹자』를 가르쳐주셨던 이병혁 선생님, 문헌학과 초서를 가르쳐주셨던 류탁일 선생님, 내게는 모두 고마운 분들이다.

『맹자』 관련 책을 낸다니 꼭 생각나는 사람들이 있다. 2년 6개월 동안 나의 재미없는 맹자 강의를 중도에 그만두지 않고 끝까지 들어주었던 근독회 회원들, 그들과의 인연은 지금도 좋게 이어지고 있다. 비록 『맹자』는 아니어도 『시경』이든 『근사록』이든, 그 외 나의 동양고전 강의를 들어준 모든 사람이 고맙다. 가르치는 것만큼 좋은 배움은 없다. 내 강의를 듣는 사람, 그들 모두가 나의 스승이다.

지금 내가 즐거운 일을 하고 있으니 행복하다. 다만 가장으로서 많은 돈을 벌지 못하니 아내에게 늘 미안한 마음이다. 그래도 큰 불평 없이 나를 이해해 주는 것을 보면 그저 고마울 뿐이다. 책을 내고 싶다고 먼저 권유해 주신 학이사의 신중현 사장님도 감사하다. 재미없고 돈 안 되는 책인데 선뜻 내어주신다고 했을 때, 아! 학이사가 왜 70년의 역사를 가진 출판사인지 이해가 되었다.

책을 읽고도 마음에 변화가 없다면 책을 읽지 않은 것이라고 했다. 부족한 책이 그래도 읽는 사람들의 마음에 조금이라도 변화를 줄 수 있으면 좋겠다.

2023. 10. 10.

해천재(海泉齋)에서

송철호

제1부

맹자와 『맹자』 이해하기

유가의 시조는 공자지만 유가의 이상을 체계화하고 학문으로서 성립시킨 사람은 맹자라고 할 수 있다. 덕치(德治)의 이상, 그 덕치를 가능하게 하는 선한 본성의 이상, 그리고 그 이상과 현실 사이의 거리를 메우기 위한 수양론의 전개와 인륜 교육에 대한 논의 등, 『맹자』는 유학 사상의 기본 골격을 그대로 보여주는 책이다.

『맹자』와 맹자

1. 『맹자』 해제

『사기』의 저자 사마천, 후한의 조기, 남송의 주희 등은 『맹자』를 맹자 자신이 직접 지었다고 했다. 그러나 당의 임신사나 한유, 송의 『문헌통고(文獻通考)』 등은 맹자 사후 맹자의 제자인 공손추와 만장 등에 의해 편집되었다고 주장했다. 현재는 제자들이 편집했다는 설이 더 유력하다.

처음으로 『맹자』에 주를 단 사람은 후한의 조기이다. 조기는 『맹자』 7편을 각각 상하로 나누어 14권으로 만들었는데 이것이 『맹자』의 체제로 정착되었다. 『한서』 「예문지」에는 『맹자』가 11편으로 기록되어 있는데, 아마도 '외서(外書)' 4편을 포함한 수치일 것이다. 조기는 당시에 통용되던 「성선(性善)」, 「변문(辨文)」, 「설효경(說孝經)」, 「위정(爲政)」 네 편을, 한 대의 유자들이 지어서 맹자의 책이라고 가탁(假託)한 것으로 결론짓고, 『맹자』 안에 편입시키지 않았다. 이후

이 네 편은 사라져서 전하지 않는다.

맹자보다 조금 뒤의 순자나 한비자의 저작에서는 각 편에서 다루는 주된 주제가 있고 편명 역시 그에 상응하는 것으로 되어 있는데, 『맹자』는 『논어』처럼 각 편명을 각 편의 첫 구를 따서 편의적으로 붙였다. 즉 편명에 특별한 의미는 없다. 그뿐 아니라 각 편 안의 장 사이에 논리적인 연관이 없이 나열되어 있다는 점도 『논어』와 같다. 다만, 앞의 「양혜왕」, 「공손추」, 「등문공」 3편은 정치적 진퇴를 다루고 있으며 뒤의 「이루」, 「만장」, 「고자」, 「진심」 4편은 사제 사이의 문답과 잡사를 다루고 있다고 양분할 수 있다. 이는 그대로 정치적 편력 뒤에 고향에 정착해서 교육과 저작에 몰두했던 맹자의 행적을 반영한다.

『한서』 「예문지」 이래 『맹자』는 '기타 사상(子)'으로 분류되었다. 즉 중국에서는 서적을 경서(經)－역사(史)－기타 사상(子)－시문집(集)으로 분류했는데, 『논어』와 『시』, 『서』 등은 유가적 성인의 말씀이라는 의미에서 경서로 분류된 데 비해 『맹자』는 기타 사상서로 분류되었다.

한대의 사마천은 맹자를 존숭해서 「맹순열전(孟荀列傳)」을 썼고, 또 조기가 『논어』를 잇는 유가서로서 『맹자』의 중요성을 인식하고 주해를 썼다. 그러나 『맹자』에 대한 그들의 높은 평가도 당시에는 그다지 반향을 불러일으키지 못했다. 오히려 맹자를 비난하는 사람이 더 많았다. 순자(荀子)의 「비십이자(非十二子)」 편을 비롯해, 왕충(王充)의 『논형(論衡)』 「자맹(刺孟)」 편, 사마광의 「의맹(疑孟)」, 이구의 「비맹(非孟)」, 조열지의 「저맹(詆孟)」 등은 모두 맹자를 비판한 글들이다.

『맹자』에 대한 그러한 대우에 종지부를 찍은 것은 송대에 이르러서였다. 북송의 정호, 정이 형제는 『예기』에서 「대학」과 「중용」편을 독립시키고, 이 둘을 『논어』, 『맹자』와 함께 사서(四書)로 자리매김했으며, 주희는 이 사서에 주를 단 『사서집주』를 간행했다. 성리학이라고 불리는 이들의 관념 철학은 그 토대로서 『맹자』를 필요로 했다.

양명학을 세운 명대의 왕양명은 누구보다도 『맹자』를 중시했다. 양지(良知) 이론을 비롯한 그의 중요한 이론들은 상당한 부분을 『맹자』에 의거하고 있다. 이후 『맹자』는 경서(經)로서 존중되었으며, 사서는 오경과 어깨를 나란히 하는 유가의 경전으로서 과거시험의 필수과목으로 지정되었다. 다른 유가 경전과 함께 『맹자』의 위세는 청나라가 무너진 20세기 초엽까지 계속되었다.

맹자가 쓴 『맹자』는 매우 논리적이며 수사학이 돋보이는 책이다. 흔히들 『맹자』를 정치와 행정의 책이라고 한다. 맞는 말이고 틀린 말이다. 절반은 정치와 행정에 관한 내용으로 꽉 차 있다. 그렇다고 『맹자』의 저술 목적이 왕도정치의 실현에 있을까. 아니다. 왕도정치는 수단일 뿐, 목적은 올바른 인간 되기에 있다. 맹자가 왕도정치를 이야기한 것은 왕도정치가 이루어져야 사람들의 생활이 안정되게 되며, 생활이 안정되어야 마음이 안정되고 마음이 안정되어야 생각할 수 있고, 생각할 수 있어야 교육을 할 수 있고 덩달아 타고난 본성을 회복할 수 있기 때문이다. 따라서 『맹자』는 철학서이다. 정치와 행정은 철학을 이야기하기 위한 전제 조건일 뿐이다.

그렇더라도 『맹자』에서 덕에 의한 정치, 즉 왕도정치는 매우 중요하다. 왕도정치는 통치자의 도덕성을 기반으로 한 정치이다. 특히 백성에 대한 연민의 마음을 기반으로 백성을 자신의 피붙이처럼 여겨 그들에게 안락하고 인간다운 삶을 마련해 주기 위해 노력하는 정치이다. 이 왕도정치는 몇 가지 골격으로 형성되어 있는데, 그 첫 번째가 경제적 토대를 이루는 정전제이다. 정전제는 백성들에게 기본적인 생계를 보장해 주기 위한 것이다. 그럼으로써 백성들의 농지이탈을 막을 수 있고 국가재정을 확실하게 보장할 수 있다. 왕도 정치의 두 번째 골격은 교육이다. 왕도정치는 강제적인 법의 집행보다 교육이라는 방법을 택한다. 백성들에게 교육을 통해 부모에 대한 순종을 비롯한 인륜을 가르친다. 어려서부터 인륜을 가르치고 그 교육이 성공한다면, 그 사회는 강제적인 법률이 적용되기 이전에 인간 사이의 도리에 의해 움직인다.

세 번째는 성선설이다. 맹자의 대표적인 학설로 유명한 성선설은 바로 그러한 사회가 어떻게 가능한가를 설명해 주는 이론이다. 통치자가 백성에 대한 연민의 마음을 가질 수 있고, 또 백성들도 교육을 통해 선량한 마음을 가질 수 있는 근거는, 모든 인간이 태어날 때부터 착한 마음을 타고났기 때문이라는 것이다. 그런데, 천성적으로 타고난 착한 마음은 현실에서 여러 가지 장애로 온전하게 발휘되지 않는다. 그 장애를 없애는 방법으로 학문 또는 교육, 수양 등에 대해 논의된다. 한편 현실적인 권력자가 아닌 맹자와 같은 유학자들이 왕도정치의 실현을 위해 현실에서 부딪혀야 할 일과 그때의 자세, 특히 권력자와의 관계에서 어떻게 처신해야 하는가에 대해서도 논의된다. 『맹자』에서는 그다지 활발하게 논의되지 않았던 수양론(修養論)은 송·명대의 성리학에서는 대단히 중요한 주제가 되었다. 성리학에서 중요하게 다루어지는 수양론은 그 어느 것이든 『맹자』를 토대로 하지 않은 것이 별로 없다.

유가의 시조는 공자지만 유가의 이상을 체계화하고 학문으로서 성립시킨 사람은 맹자라고 할 수 있다. 덕치(德治)의 이상, 그 덕치를 가능하게 하는 선한 본성의 이상, 그리고 그 이상과 현실 사이의 거리를 메우기 위한 수양론의 전개와 인륜 교육에 대한 논의 등, 『맹자』는 유학 사상의 기본골격을 그대로 보여주는 책이다. 특히 송·명대의 유학자들이 『맹자』를 중요시했던 것은 그들의 철학이 심성론(心性論)과 수양론을 중심으로 전개되었기 때문이며, 그들이 이론을 전개하는 데 중심축을 이루었던 것이 바로 『맹자』의 성선설이었다.

주자학의 '성즉리(性卽理)'와 양명학의 '심즉리(心卽理)' 명제는 바로 '본성은 선하다'라는 사단칠정(四端七情) 논쟁이나 인심도심(人心道心) 논쟁 역시 인간의 주관을 대상으로 전개된 것이었으며, 이 논쟁들에서도 기본 전제가 되는 것이 '선한 본성'이었다. 이렇게 본다면 『맹자』는 그 내용으로 볼 때도 유가의 사상을 대표할 만한 책이며 역사적으로도 대표적인 경전으로서의 역할을 해온 책이라고 할 수 있다.

2. 맹자 해제

공자가 있어 맹자가 있고, 맹자가 있어 공자가 빛난다. 공자가
던진 화두를 구체적으로 체계화시킨 게 맹자다.

공자는 자기가 살던 춘추시대의 혼란 속에서 고통받는 사람들
을 구해주고자 했다. 공자는 인간 고통의 원인을 질서가 무너져 혼
란해진 사회, 그로 인해서 무너진 인간성에서 찾았다. 그래서 공자
는 예악이 잘 정비되었던 주나라 초기, 특히 주공과 그 이전 주 문
왕과 무왕의 시대를 그리워했다. 공자는 인간의 고통은 인간관계
에서 발생하는 것으로 보았다. 인간은 태어나는 순간부터 죽을 때
까지 수많은 관계 속에서 살아간다. 인간의 이기적 욕망이 커질수
록 인간관계는 갈등으로 치닫게 되고, 그것이 인간을 힘들게 한다
고 여긴 것이다. 공자는 이기적 욕망으로 무너진 인간성의 회복을
꾀하였다. 공자에게 있어서 인간성 회복은 인(仁)이며, 그 인이 밖
으로 저절로 드러나는 게 예이다. 공자는 인간 개개인이 인의 단계
에 오르고, 밖으로 예로써 행하면 인간관계는 갈등 대신 조화가 자
리하게 되어 대동 사회가 된다고 보았다.

맹자는 공자의 생각을 보다 논리적으로 체계화시켰다. 맹자는
논리 중심에 인간의 본성은 선하다는 성선(性善)을 두었다. 본래는
오직 선하기만 한 성품이 태어나는 순간부터 오감의 발달과 더불
어 형성된 이기적 욕망으로 인해 그 선(善)이 지나치거나 부족하여
훼손된다고 여겼다. 따라서 맹자는 훼손되기 이전의 성품을 회복
하여야 한다고 했으며, 이를 위해서 필요한 것이 교육이라고 생각

했다. 맹자는 본성을 회복하고자 하는 마음을 의(義)라고 하였다. 의의 끊임없는 반복(集義)을 통하여 본성을 회복하게 되면 그것을 남과 나를 구별하지 않는 마음, 인(仁)이라고 하였다. 마음이 인이면 좋은 기(氣)로 가득 차게 되는데 이를 호연지기라고 하였다. 이 단계면 인이 밖으로 저절로 드러나게 되는데, 맹자는 이를 예(禮)와 지(智)라고 하였다.

인간의 성(性)에 대한 맹자 생각은 『중용』에 영향받은 바가 크며, 남송의 주자에 이르러 성리학 형성에 큰 영향을 주었다. 공자든 맹자든 그들은 모두 인간을 위하는 마음을 근본에 두었는데, 후세 사람들, 특히 조선의 성리학자들이 관념적 명분론으로 포장하여 그들의 기득권적 이익을 위하였다. 그 때문에 지금의 사람들에게 유교에 대한 부정적 인식을 심어주고, 나아가 공자가 죽어야 나라가 산다는 엉터리 주장이 널리 유행하게까지 하였으니 참으로 안타까운 일이다.

프레드 앨포드 교수는 "유교적 덕목들을 유지하는 것이 구조적으로 불가능하게 된 바로 그때가 되어서야 유교의 가치를 깨닫게 된다."라고 하였다. 유교의 가치는 유교에 대한 잘못된 인식과 이로 인한 비판이 많은 이 시대에 더욱 빛을 발할 것이다. 민주주의와 자본주의는 탁월한 장점에도 불구하고 개인주의와 이익 중심적 사고로 인해 많은 문제를 낳고 있다. 과학 물질문명의 발전 또한 그것이 인간에게 가져다준 많은 혜택에도 불구하고 인간성 상실과 조화를 통한 공존을 깨뜨림 같은 부정적 영향을 가져주었다는 사실 또한 부정할 수 없다. 맹자가 한 말은 2000여 년 전의 이야기지만, 그 속에는 오늘날 우리에게 시사하는 바가 무척이나 많이 담겨 있다.

인(仁)은 공자 철학의 중심개념일 뿐만 아니라 유가 철학의 중심 사상이기도 하다. 공자 이전에도 인이라는 덕목이 있었지만, 그때는 여러 덕목 가운데 하나에 지나지 않았다. 공자에 이르러 인의 개념이 심화되어 모든 덕목 가운데 최고 덕목이 되었고, 그 밖의 덕목들은 인에 종속되었다.

『중용』과 『맹자』에서 공자는 "'인'이라는 것은 사람다움이다."라고 하였는데 그 당시에는 仁과 人이 통용되었던 것 같다. 따라서 사람다움을 뜻하는 인이라는 개념은 사람이 사람으로 규정될 수 있는 사람의 본성이다. 인은 공자철학의 최고개념이기 때문에 그 밖의 어떤 개념으로도 그것을 한정할 수가 없다. 하지만 인의 가장 적합한 표현은 '어질다'이고, 어질다의 의미는 '사람을 사랑하는 것'이라고 볼 수 있다. 공자는 자기와 가까운 사람에게 먼저 사랑을 베풀어야 한다고 생각했고, 이 사랑의 확대를 통하여 인류 전체를 사랑할 수 있게 된다고 보았다. 인의 구체적 내용은 자기를 이기어 예로 돌아가는 극기복례, 사람을 사랑하는 애인에 있다. 인을 실천하는 데 있어서 근본 덕목은 부모와 형제자매, 어른을 섬기는 효제이다.

공자는 인성에 대하여 그다지 많이 말하지 않았지만, 맹자는 공자의 사상을 계승·발전시키며 본격적으로 인성에 대하여 논하였다. 맹자는 공자의 성무선무불선설을 논박하면서 자신의 왕도정치사상을 이론적으로 뒷받침하는 성선설을 주장했다. 맹자는 개나 소와 같은 금수와 구별되는 사람만이 본성 '인성'이 있다고 보았고, 이러한 사람의 본성(인성)을 도덕적인 것이라 보며 이것이 인의(仁義)라고 말했다. 성인이 성인다울 수 있는 것은 그의 도덕적인 본성에 따라 행동하였기 때문이다. 맹자는 인간이 사람의 본질적인 성향인 인의에 따라 행하는 것은 도덕적 행위이지만, 자기 밖에 있는 외재적 규범인 인의도덕을 행하는 것은 도덕적 행위가 아니라고 보았다.

이렇게 사람의 본성이 선한데 악이 생기는 이유를 맹자는 불량한 환경과 같은 외부적 요인과 사유능력이 없는 감각기관의 욕구를 좇으며 생기는 내적인 요인 때문이라고 보았다. 인성은 본래 선하나 후천적으로 나쁜 것으로 덧칠해져 훼손된다는 것이 맹자의 생각이다. 맹자는 인간에게 곤경에 처한 다른 사람을 참지 못하는 마음(惻隱之心), 잘못을 부끄러워하는 마음(羞惡之心), 서로 양보하고 자신을 낮추는 마음(辭讓之心), 옳고 그름을 분별하는 마음(是非之心)이 있다고 보았다. 이 네 가지 단서, 사단은 평소에 모습을 드러내지 않고 있지만 언제든 자기 모습을 펼칠 준비가 되어있는 무한한 잠재력을 지닌 가능태라고 하였다. 맹자는 사단을 근거로 하여 도덕적으로 선한 자신의 본성을 잘 유지하고 따르면 하늘로부터 받은 네 가지 덕목인 인의예지, 즉 사덕(四德)을 발견할 수 있고, 사단이 사덕으로 자연스럽게 발전할 수 있다고 보았다.

유가의 시조는 공자이지만 유가의 이상을 체계화하고 학문으로서 성립시킨 사람은 맹자라고 할 수 있다. 주자학의 '성즉리(性卽理)'와 양명학의 '심즉리(心卽理)' 명제는 바로 '본성은 선하다'는 맹자의 성선설에 대한 자기식의 해석들이다. 조선 성리학의 전개를 상징적으로 표현하는 사단칠정 논쟁이나 인심도심 논쟁 역시 인간의 주관을 대상으로 전개된 것이었으며, 이 논쟁들에서도 기본 전제가 되는 것이 '선한 본성'이었다. 이렇게 본다면 맹자는 공자와 더불어 유가의 사상을 대표할 만한 인물이라고 할 만하다.

맹자를 잘 이해하기 위해서는 같은 유가이면서도 그와 다른 사상을 지닌 순자와, 본래 유가였으면서도 유가를 비판하고 새로운 사상을 정립한 묵자를 잠깐 이야기하는 것이 좋다.

공자는 인성에 대하여 그다지 많이 말하지 않았지만, 맹자와 순자는 본격적으로 인성을 논하였는데, 맹자가 성선설을 주장한 데 반하여 순자는 성악설을 주장하였다. 순자는 당시 사회가 안고 있는 문제를 해결하고자 제창한 예치설을 뒷받침하기 위하여 성악설을 주장하였다. 순자는 사람은 태어나면서부터 이로운 것을 좋아하고, 질투하고, 미워하며, 소리와 여색을 좋아하는 감각기관의 욕구가 있어서 이러한 성질과 욕구에 따르면 쟁탈, 남을 해침, 음란한 일이 생기게 되므로 인간의 성품은 악하다고 주장했다. 순자가 말한 성이란 주로 사람들이 가지고 있는 성질과 정감의 욕구로, 그러한 성정을 방임하면 좋지 않은 일이 일어난다는 경험적 사실에 근거하여 성악설을 주장한 것이다. 이렇게 순자는 사람의 성정을 이기적 측면에서 관찰했다.

순자는 성악설을 바탕으로 사람이 선한 일을 하고자 하는 것도 사람의 성품이 악하기 때문이라 했지만, 인간에게는 선을 알고 행할 수 있는 도덕적 분별력이 있다고 보았다. 이는 짐승에게는 없는 것으로, 하늘로부터 받은 본성은 비록 악하지만 인위의 학습을 거쳐 선하게 변할 수 있다는 뜻이다. 순자가 말하는 악이란 공동체의 삶에 나쁜 영향을 미치는 것이고, 선이란 공동체의 삶에 좋은 영향을 미치는 것이다. 이렇게 인간에게는 선을 알고 행할 수 있는, 그리고 선하게 변할 수 있는, 짐승과 구분되는 분변 능력이 있으므로 위대한 역량을 발휘할 수 있다고 순자는 보았다. 순자는 예의 법도 및 도덕은 자연이 본래 가지고 있는 것이 아니라 인간의 분변 능력이 발휘된 사회의 산물이라고 보았다. 그래서 하늘로부터 받은 본성을 따르기보다는 인간이 능동적으로 본성을 변화시키는 화성기위설을 주장했다. 맹자와 인성론 측면에서 많이 다르기는 하지만, 그 과정이 다를 뿐 결론적으로 도덕을 최고 가치로 여기는 유학의 사상을 따르고 있다는 것은 공통적이다.

묵자는 그의 중심 사상인 자타를 구별하지 않는 평등애, 곧 겸애를 실현시키는 방법으로 삼표(三表)를 내세우고 이를 공리의 기준으로 삼아 개인의 사리가 아닌 천하의 공공복리를 추구하는 교상리(交相利)를 실천해야 한다고 주장했다. 그들은 오로지 남을 위해 산다는 종지를 가지고 있었기 때문에 남을 위해서는 자기의 희생을 아끼지 않았으나 자기에게 이익이 되는 일은 오히려 가능한 한 삼갔다. 비락(非樂)과 절장(節葬: 장례식을 검약하게 함)을 주장하는 이유도 이 때문이었다.

묵자의 겸애 사상은 유가계통의 별사상(別思想)과 뚜렷이 구별된다. 겸(兼)은 구분 없는 평등을 지향하지만, 별(別)은 구분에 따른 분수를 중요하게 여기기 때문이다. 별을 주장하는 사람은 자신을 위하는 만큼 벗을 위하고, 나의 어버이를 위하는 만큼 벗의 어버이를 위할 수 없다고 주장한다. 그러나 겸애를 주장하는 사람은 자기 자신을 위하는 만큼 벗을 위하고, 자기 어버이를 위하는 만큼 벗의 어버이를 위해야 한다고 주장한다.

묵자는 대국의 소국에 대한 침략, 큰 집안의 작은 집안에 대한 교란, 강자가 약자에 가하는 핍박, 다수의 소수에 대한 횡포, 귀한 신분이 천한 신분에게 가하는 멸시 등 이런 일은 사회의 병폐인데, 이런 병폐는 남을 미워하고 남과 자기에 대해 차이와 구별을 두는 데서 생긴다고 주장한다. 즉, 겸애에서 오는 것이 아니라 별에서 왔다는 것이다. 모든 사람이 남의 나라를 자기 나라를 위하듯이 하면 남의 나라를 공격할 수도 없고, 남의 도성(都城)을 자기 도성처럼 생각하면 남의 도성을 정벌할 수가 없는 일이다. 그런 점에서 상대방을 위한다는 것은 결국 자기를 위하는 일과 같은 것이 된다. 겸애 사상을 가지게 되면 국가는 서로 싸우지 않게 되고 사람들은 서로 전쟁을 일으키지 않게 된다. 겸애 정신은 천하에 해를 끼치는 것이 아니고 천하에 분명히 이익을 가져다준다. 묵자는 그러한 이익은 남을 내 몸처럼 사랑하고 남을 이롭게 하는 데서 생겨난다고 하였다. 즉, 천하의 모든 이익과 화평은 겸애하는 데서 시작한다고 묵자는 강조하였다.

환대의 공간, 환대의 미학

1. 맹자, 불가능한 환대

　유가의 시조는 공자지만 유가의 이상을 체계화하고 학문으로서 성립시킨 사람은 맹자이다. 『맹자』는 맹자의 사상이 오롯이 담긴 책이다. 덕치의 이상, 그 덕치를 가능하게 하는 선한 본성, 그리고 그 이상과 현실 사이의 거리를 메우기 위한 수양론의 전개와 인륜 교육에 대한 논의 등, 유학 사상의 기본골격을 그대로 보여준다. 주자학의 '성즉리(性卽理)'와 양명학의 '심즉리(心卽理)' 명제는 모두 '본성은 선하다'라는 맹자의 성선설에 바탕을 둔 자기식의 해석이다. 조선 성리학의 대표적인 논쟁인 '사단칠정(四端七情) 논쟁'과 '인심도심(人心道心) 논쟁' 역시 논쟁의 기본 전제는 '인간의 선한 본성' 이다.

　맹자는 공자가 죽고 나서 100년 정도 뒤에 태어났다. 공자와 맹자는 언제 태어나서 언제 죽었는지 정확하지 않다. 그저 『논어』나

『맹자』에 실려 있는 그들의 행적을 추적해서 연대를 추정할 뿐이다. 공자는 대략 기원전 551년경에 태어나 기원전 479년경에 죽었으며, 맹자는 기원전 372년경에 태어나 기원전 289년경에 죽은 것으로 추정된다. 역사가들에 의해 공자와 맹자가 살았던 시대는 춘추전국시대로 분류된다. 공자는 춘추시대에 살았으며 맹자는 전국시대에 살았다. 춘추시대는 기원전 770년에서 기원전 403년까지이며 전국시대는 기원전 403년에서 진나라가 천하를 통일하기 전인 기원전 222년까지이다.

맹자가 살았던 전국시대는 피로 피를 씻는 참혹한 전쟁의 시대였다. 약육강식의 뺏고 뺏기는 시대였고, 오직 실력 있는 사람만이 살아남는 시대였다. 장평대전처럼 수많은 사람이 한꺼번에 죽는 일이 다반사였으며, 싸움에서 패한 조나라는 나라 안에서 성인 남자를 찾아보기 힘들 정도였다고 한다. 언제 죽을지 모르는 현실에서 인간의 생명은 존중받지 못했으며 환대는 애당초 불가능했다.

호메로스는 오디세우스가 10년 동안이나 바다에서 표류했지만 고향으로 돌아갈 수 있었던 것은 메넬라오스 왕과 칼립소, 알키노오스 왕과 나우시카 공주 등 많은 사람으로부터 환대를 받았기 때문이라고 했다. 고대 그리스인들은 집주인이 손님에게 이름이 무엇인지, 고향이 어딘지, 문명인인지 야만인인지 묻지 않고 음식과 숙소를 제공했으며, 떠날 때는 귀한 선물을 주었다고 한다. 자크 데리다는 이와 같은 환대를 '무조건적 환대'라고 했으며, 인간이 구현해야 할 진정한 환대라고 했다. 그런데 '절대적 환대'는 인간이 지향해야 할 것은 맞지만, 현실은 아니다. 전국시대처럼 인간에 대한 불신과 삶에 대한 불안감이 극에 달한 사회에서 환대란 누구에게나 쉽지 않은 일이었을 것이다.

2. 환대의 공간

공자는 춘추전국시대에 인간이 고통받는 원인을 인간에게서 찾았다. 그는 인간이 인간을 힘들게 하는 것은 인간의 이기적인 욕망이라고 생각했다. 인간의 욕망이 전쟁을 일으키고, 인간 사회의 질서를 무너뜨려 인간을 힘들게 한다고 보았다. 따라서 공자는 문제 해결의 실마리를 인간에게서 찾았다. 그 한 예가 '극기복례'이다. 극기복례는 자기의 사욕을 극복하고 예(禮)로 돌아갈 것을 뜻한다. 『논어』「안연편」에서 공자가 제자인 안연에게 인(仁)을 실현하는 방법을 설명하면서 나온 말이다.

극(克)은 이긴다는 것이고, 기(己)는 몸에 있는 사욕을 말하며, 복(復)은 돌아간다는 것이고, 예(禮)는 남을 대하는 도덕 법칙이다. 공자는 사람의 충동은 예와 의로써 조정해야 하는데, 자기의 욕망을 예의로써 나날이 극복하는 길이 사람됨의 길, 곧 인(仁)이 되고, 나아가 이를 사회적으로 확충시키면 곧 도덕 사회가 된다고 보았다. 문제의 원인이 인간의 사욕에 있었으므로 그 인간의 사욕을 없애면 문제가 해결된다고 본 것이다. 예는 마음으로부터 우러나오는 도덕적 법칙의 실현이다. 사욕을 비운 마음으로 예로써 남을 대하게 되면 인간 사이의 다툼은 사라지고 인간이 인간을 힘들게 하는 일은 없어지게 될 것이다. 갈등이 사라진 인간관계, 조화로운 인간관계, 공자는 그것을 일러 대동 사회라고 했다.

맹자는 공자 사상을 계승했다. 단지 계승한 것이 아니라 공자 사상을 이론적으로 체계화하고 철학적 사유의 깊이를 더했다. 맹자는 공자보다 좀 더 인간의 내면에 치중했다. 맹자는 인간의 본성은 선하다고 했다. 그는 인간의 선한 본성은 태어나면서부터 훼손된다고 보았다. 인간은 태어나는 순간부터 오감이 발달하기 시작하는데, 오감의 발달은 이기를 불러온다고 했다. 선한 본성의 훼손은 오감의 발달에 따른 이기적 욕망 때문이라고 본 것이다. 맹자 또한 그의 스승 공자와 마찬가지로 전쟁의 원인을 인간의 욕망 때문으로 보았으며, 인간 사회의 다툼은 인간 개개인의 이기적 마음 때문으로 보았다.

맹자는 이기적 마음의 문제점에 대해『맹자』맨 첫 장에서 이야기하고 있다.『맹자』전체를 관통하는 핵심 키워드 중의 하나가 이기임을, 이기를 맨 첫 장에서 다룸으로써 알려주는 것이다. 맹자가 양 혜왕의 초청을 받아 처음 혜왕을 만났을 때다. 혜왕은 인사말 겸, "천 리를 멀다 하지 않고 와 주셨으니 장차 우리나라를 이롭게 해 주시겠습니까?" 하고 물었다. 그러자 맹자는, "왕께서는 하필 이익을 말씀하십니까? 다만 인과 의가 있을 뿐입니다." 하고 전제한 다음, "만승의 나라에서 그 임금을 죽이는 사람은 언제나 천승의 녹을 받는 대신의 집이요, 천승의 나라에서 그 임금을 죽이는 사람은 언제나 백승의 녹을 받는 대신 집입니다. 만에서 천을 받고, 천에서 백을 받는 것이 많지 않은 것이 아니지만 참으로 의를 뒤로 하고 이익을 먼저 하면 **빼앗지** 않고서는 만족하지 못하는 법입니다." 하고, 다시 끝에 가서 "왕께서는 역시 인의를 말씀하셔야 할 터인데 하필 이익을 말씀하십니까?" 하고 거듭 이(利)의 문제점을 강조했다.

위 예문에서 맹자는 '의를 뒤로 하고 이익을 먼저 하면 **빼앗지** 않고는 만족하지 못하는 법'이라고 했다. 모든 문제의 원인이 이익을 바라는 마음에 있다고 하면서 이익을 바라는 마음 대신 인과 의를 먼저 할 것을 주장하고 있다. 인과 의보다 이익을 바라는 마음이 우선이면 상하가 서로를 해친다고 했다. 맹자는 이익을 위해서는 살인도 마다하지 않는 것이 인간이라고 본 것이다. 그렇다면 인의(仁義)는 무엇인가?

성선설을 주장한 맹자에게 있어 인(仁)은 인간의 타고난 본성이다. 의는 인에 도달하기 위한 의지적 노력이다. 태어날 때 선한 성품을 지니고 태어났더라도 인간은 자라면서 오감의 발달과 그에 따른 이기적 마음의 발달로 선한 성품을 조금씩 잃어버리게 된다. 그래서 맹자는 인간이 태어날 때 지니고 온 본래의 성품을 찾아야 한다고 말한다. 『맹자』「공손추편」에 다음과 같은 내용이 나온다. "불쌍히 여기는 마음이 없는 것은 사람이 아니고, 부끄러운 마음이 없으면 사람이 아니며, 사양하는 마음이 없으면 사람이 아니며, 옳고 그름을 아는 마음이 없으면 사람이 아니다. 불쌍히 여기는 마음은 어짐의 극치이고, 부끄러움을 아는 마음은 옳음의 극치이고, 사양하는 마음은 예절의 극치이고, 옳고 그름을 아는 마음은 지혜의 극치이다." 맹자는 사람의 본성은 의지적인 확충작용이며,

덕성으로 높일 수 있는 단서를 태어날 때부터 가지고 있다고 했다. 여기서 부끄러워하는 마음이 의(義)다.

의는 자기의 옳지 못함을 부끄러워하고, 남의 옳지 못함을 미워하는 마음이다. 의를 반복하는 것, 의가 쌓이는 것을 집의(集義)라고 하며, 집의가 이루어지면 덕(德)으로 가득 찬 마음 상태, 곧 인이 된다. 인간이 타고난 본성을 회복하여 인의 상태가 되면, 예와 지는 저절로 나타나게 된다. 예는 겸손하여 남에게 사양할 줄 아는 마음이다. 남을 존중하고 배려하는 마음이 예다. 남을 대함에 있어서 예로써 한다면 그것은 달리 환대라고 할 수 있다. 그런데 예를 있게 하는 마음이 인(仁)이다. 인은 남을 불쌍하게 여기는 타고난 착한 마음이다. 인의 한자는 '仁'이다. '나와 남이 다르지 않다'라는 뜻이다. 남과 나를 구별하지 않는 마음, 그것이 인이다. 『성경』에 나오는 '내 이웃을 내 몸과 같이 사랑하라'라는 말도 이와 별반 다르지 않다.

환대는 사람과 사람 사이의 일이다. 환대는 존재의 인정으로부터 출발한다. 나라는 존재가 있으므로 해서 남이 있고 남이 있으므로 해서 내가 있다. 인은 나 아닌 다른 사람의 존재를 인정하는 것이며, 남을 불쌍히 여기는 마음, 곧 사랑하는 마음이며 남과 나를 구별하지 않고 같이 대하는 것이다. 인은 그 자체로서 이미 환대이다. 남과 나를 구별하지 않고 같이 대하는 것, 차마 하지 못하는 마음으로 측은하게 여기는 마음, 인으로서 남을 대한다면 그것이 환대가 아니고 무엇이랴.

맹자는 환대란 말을 쓰지는 않았지만 이미 환대를 이야기했다.

의를 통한 인의 회복과 인에 의한 예지(禮智)의 실현은 그로서 타인에 대한 환대의 실현이다. 남을 나와 같이 대하는 것이면 환대는 저절로 이루어지기 때문이다. "나그네여! 그대보다 못한 사람이 온다 해도 나그네를 업신여기는 것은 도리가 아닙니다. 모든 나그네와 걸인은 제우스에게서 오니까요. 우리 같은 사람들의 보시는 작지만 소중한 법이오." 『오딧세이아』에서 오디세우스가 노인으로 변장하고 고향 땅을 밟았을 때 만난 돼지치기 에우마이오스가 한 말이다. 이 얼마나 지고한 환대인가. 데리다는 신원을 묻지 않는 환대, 보답을 요구하지 않는 환대, 상대방의 적대에도 불구하고 지속하는 환대가 우리 사회에 이루어져야 한다고 했다. 이러한 환대가 이루어지기 위해서는 어떡해야 하는가. 맹자는 사단과 인을 통해서 환대가 이루어지기 위한 마음의 문제를 이야기했다.

3. 환대의 미학

맹자는 환대를 위한 인간 내면의 조건으로 남과 나를 구별하지 않는 마음, 인을 이야기했다. 인이 이루어지면 예가 실현된다. 예는 인간관계의 문제이다. 겸손과 사양의 마음으로 타인을 존중하고 배려하는 것, 그렇게 타인을 대하는 것이 예다. 타인에 대한 환대는 예의 또 다른 모습이다. 그런데 이러한 환대가 이루어지면 인간관계는 어떻게 되고 세상은 어떤 모습일까. 공자는 조화로운 인간관계, 곧 대동 사회를 이야기했다. 맹자의 여민동락도 조화로운 인간관계이다. 조화가 환대의 미학인 것이다.

조화는 서로 잘 어울리는 것이다. 어울린다는 것은 여럿이 모여 하나가 되는 것이다. 여럿이 모여 하나가 되려면 사람 사이에 경계를 무너뜨려야 한다. 경계는 나와 남이 같지 않다는 인식에서 비롯된다. 그러니 나와 남이 다르지 않다는 생각, 사람과 사람을 구별하지 않는 사고가 조화를 가져온다.

인간은 공동체로서 함께 살아갈 수밖에 없는 존재이다. 철학은 동서양을 막론하고 여기에 대한 고민을 지속해 왔다. 칸트는 영원한 평화를 위한 조항들을 언급하면서 세계시민주의를 논했다. 이방인이 국가를 방문했을 때 적대적인 행위를 하지 않는 이상 환대를 받을 권리가 있다고 했다. 데리다는 국가라는 틀 속에서 조건적인 환대를 주장한 칸트와 달리 무조건적인 환대를 이야기했다. 현대는 국가라는 경계를 넘어 전혀 새로운 방식으로 소통과 교류가 형성되고 있다. 이에 따라 낯선 사람, 이방인이 증가했다. 데리다의 무조건적인 환대는 이런 이방인 개념에 주목한 결과이다. 환대에 관한 맹자의 생각은 칸트하고도 다르고 데리다와도 다르다. 다만 맹자의 이야기가 보편성을 바탕에 두고 있다는 점에서 칸트보·다는 데리다에 더 가깝다고 볼 수 있다.

환대와 관련하여 맹자의 가장 핵심적인 주장 중 하나는 사람은 누구나 남의 고통이나 불행을 차마 그냥 지나치지 못하는 마음을 지니고 있다는 것이다. 우물에 빠진 아이를 본 사람은 이해타산을 따지지 않고 반사적으로 아이를 구출하게 되는데, 이것 역시 측은지심이나 양지(良知)처럼 생각하거나 배우지 않고도 타인의 고통에 아파하고 돕고자 하는 마음에서 우러나오는 자연스러운 행동이다. 맹자는 이러한 인간의 타고난 선함과 공감 능력을 불인인지심(不忍人之心)이라 하고 이를 통해서 여민동락하는 사회를 만들어나가고자 하였다. 맹자는 타고난 인간의 본성을 중심으로 '나'를 넘어 타인에 대한 배려와 공감을 통해 조화롭게 더불어 살아가는 사회를 꿈꾸었다.

환대는 그 자체로서 배움이다. 환대는 나를 열어 낯선 사람을 나의 공간으로 받아들이는 행위이다. 나의 공간은 집이나 방과 같은 물리적 장소일 수도 있고, 정신적이고 감정적인 내면세계일 수도 있다. 물질적 공간이든 정신적 공간이든 타인을 향해 나의 공간을 열어주는 순간 우리는 나도 모르는 새에 많은 것을 배우게 된다. 자신의 세계를 열어 타자를 받아들이는 과정에서 자신의 한계를 발견하고 그것을 넘어서려는 마음을 지니게 되기 때문이다. 환대(hospitality)의 라틴어 어원인 '호스페스(hospes)'가 주인(host)과 손님(guest)이라는 두 가지 의미를 모두 포함하고 있는 이유이다. 진정한 환대의 아름다움은 주인과 손님의 구별이 없어지는 것, 주인이 손님이 되고 손님이 주인이 되는 데에 있다. 환대는 상대를 받아들이고, 나의 것을 내어주는 것에서 시작하여 손님과 내가 하나가 되는 인간관계를 지향한다.

기氣와 분分, 그리고 기분

1. 기氣

'기(氣)'는 생태계 일반을 두루 관통하고 있는 우주적 생명력을 뜻하는 말이다. 동양에서 기라는 용어는 철학은 물론 의학 등 여러 곳에서 널리 사용된다. 우리 민족 또한 기라는 말을 좋아했다. 기분, 기색, 기품, 기운, 기백, 기상, 기합과 같은 단어는 물론 '기막히다', '기가 차다', '기를 쓰다', '기를 펴다' 등 일상에서 흔히 사용하는 다양한 표현들을 생각하면 기를 얼마나 중시했는지 알 수 있다.

중국 후한 시대 허신(許愼)이 편찬한 최초의 자전인 『설문해자(說文解字)』를 보면 기를 운기(雲氣), 즉 구름이라 풀고 있는데, 은·주시대 이전부터 기는 바람이나 구름을 포함한 기상을 나타내는 말로 쓰였다. 갑골문에서는 단순히 획을 세 번 그린 것으로 하늘의 기운을 표현했었다. 그러나 금문에서는 숫자 '三' 자와 혼

동되어 위아래의 획을 구부린 형태로 변형되었다. 여기에 '米' 자가 더해진 '氣' 자는 밥을 지을 때 나는 '수증기'가 올라가는 모습을 표현한 것이다.

기상과 계절의 변화를 나타내는 천기(天氣)와 땅의 기운인 지기(地氣)가 결합하여 곡물이 생장한다. 동물은 식물의 생명력을 소화·흡수하는 과정을 거쳐 활동력으로 삼는다고 고대인들은 생각했다. 기는 이렇게 해서 생태계 일반을 두루 관통하고 있는 우주적 생명력을 뜻하게 되었다. 인간의 생명 역시 기의 흐름이었다. 그것이 피의 순환과 연관된다고 보아 혈기라 했고, 호흡이 그 관건이라 보아 기식(氣息)이라 했다. 내적 생명의 상태는 자연히 밖으로 드러난다 해서 기색(氣色)·기분(氣分)·기품(氣品)이라는 표현이 있게 되었다. 질병은 체내에 있는 기가 순조롭게 돌지 않을 때 생기는 현상이었다. 한의학에서는 치료를 엉킨 기, 막힌 맥을 소통시키는 행위로 이해한다.

기가 철학 용어로 본격적으로 사용된 것은 노자와 장자가 우주의 생성 변화를 기의 현상이라고 하는 데서부터 시작되었다. 노자와 장자 이래로 철학 용어로 사용된 기는 모든 존재 현상은 기가 모이고 흩어지는 데 따라 생겨나고 없어지는 것으로, 생명 또는 생명의 근원으로 보았다. 그런데 공자 이래 유가는 생리적 욕구인 기를 다스리고 제어해야 할 대상으로 보았다. 공자는 "혈기를 조심하라."했고 순자(荀子)는 "인간과 동식물에 공통된 힘은 기이지만, 인간이 인간다우려면 이성으로 기를 제어해야 한다."라고 말했다. 맹자는 "의지가 굳으면 기를 움직일 수 있다."라고 기를 부정적으로 평가하면서도 순수한 감정과 도의적 자긍심을 호연지기로 명명함으로써 기의 긍정적인 면을 이야기했다.

주희에 의하여 기는 '존재를 구성하는 물질적 요소'의 자격을 부여받았다. 자연 세계는 물론, 인간의 감정·의지·사유까지 포괄적 기의 한 계기로 이해되었다. 기는 본래 유동적·활동적이어서 원초의 순전한 기는 음양으로 자체 분화되고, 그것은 다시 오행으로 갈라진다. 모든 사물의 생성과 변화는 음양오행이 서로 갈등, 조화하는 과정으로 풀이된다. 기의 이 같은 운동과 변화에는 일정한 질서가 있다. 주희는 이 정합적 질서에 이(理)라는 이름을 붙였으며, 우주를 주재하는 원리인 이는 흠 없이 선하고 완전하기에 세계는 본래 조화롭고 질서가 잡혀 있다고 생각했다. 주희가 말한 기(또는 기질)는 두 가지 상반된 의미를 띠고 있다. 하나는, 주어진 신체를 통해 우주적 역사(役事)에 동참하는 나름의 개성으로서의 기, 그리고 또 하나는 도덕적 이념인 이의 실현을 가리고 방해하는 생리적 욕구로서의 기이다.

서경덕은 최초로 기를 철학의 중심주제로 삼았다. 우주에는 기가 꽉 들어차 있다. 허공은 무(無)가 아니라 유(有)인 태허(太虛)이다. 바람은 부채 속에 있지 않은데, 그렇다고 바람을 무라 하기에는 뺨에 와 부딪치는 서늘함이 너무나 생생하다. 이 체험을 통해 서경덕은 눈에 보이지는 않으나 분명히 실재하는 기의 존재를 확신했다. 기는 운동과 변화의 속성을 자체 내에 가지고 있다. 기가 모여서 형상이 만들어지고 기가 흩어져서 형상이 없어지는 것이므로 존재의 모든 것은 기의 작용이다. 죽음이나 소멸은 모였던 기가 풀려 본래의 태허로 다시 돌아가는 것이기에 기는 절대로 없어지지 않는다. 이러한 생성과 변이·소멸에는 일정한 질서가 나타나는데 그것이 '이'이다. 이러한 이는 기를 제재, 간섭할 수 없다. 이른바 이가 주재(主宰)한다는 말은 밖에서 기를 명령하고 다스린다는 뜻이 아니다. 세계는 조화롭고 완전하여 결함이 없으므로 인간은 욕구의 주체로 세계와 대립할 것이 아니라 포괄적 기의 순환에 동참하라고 권하였다.

최한기는 우주는 기, 그것도 신기(神氣)의 움직임이라고 했다. 끊임없이 활동하고 멈추지 않는 살아있는 생명체임을 강조하고자 기에 '신(神)'이라는 접두어를 붙였다. 인간은 자기를 둘러싼 세계의 의미를 이해하고 내면화시킨다. 이치와 원리의 탐구는 가시적이고 경험적인 것에서 출발해야 거짓되고 미덥지 아니한 상태에 떨어지지 않고 적실성·유용성을 가진다. 객관의 기와 주관의 기는 이렇게 만난다. 인간이 타고난 천기가 곧 성이며, 이가 아니라 기가 인간의 본성이라 했다. 개체는 나름의 욕구와 개성을 표현, 실현하고자 한다. 여기에 충돌과 갈등이 없을 수 없다. 갈등은 생명의 본질이요 기의 당연한 귀결이다. 최한기는 그것을 변통(變通)이라 불렀다.

기는 에너지이다. 그런데 기에는 좋은 것과 나쁜 것이 있다. 이른바 음양이 그것이며, 신(神)과 귀(鬼)가 그것이다. 사람은 태어날 때 어떤 기를 받느냐에 따라서 외형적으로 내면적으로 다양한 모습을 갖게 된다. 사람에 따라서 자라면서 빨리 나빠지기도 하고 더디게 나빠지기도 하고, 빠르게 좋아지기도 하고 더디게 좋아지기도 한다. 성격이 외향적인 것도 내성적인 것도 모두 타고나 기의 성향에 따르는 것이다. 다만 사람은 노력함으로써 타고난 성질을 바꿀 수 있으며, 누구나 좋은 기를 가질 수 있다. 내 몸속에 좋은 기가 가득 차면 내 몸은 건강할 것이며, 내 마음속에 좋은 기가 가득 차게 될 것이다. 내 몸속이든 마음속이든 가득 찬 기는 저절로 밖으로 드러나게 된다. 기분·기색·기품이니 하는 것이 바로 이를 따른 말이다.

2. 분(分)

'분(分)' 자는 '나누어 주다'나 '베풀어서 주다'라는 뜻을 가진 글자이다. 본래 分 자는 八(여덟 팔) 자와 刀(칼 도) 자가 결합한 모습이다. 八 자는 사물이 반으로 갈린 모습을 그린 것이다. 이렇게 사물이 나누어진 모습을 그린 八 자에 刀 자가 결합한 分 자가 물건을 반으로 나누었다는 뜻을 표현한 것이다. 分 자는 사물을 반으로 나눈 모습에서 '나누어 주다'나 '베풀어 주다'라는 뜻을 갖게 됐지만, 물건이 나뉜 후에는 사물의 내부가 보인다는 의미에서 '구별하다'나 '명백하다'라는 뜻도 파생되어 있다.

인간관계라는 측면에서 분(分)은 인(仁)과 밀접한 관련이 있다. 유교는 기본적으로 남과 나를 구별하지 않음으로써 관계의 조화를 추구한다. 공자가 주장한 대동 사회는 관계가 조화로운 사회이다. 물론 여기서 관계는 인간 사이의 관계를 말한다. 남과 나를 구별하지 않는다는 것은 남을 나와 같이 여긴다는 것이다. '남을 나와 같이 여긴다'는 내가 좋아하는 것이면 남도 좋아하는 것이고, 내가 싫어하는 것이면 남도 싫어하는 것이어서 나와 남이 다르지 않으니 내가 나를 생각하고 대하듯이 남을 생각하고 대하라는 것이다. 남과 나를 구별하지 않는 것, 이것은 인(仁)이다. '仁' 자는 사람이 둘이라는 글자이다. 『설문해자』에 따르면 仁은 본래 두 사람을 뜻하는 말로 두 사람이 서로 친하다는 의미라고 했다.

공자가 인을 논할 때 사용하던 다양한 용어들 효(孝)·제(悌)·예(禮)·충(忠)·서(恕)·경(敬)·공(恭)·관(寬)·신(信)·혜(惠) 등이 그에 해당된다. 그런데 이러한 덕목들은 인을 형성하는 일부분일 뿐, 인 자체는 아니다. 공자가 생각한 인의 개념은 이것들보다 더 근원적이며 공자가 추구하는 인의 이상은 이것들을 초월하고 있다. 인을 구성하는 여러 덕목 중에서 핵심은 사랑이다. 사랑이 부모에게 미치면 효가 되고, 형제에게 미치면 우(友)가 되며, 남의 부모에게 미치면 제가 되고, 나라에 미치면 충이 된다. 사랑이 또 자녀에게 이르면 자(慈), 남의 자녀에 이르면 관이 되고, 나아가 백성에까지 이르게 되면 혜가 된다.

우리나라에서는 인을 '어질다'라고 한다. 어질다는 '얼이 짙다'에서 온 말로 심성의 착함, 행위의 아름다움을 뜻한다. 인을 실천 면에서 살펴보면, 공자는 남을 사랑하는 것을 인 실천의 기점으로 삼고, 백성에게 널리 베풀어서 중생을 구제하는 것을 인 실천의 종점으로 보았다. 인은 멀리 있는 것이 아니라 내가 인하려고 하면 이르게 마련이며(仁遠乎哉 我欲仁 斯仁至矣), 의·예·지와 함께 밖에서 오는 것이 아니라 내가 원래 가지고 있는 것이다(仁義禮智 非由外鑠我也 我固有之). 인이란 사람이면 누구나 천부적으로 지니고 있다. 주자가 인을 사람의 본성이라고 한 것은 이 때문이다. 다만, 사욕에 가리고 기질에 얽매여 인을 잊어버리는 경우가 있을지라도 인간의 내면에서 인성은 절대 없어지지 않는다. 그러므로 인은 누구나 실천 가능한 것이다.

공자는 사람을 사랑하는 것이 인이라고 했지만, 한편으로는 오직 인자(仁者)라야만 사람을 좋아할 줄 알고 사람을 미워할 줄 안다고도 하였다. 인하다는 것은 무차별 사랑이 아니라 차별적 사랑으로, 착한 사람은 사랑하고 악한 사람은 미워하는 것이 인의 참사랑이다. 공자는 인의 개념보다 인의 실천을 강조하였다. 한 가정이 인하면 나라가 흥인(興仁)하고, 위에 있는 자가 인을 좋아하는데 아래에 있는 자가 의를 좋아하지 않는 일이 없으며, 인하면서 부모를 버리는 일은 없고 의하면서 임금을 버리는 일은 없다. 인은 마음의 덕이요, 가정의 보배요, 위정의 근본이요, 만물과 일체이다. 그러므로 배우는 이는 먼저 인을 알아야 한다고 하였다.

분(分)은 인(仁)이라고 했다. 나누고 베푸는 것이 남을 위하는 마음, 곧 사랑이라는 것이다. 나눈 것은 남과 함께한다는 것이고, 베푼다는 것은 남에게 혜택을 준다는 것이다. 모두 긍정적인 의미이다. 나누고 베푼다는 것은 단지 물질적인 것만이 아니다. 정신적인 것도 있다. 그런데 나눔과 베품은 남의 마음에 즐거움이 들게 하여야 한다. 그래야 진정한 나눔과 베품이다. 나의 나눔과 베품이 남에게 불쾌감을 주거나 불이익을 가져다주는 등 오히려 해를 끼치는 것이라면 그것은 인이 아니며 올바른 분(分)도 아니다.

3. 기분

인간의 형상은 기가 모임으로써 만들어지고 기가 흩어짐으로써 없어진다. 삶과 죽음, 생성과 소멸이 모두 기의 작용이다. 기는 시간과 공간에서 없어지지 않고 언제나 존재한다. 그런데 기에는 좋은 것과 나쁜 것이 있다. 이른바 음양이 그것이며, 신(神)과 귀(鬼)가 그것이다. 사람은 태어날 때 어떤 기를 받느냐에 따라서 외형적으로 내면적으로 다양한 모습을 갖게 된다. 그런데 사람은 노력함으로써 자질을 바꿀 수 있다. 노력하기에 따라서 좋은 기를 많이 가질 수도 있고 오히려 나쁜 기를 많이 지니게 될 수도 있다는 것이다.

호연지기는 좋은 기가 내 몸과 마음속에 꽉 찬 상태이다. 호연지기가 몸속에 가득 차게 되면 내 몸은 건강하게 될 것이며, 마음속에 가득 차게 되면 내 마음은 예(禮)와 지(智)를 갖추게 될 것이다. 몸의 건강은 순환이며 마음의 건강은 조화이다. 호연지기는 저절로 이루어지는 것이 아니며 끊임없는 성찰과 수신으로 이루어지는 것이다. 몸이 건강하고 마음이 조화로우면 그것은 저절로 밖으로 드러나게 된다. 기분·기색·기품이니 하는 것이 바로 이런 상태를 따른 말이다.

몸이 좋은 기로 가득 차게 되면 즐겁다. 이른바 '기분이 좋다'는 것이 이것이다. 그런데 기분에서 '분'은 나누고 베푸는 것이라고 했다. 나의 좋은 기를 남에게 전함으로써 남도 나처럼 즐거운 마음이 들게 하는 것이다. 기를 전한다는 것은 별도의 행위가 필요하지 않다. 마음이 조화로워서 평안하고 즐거우면 얼굴이 평안하고 즐겁고, 말과 행동이 평안하고 즐겁게 된다. 순하고 밝은 표정과 예(禮)와 지(智)를 갖추어서 겸손과 공경으로 남을 대한다면, 남 또한 나로 인해서 편안하고 즐겁게 될 것이다.

끊임없이 자신을 돌아보아 수신하여 좋은 기를 몸과 마음에 가득 차게 하는 것, 좋은 기가 저절로 밖으로 드러나서 내 표정과 말과 행동이 평안하고 즐거운 것, 그런 표정과 말과 행동으로 남을 대함으로써 남도 즐겁고 평안하게 하는 것, 이것이 기분의 본래 의미이다.

공맹이 살아야 나라가 산다

한때 공자가 죽어야 나라가 산다는 말이 유행했다. 요즘도 가끔 공자 때문에 세상이 이 모양이야 하는 말을 듣는다. 며칠 전에도 어떤 모임에서 하루빨리 유교가 없어져야 한다는 말을 들었다. 가만히 생각해 보면 다 맞는 말이다. 우리 사회에 만연해 있는 많은 악습 중 일정 부분은 유교 문화의 영향이다. 지나친 가부장적 질서, 사회 곳곳에 자리 잡은 권위, 형식 위주의 불필요한 행위 등 유교 문화의 폐해는 언제 어디서든 만날 수 있다.

사람들은 유교 문화의 폐해를 이야기하면 꼭 공자를 들먹인다. 그들은 그놈의 공자 때문에 세상이 이 모양이라고들 말한다. 심지어 공자가 죽어야 나라가 산다는 말을 서슴없이 한다. 사실 유교란 게 공자가 있으므로 해서 있게 된 것이니 꼭 틀린 말은 아니다.

그런데 진짜 공자가 죽어야 나라가 사는 것일까? 저승에 있는 공자가 이 말을 들으면 어떤 생각을 할까? 추측건대 공자의 인품으로 보아 저 말이 사실이라면 그는 널리 세상을 위해서 죽음을 마다하지 않을 것이다. 만약에 유교 문화의 폐해가 당대인들을 괴롭힌다는 말을 들으면 공자는 어떤 반응을 보일까? 아마도 자책과 분노로 무덤에서 뛰쳐나오려고 할 것이다. 자책은, 공자는 늘 수신을 으뜸으로 생각한 사람이니 이유야 어쨌든 그랬을 것이고, 분노는 온갖 비바람을 맞으면서 사람을 위하는 것으로 가르치고 전파했던 것들이 교묘하게 왜곡되어 사람을 괴롭히는 것으로 잘못 펼쳐지고 있으므로 당연한 반응일 것이다.

공자는 춘추라는 혼란의 시대에 고통받는 사람들을 고통에서 벗어나게 해주고 싶었다. 그는 모든 사람들이 서로서로 어우러져 편안히 행복하게 사는 세상을 꿈꾸었다. 그에게는 그 세상이 요순의 시대였고, 주나라 문왕과 무왕의 시대였고, 주공의 시대였다. 어진 군주가 있고, 예악이 정비되어 질서와 즐거움이 있는 시대, 사람들이 태평성가를 부르는 시대를 당대에 다시 펼치고 싶었던 사람이 공자였다. 그는 모든 문제의 원인을 사람과 사람 사이의 갈등에서 찾았고, 모든 문제의 해결을 사람과 사람 사이의 조화에서 찾았다. 갈등이 없는 사회, 남과 나를 구분하지 않는 조화를 이룬 사회, 그것이 공자가 꿈꾼 사회였다. 공자는 갈등은 사람과 사람 사이의 관계에서 발생하며, 그것을 없애기 위해서는 먼저 내가 올바른 인간이 되어야 한다고 보았다. 공자가 수신을 강조하는 이유가 여기에 있다. 먼저 내가 올바른 인간이 되면 남과 나를 구분하지 않는 내가 되는 것이고, 그렇게 되면 사람과 사람들은 서로 하나 되어 조화를 이루며 살게 될 것으로 본 것이다. 그런데 여기서 남과 나를 구분하지 않는 마음, 그것은 인(仁)이다. 사람 개개인이 수신을 통하여 어진 마음을 갖게 되고, 그 마음이 충만하여 밖으로 드러나면, 그로써 세상은 널리 도가 행해지는 이상적인 사회가 될 것이다. 어진 군주는 사람들이 수신하기 좋은 사회를 만들어준다. 우선 내가 힘들고 내 부모와 처자식이 굶주리는데 수신이 가능할 리가 없다. 공자가 나라에 등용되기 위해 천하를 주유한 이유도 여기에 있다.

공자는 시서예악(詩書禮樂)을 중요하게 여겼다. 공자는 시를 통해서 사람의 마음을 읽었다. 따라서 그에게 있어 시는 사람을 이해하고 위하는 것이다. 서는 역사이다. 공자는 역사를 통해서 지혜를 얻었고 삶의 방향을 찾았다. 예는 넓게는 문화이고 좁게는 인간 존중이다. 마음이 어질면 예는 절로 이루어진다. 예로써 사람을 대하고 세상에 거처하면 갈등과 다툼은 당연히 줄거나 없어지기 마련이다. 악은 조화이고 조화 속에서 어우러짐이다. 공자가 추구한 세상의 마지막 모습이 악이다. 공자에게 있어 세상은 나와 남을 구분하지 않아야 하며, 질서와 조화 속에서 구별과 차별이 없는, 다 같이 하나가 되는 사회, 곧 대동 사회여야 했다.

공자에게서 만들어지고 맹자에게서 체계를 잡은 유교는 이후 한 무제 때 동중서를 거쳐 남송에 이르기까지 계속 정치화되어 갔다. 오륜이 가졌던 수평적 질서가 삼강에 이르러 수직적 질서로 바뀌었고, 그것은 점점 절대화되어 갔다. 남송 때에 주돈이와 정이, 정호를 거쳐 주자에 이르러 유교는 신유학이라고 불릴 만큼 큰 틀의 변화를 가져왔으니 그렇게 해서 만들어진 것이 성리학이다. 성리학이야 유교에 본체론과 심성론을 강화했으니 무슨 문제가 있겠

냐만 그것이 한족의 우월의식 곧 중화사상을 낳았다는 게 문제이다. 요와 금, 원나라 등 이민족에게 시달렸던 한족들이 정신적 도덕적 우월의식 고취로 중화를 내세운 것은 그럴 수 있지만, 그것이 우리나라에 들어오면서 중화는 소중화로, 내재된 우월의식이 신분제 강화의 근거가 되고, 심성론은 지나쳐 실재와 실용보다는 명분과 지나친 관념론으로 이어진 게 문제였다. 잘못된 이념은 가부장적 질서와 남녀 불평등의 심화, 지나친 가문의식 등 잘못된 문화를 가져왔고, 억압과 차별을 당연하게 여기게 했다.

우리 사회에는 비뚤어진 가치관과 좋지 않은 관습들이 사회 전반에 걸쳐 광범위하게 퍼져있다. 그들의 뿌리가 모두 유교에 있는 것은 아닌데도 사람들은 그것들 대부분이 유교 때문이라면서 유교를 탓하고 공자를 비판한다. 한마디로 공자는 잘못한 것 없이 욕을 듣는 것이다. 성리학 도입 이후 성리학을 삶의 지표와 교양으로 여긴 그 많은 조선의 사대부들은 한 번이라도 공자의 본뜻을 이해하고 실천하려고 했을까. 그랬다면 그들의 학문은 사람을 사랑하고 위하는 것이어야 한다. 그런데 세상에는 그런 사람도 있겠지만 그렇지 않은 사람이 훨씬 더 많은 것 같다. 물론 그들도 말은 위민지학(爲民之學)을 이야기하지만, 실제는 그 반대였다.

이제는 공자를 무덤 속에서 모시고 와야 한다. 공자가 평생을 이야기했던 것을 다시금 펼치게 해야 한다. 공자를 받든다면서 공자를 이용하는 거짓 유학자들을 몰아내야 한다. 그들에 의해서 왜곡된 유교와 유교에 대한 세상의 잘못된 인식을 시나브로 몰아내야 한다. 공자가 살아야 세상이 산다. 남과 나를 구분하지 않는 인의 세계, 대동사회를 부르짖은 그의 뜻이 이 땅에 되살아나게 해야 한다.

공자를 이야기하는 사람도, 공자를 비판하는 사람도 공자를 제대로 아는 사람은 드물다. 그들 중에 『논어』나 『맹자』를 읽은 사람도 드물고, 읽었더라도 제대로 읽은 사람은 더 드물다. 갓 쓰고 한복 두루마기 걸친다고 잘 가르치는 건 아니다. 무게 잡고 권위의식 내세우는 것은 더욱 아니다. 요즘 『논어』와 『맹자』를 가르치는 사람들이 그저 자구에 얽매여 의미 파악 없이 해석에만 치중하는 것도 아니다. 한자를 익히기 위해 경전을 배운다는 것도 아니다. 경전은 한문 해석용 교재가 아니라 철학이다. 『논어』를 가르친다는 것은 공자의 뜻을 가르치는 것이다. 『맹자』를 배운다는 것은 공맹의 뜻을 알아 그것에 맞게 세상을 살아가기 위함이다. 다시 말하지만, 공자가 살아야 세상이 산다.

제2부

맹자, 세상을 말하다

윗사람과 아랫사람이 서로 이익을 취하려고 하면 나라가 위태로울 것입니다. 만승(萬乘)의 나라에서 그 임금을 시해하는 사람은 반드시 천승(千乘)의 녹을 받는 공경(公卿)이요, 천승의 나라에서 그 임금을 시해하는 사람은 반드시 백승(百乘)의 녹을 받는 대부(大夫)입니다. 만에서 천을 가지고, 천에서 백을 가지는 것이 많지 않은 것은 아니지만 만약 의(義)를 하찮게 여기고 이익을 앞세운다면 모두가 빼앗지 않고는 만족하지 않을 것입니다. 어질면서 자기 부모를 버리는 사람은 있지 않으며, 의로우면서 자기 임금을 하찮게 여기는 사람은 있지 않습니다.

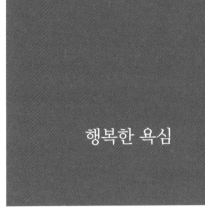

행복한 욕심

1.

『맹자』는 맹자와 양나라(위나라의 다른 이름) 혜왕의 대화로 시작한다. 혜왕은 맹자를 보자마자 반기면서 한마디를 한다. "노선생(老先生)께서 천 리를 멀다 여기지 않고 오셨으니, 또한 장차 무엇으로 우리나라를 이롭게 할 수 있겠습니까?" 양혜왕은 맹자에게 천 리를 멀다 하지 않고 우리 위나라에 오셨는데, 선생께서 우리 위나라를 이롭게 할 방도와 정책을 말해주면 좋겠다고 말한 것이다. 역시라는 말을 쓴 것을 보면 맹자 이전에도 여러 사람이 양혜왕을 찾았음을 알 수 있다. 그런데 이에 맹자는 바로 정색하며 말한다.

왕께서는 하필 이익을 말씀하십니까? 인의(仁義)가 있을 뿐입니다. 왕께서 '어떻게 내 나라를 이롭게 할 수 있을까'라고 하시면 대부들은 '어떻게 하면 내 집안을 이롭게 할 수 있을까'라고 할 것이며, 사(士)나 서인(庶人)들도 '어떻게 하면 내 몸을 이롭게 할 수 있을까'라고 할 것입니다. 윗사람과 아랫사람이 서로 이익을 취하려고 하면 나라가 위태로울 것입니다. 만승(萬乘)의 나라에서 그 임금을 시해하는 사람은 반드시 천승(千乘)의 녹을 받는 공경(公卿)이요, 천승의 나라에서 그 임금을 시해하는 사람은 반드시 백승(百乘)의 녹을 받는 대부(大夫)입니다. 만에서 천을 가지고, 천에서 백을 가지는 것이 많지 않은 것은 아니지만 만약 의(義)를 하찮게 여기고 이익을 앞세운다면 모두가 빼앗지 않고는 만족하지 않을 것입니다. 어질면서 자기 부모를 버리는 사람은 있지 않으며, 의로우면서 자기 임금을 하찮게 여기는 사람은 있지 않습니다. 왕께서는 인의를 말씀하셔야 하는데, 하필 이익을 말씀하십니까?

孟子對曰王 何必曰利 亦有仁義而已矣 王曰何以利吾國 大夫曰何以利吾家 士庶人曰 何以利吾身 上下交征利而國危矣 萬乘之國弑其君者 必千乘之家 千乘之國弑其君者 必百乘之家 萬取千焉 千取百焉 不爲不多矣 苟爲後義而先利 不奪 不饜 未有仁而遺其親者也 未有義而後其君者也 王亦曰仁義而已矣 何必曰利
　－『맹자』「양혜왕장구 상」1장

　이익을 앞세우면 서로 죽이고 살리는 일이 벌어진다고 하는 맹자. 이익에 대한 그의 관점과 생각이 잘 나타나 있다. 각자가 이익을 탐하면 정치적 위계질서가 무너지고 서로 죽이고 살리는 살벌한 투쟁이 나라 안에서 벌어질 것이다. 그러니 이익은 멀리하고 인의만 말해야 한다. 맹자는 양혜왕과 대화를 통해서 이익만을 추구하는 것의 위험을 경고하고 있다. 맹자의 이러한 생각은 이후 유학자들의 보편적 생각이 되었다.

사실 춘추전국시대에 유가만이 이익 멀리하기와 욕망의 자제를 주장한 것이 아니었다. 당대의 많은 사상가가 욕망과 이익 추구의 위험성을 경고했다. 특히 도가(道家)가 그랬다. 노자와 장자는 욕망을 추구하는 사회의 위험성을 거듭 강조했다. 욕망을 추구하면 인간의 순하고 선한 자연적 본성을 상실한다고 말했다. 이념을 통해 이익을 꾀하는 사람들이 등장해서 위선이 횡행한다고 지적했다. 한정된 사회적 재화를 두고 과열된 경쟁이 일어나면서 문명과 문화 전체가 타락할 수 있다고 말했다. 그래서 그들은 끊임없이 '비워라'라고 말했고, 문명 이전의 세상으로 돌아가라고 이야기했다.

묵가(墨家)도 욕망과 이익을 부정적으로 말한 경우가 많았다. 욕망을 추구하는 것이 자신만의 이익을 꾀하는 쪽으로 귀결되기 쉽다고 했다. 특히 이익을 추구하는 것이 강자가 약자를 겁탈하고, 강대국이 약소국을 침략하는 약육강식의 질서를 부추긴다고 했다. 유가는 귀족계급을, 묵가는 피지배계층을 대변한다는 점에서는 대립하였지만, 욕망과 이익에 부정적이었다는 점에서는 같았다. 그러나 욕망과 이익으로 인해 발생하는 문제를 해결하고자 하는 방법은 같지 않았다. 묵가는 평등주의적 방법으로 나아갔고, 유가는 차별주의적 방법으로 나아갔다.

『묵자』의 「절용(節用)」, 「절장(節葬)」, 「비악(非樂)」 편을 보면 묵자는 계속해서 지배계층의 사치를 비판한다. 그들이 이익을 독점하면서 생기는 폐해, 지나치게 욕망을 추구하면서 파생되는 국가 사회적 문제와 백성들의 고통을 이야기한다. 그러면서 묵가는 귀족과 평민, 모두 똑같은 사람이니 이익의 추구와 소비에서 평등해야 한다고 주장한다. 욕망의 충족과 소비를 평등하게 만들기 위해서 우선 귀족계층들이 사치와 낭비를 자제해야 한다고 말한다.

유가는 묵가와 달랐다. 이익과 욕망 추구로 인한 문제를 이야기 했지만, 평등주의적 해법으로 달려가지 않았다. 반대로 차별주의적 해법을 내세웠다. 신분제를 옹호했고, 신분제의 고수를 대안으로 말했다. 예(禮)로 대변되는 신분제와 차별적 질서, 수직적 질서를 옹호했다. 각자의 신분에 맞게 욕망을 추구하고 이익을 누리자는 것이었다. 쉽게 말해 분수를 알아야 한다는 것이다. 물론 유가에서도 안빈낙도나 청백리를 이야기하면서 기득권층의 절약과 절용을 말하기도 한다. 하지만 유가는 분수를 모른 채 욕심을 부리고 이익을 탐하는 것을 큰 사회적 문제로 여겼다. 여기서 분수는 위아래이다. 아랫사람이면서도 윗사람과 같은 부를 누리고 소비하려는 것을 큰 문제로 생각하는 것이 유가이다. 신분에 따라 누려야 할 재화와 문화 소비의 정도와 한도가 달라야 한다. 그것을 예로써 명확히 규정하고 있다. 그런 종적(縱的) 질서를 무시한 채 욕망을 누리려 하니 문제인 것이다. 욕망이 불러오는 사회적 혼란과 파괴의 원인을 묵가는 지배계층의 욕심에서 찾았는데, 유가는 하위계층의 분수를 모르는 욕심에서 찾는 것이다.

이익 추구 때문에 다투는 것을 막기 위해 묵가가 평등주의를, 유가가 신분제를 각각 옹호한 데 반해, 법가(法家)는 재산권 확립을 강조했다. 법가는 사유재산을 인정했다. 사유재산을 법으로 분명하게 지켜줘야 한다고 주장했다. 그러면서 욕망과 이익 추구로 인한 갈등과 다툼의 문제를 해결하려고 했다. 법가는 대안이 다른 것이전에 욕망을 보는 관점 자체가 유가나 묵가와 달랐다. 법가는 욕망을 애초에 부정적인 것으로 보지 않았다. 인간 본성인 욕망을 긍정하고 적극적으로 인정하며, 나아가 활용하자는 생각을 했다.

> 이익이 있는 곳에 백성이 모여들고 명예가 있는 곳에 선비들이
> 목숨을 건다.
> ─『한비자』「외저설 좌상」

한비자가 한 말이다. 그는 '이익을 좋아하는 성품(好利之性)'이 사람을 움직이는 원동력이라고 보았다. 한비자는 인간의 속성은 이익이나 욕망을 추구하게 마련이며, 그 자체가 나쁜 것이 아니라고 보았다. 이익 앞에서는 징그러운 것도 만지고 용감해지는 게 사람이다. 그게 인간의 타고난 본성이다. 그것은 절대 바꿀 수 없는 현실의 모습이라는 것이다. 그러니 '이익을 탐하지 마라'라고 해봐야 무슨 소용이 있겠는가. 한비자는 부모와 자식 사이에도 이익과 손해를 따진다고 보았다. 하물며 임금과 신하의 관계는 더 말할 것이 없다.

> 왕량(王良)이 말을 사랑하고 월왕 구천이 인민을 사랑한 것은 그
> 들을 전쟁에 내몰고 말을 빨리 달리게 하기 위해서였다. 의원이
> 다른 사람의 종기를 빨거나 그 나쁜 피를 입에 머금는 것은 골
> 육 간의 친애하는 정(情) 때문이 아니라 이득을 얻기 때문이다.
> 그래서 가마 만드는 사람은 가마를 만들면서 사람들이 부귀해
> 지기를 바라고, 관 짜는 사람은 사람들이 요절해 죽기를 바란
> 다. 가마 만드는 사람이 어질고 관(棺) 짜는 사람이 잔혹해서가

아니다. 사람이 귀해지지 않으면 가마가 팔리지 않고 사람이 죽
지 않으면 관이 안 팔린다. 정말 사람을 미워해서가 아니라 사
람이 죽는 데서 이득을 볼 수 있기 때문이다.
─『한비자』「비내」

　말을 지극정성으로 돌보는 것은 말 자체를 사랑해서가 아니다.
말을 잘 사육해서 이득을 볼 수 있기 때문이다. 위정자(爲政者)가 좋
은 정치를 행해 백성을 잘 먹이고 잘살게 하는 것은 백성을 사랑해
서 그런 것이 아니다. 국력을 증강하기 위해서다. 모두가 자신의
이익을 위해 움직인다. 관을 만드는 사람은 사람들이 일찍 죽기를
바란다. 반면 가마 만드는 사람은 사람들이 귀해지기 바란다. 관을
만드는 사람이 성정(性情)이 못돼 먹어서일까? 그리고 반대로 가마
를 만드는 사람은 성정 자체가 착한 사람이어서 그런 것일까? 아
니다. 관을 만드는 사람은 요절하는 사람이 많아야 자신이 이익을
더 누릴 수 있고, 가마 만드는 사람은 사람들이 잘 살고 신분이 귀
해져야 자신이 이익을 보기 때문에 그런 것이다.
　현대사회는 이익 추구를 우선시하는 사회이다. 개별 사람마다
이익을 추구한다. 이러한 이익 추구가 현대사회를 발전시킨 원동
력이기도 하고, 현대사회의 많은 문제의 원인이기도 하다. 너무 이
익만을 추구해도 문제이고, 그렇다고 이익을 너무 도외시하는 것
도 문제이다. 맹자는 지나치게 이익만을 추구하는 춘추전국시대의
세태를 못마땅하게 여겨 비판한 것이고, 한비자는 인간의 본성이
원래 이익을 추구하는 것이니 그것을 인정하자는 것이다. 둘 다 맞
다. 각각 시각이 다를 뿐이다.

현대사회의 문제 중에는 지나치게 이익을 추구하는 데서 발생하는 것이 많다. 옳고 그름보다 이익이 먼저인 사회, 도덕과 윤리보다 재화가 먼저인 사회, 이런 사회는 결국 인간관계에서 갈등과 다툼이 많아질 것이고, 공동체 붕괴의 한 원인이 된다. 이익보다는 인의가 먼저라는 맹자의 말이 필요한 까닭이다. 그런데 지나치게 인의만을 강조하는 것이 바람직할까. 만약에 이익을 추구하는 것이 인간의 본성이라면 그런 본성을 도외시하고 인의만을 추구하며 산다면, 그것은 행복한 삶일까. 나는 아니라고 본다. 본성만을 추구하면서 사는 것도 문제가 있지만 그렇다고 지나치게 본성을 도외시하고 사는 삶도 행복이라는 점에서 보면 분명 문제가 있다. 아래 한비자의 이야기는 이 문제에 대해서 시사하는 바가 크다.

> 서로 남을 위한다고 여기면 책망을 하게 되나 자신을 위한다고 생각하면 일이 잘 되어간다. 그러므로 부자간에도 혹 원망하고 꾸짖으며 사람을 사서 농사짓는 자는 맛있는 국을 내놓게 된다.
> ─『한비자』「외저설 좌상」

"남을 위한다는 마음으로 일하면 결국 원망하게 되지만, 자기를 위하는 마음으로 일하면 일이 이루어진다.〔相爲則責望, 自爲則事行〕"라고 한다. 남을 위한다는 마음으로 살고 일하는 것보다 나를 위해서 일하면, 서로가 행복해지고 사회가 발전할 수 있을 것이다. 나를 위하는 것이 남을 위하는 것이고, 남과 더불어 사는 길일 수 있다. 힘든 이웃을 도와야지 해서 돕는 것보다는 힘든 이웃을 돕는 것이 즐거워서 돕는 것이 나에게도 힘든 이웃에게도 더 낫다.

교육은 영혼을 변화시키는 것

맹자는 군자가 가르치는 방법을 다섯 가지로 나누었다. ①단비가 내렸을 때 일시에 만물이 소생하듯이 가만히 있기만 해도 감화를 받아 절로 변화하는 것, ②덕을 이루게 하는 것(인격을 향상하는 것), ③재질을 통달하게 하는 것(타고난 재질을 개발시켜 주는 것), ④물음에 답하는 것(배우는 사람이 스스로 깨우치도록 하는 방법), ⑤직접 가르치지는 않지만, 간접적으로 감화시키는 사숙(私淑)이 그것이다.

> 孟子曰 君子之所以敎者五 有如時雨化之者 有成德者 有達財者
> 有答問者 有私淑艾者 此五者 君子之所以敎也
> ─『맹자』「진심장구 상」 40장

주변 사람에게서 감화를 받아 스스로 변화하는 것은 주변 사람들이 누군가의 변화를 불러일으킬 만한 인품을 지녀야 한다는 것을 전제한다. 학생들에게 가장 많은 영향을 주는 삶은 아무래도 부모와 교사이다. 가정에서는 부모가, 학교에서는 교사가 말로 하는 교육 대신 그들의 일상 모습으로 자녀나 학생이 절로 변화를 일으키게 하는 것이 가장 좋은 교육이다. 일상에서 보이는 모습이 본받을 만한 게 없는데, 말로 하는 가르침이 얼마나 설득력이 있을까.

덕을 이루게 한다는 것은 인격을 향상하는 것이니 요즘 말로 하면 인성교육이다. 인성교육이라는 말은 많이 나오지만, 정작 학교 현장에서는 입시 위주의 교육에 가려서 잘 이루어지지 않는 것이 현실이다. 학생에 대한 평가는 인성이 아니라 성적일 뿐이다. 모범 학생이라는 말은 언제나 성적이 좋은 학생에게 해당하는 말이며, 표창장은 당연히 성적이 좋은 학생이 타는 것이며, 훌륭한 교사는 교사의 인격과 학생들의 인성 향상과는 관계없이 대학 입시 결과에 따라서 평가되는 게 오늘날 학교의 현실이다.

학기 초에 학생들에게 학과 선택 이유를 물어보면, 성적에 맞추어서, 취직이 잘된다고 하여, 다 떨어지고 갈 데 없어서 왔다는 말을 많이 듣는다. 대체로 입시 때 제출한 자기소개서와는 내용이 다른 경우가 많다. 학생들과 이야기를 나누다 보면 어떤 분야에 뛰어난 소질이나 재능을 지닌 학생을 볼 때가 있다. 불행히도 현재 자신이 소속된 학과와는 관련이 없는 경우가 많다. 심지어는 본인도 자신에게 그런 소질이나 재능이 있다는 사실을 모르는 경우도 많다. 초중고 때에 한 번도 자신의 재능을 드러낼 기회가 없었기 때문이다.

선인들의 교육방법에 많이 나오는 것 중 하나가 문답이다. 배우는 사람은 열심히 공부하고, 공부 과정에서 의문이 든 게 있으면 스승에게 묻는 것이다. 선생은 공부한 게 없는 학생에게 일방적으로 무엇을 가르치지 않으며, 학생은 공부하지 않은 채 스승에게 묻지를 않는다. 스스로 공부하다가 의문이 든 게 있으면 천 리나 되는 길도 마다하지 않고 스승을 찾아가서 묻는다. 의문이 풀릴 때까지 질문하니 묻고 답하는 과정이 며칠 동안 이어질 때도 있다. 문답의 핵심은 스스로 깨우치도록 하는 데 있다. 그러니 공부가 전제되는 것은 당연하다. 퇴계 이황과 고봉 기대승이 주고받은 사단칠정(四端七情)에 관한 논쟁은 사단칠정에 관한 공부를 하던 기대승이 이황의 글을 읽고 생긴 의문을 물으면서 시작되었다. 두 사람은 묻고 답하기를 10여 년이나 했다. 기대승은 이황과의 문답 과정을 통해서 스스로 깨우친 바가 커서 대학자로 성장했으며, 이황도 기대승과 문답을 통해 그의 학문은 깊이를 더했다.

맹자가 제시한 군자의 교육방법 마지막은 스스로 알아서 잘 도야하게 하는 것이다. '도야하다'라는 말은 본래 '도기를 만들고 쇠를 주조하다'라는 것에서 나온 말로, '훌륭한 사람이 되도록 몸과 마음을 닦아 기른다'는 뜻이다. 대학원 석사 시절, 당시 지도교수님은 사범대학 학장을 겸하고 있었다. 선생님은 매주 정해진 날에 한 번씩 학장실로 오게 하여 일주일 동안의 공부 정도를 확인하셨다. 일주일 전에 과제를 주셨고, 일주일 후에 질문해 학습 정도를 확인하셨다. 선생님이 내게 주신 과제는 지극히 간단했다. '도(道)'가 무엇인지, 고전문학에서 '기(機)'의 의미가 어떤지를 알아오라는 식이었다. 한 학기 내내 선생님과 나 사이에 강의는 없었고 문답만 있었다. 돌이켜 생각하면 내게 많은 것을 알게 해준 수업이었다.

맹자가 제시한 다섯 가지 교육방법 중 오늘날 현장에서 이루어지는 것은 거의 없다. 이론적으로 많이 이야기되고 있지만 실행되는 것은 적다는 것이다. 맹자가 지금의 교육 현실을 보면 통탄할 일이다. 그런데 교육에 관한 흥미로운 이야기가 『맹자』에 나온다. 그것은 가르침을 열어주어도 스스로 노력하여 깨닫지 못하는 자는 더는 가르치지 않는다는 것이다. 맹자의 '불설지교회(不屑之教誨)'이다.

> 맹자께서 말씀하셨다. "가르치는 것에도 또한 많은 방법이 있다. 나의 달갑게 여기지 아니하는 가르침과 깨우침이란 것은 이 또한 가르치고 깨우치는 것일 따름이다."

> 孟子曰敎亦多術矣 予不屑之敎誨也者 是亦敎誨之而已矣
> ―『맹자』「고자장구 하」 16장

불설지교회(不屑之教誨)는 '질문을 달갑게 여기지 아니함으로써 성과를 기대하는 가르침'이란 뜻이다. 배움을 청하는 사람의 태도가 달갑지 않으면 가르치지 않고 거절하는 것도 가르침의 한 방법이라는 말이다. 공자가 말한, "하나를 가르쳐주면 적어도 셋 정도는 스스로 미루어 알려고 하지 않으면 다시 반복하여 가르쳐주지는 않는다.〔擧一遇不以三隅反 則不復也, 『논어』「술이」 8장〕"라는 말도 비슷한 뜻이다.

맹자의 '불설지교회' 이야기는 조(曹)나라 임금의 아우인 조교(曹交)와 관련이 있다. 조교는 외모가 문왕과 탕임금처럼 장대하였지만 이룬 것 하나 없이 밥이나 축내고 있다고 생각하면서 맹자를 만나 가르침을 청한다. 맹자는 노력하지 않아서 생기는 문제이지 하려는 의지가 있으면 얼마든지 이룰 수 있다고 하면서, '요순의 도는 오직 효와 제일 뿐이라.[堯舜之道 孝弟而已矣]'라고 하였다. 덧붙여 '성군인 요임금의 옷을 입고, 요임금의 말씀을 하며, 요임금의 행함을 하면 요임금이 되지만, 만약 폭군 걸(桀)임금의 옷을 입고, 걸의 말을 하며, 걸의 행함을 한다면 걸이 될 뿐'이라고 말하였다. 막힘없이 적절한 비유를 들어 말하는 맹자의 뛰어난 말솜씨에 감동한 조교는 자신이 맹자의 나라인 추나라의 어진 임금을 잘 아니 그에게 관사를 하사해 달라고 해, 그곳에서 머물면서 가르침을 받겠다고 하였다. 맹자는 조교가 자신의 가르침을 깨닫지 못하고 여전히 엉뚱한 소리를 하자 완곡하게 거절하였다.

교육에 관해 흔히 듣는 말 중 하나가 우리나라의 교육열이다. 우리나라 교육열에 관해 제일 많이 듣는 말은 높은 교육열에 관한 것이다. 실제로 우리나라 학생들은 먹고 자는 것을 제외한 시간 대부분을 교육이나 교육과 관련된 것으로 채우고 있다. 가정에서 교육비가 차지하는 비중도 매우 크다. 심지어 아이를 좋은 학원에 보내기 위해서 부모가 두 가지 일을 하는 하는 가정도 있다. 어머니 중에는 자식 교육이 삶의 전부인 것처럼 생활하는 사람도 있다. 주거를 정하거나 이사를 할 때 먼저 고려하는 것 중의 하나가 자녀의 교육 환경이다.

그렇다면 교육열이란 무엇인가. 교육열은 욕구, 욕망, 열기, 열의 등의 개인적 또는 집단적 심리를 지칭하는 것으로 정의되고 있다. 다소 추상적인 개념인데, 이것을 달리 말하면 교육 동기의 정도를 표현하는 한 가지 언어로 생각할 수 있다. 교육에 대한 동기 그 자체가 아니라, 교육 동기의 정도를 나타낸다. 즉, 교육 동기가 대단히 높은 경우 그것을 교육열이라고 부를 수 있다.

그러면 우리의 교육열은 과연 어떤 것이기에 그토록 높다고 느껴지는 것일까? 아마도 이것은 우리 사회의 교육열이 어떤 목적이나 방향성을 가지고 있는가를 살펴보아야 할 것이다. 그런데 한국인의 교육열은 교육 목적의식에 의해 방향이 정해진 것이 아니라, 교육결과(학력, 학벌 등)로 얻게 되는 사회적 가치에 의해 방향이 정해진 것이다. 엄밀하게 말하면 교육열이라기보다는 학력열에 가깝다. 이것은 다시 좋은 학력을 얻기 위한 학교교육열로 바꾸어 생각할 수 있다. 학원이나 과외에 대한 욕구가 높은 것도 성적을 올리기 위한 것이기 때문에 학교교육열의 표현인 것이다. 학교 교육도 최상급의 학교, 소위 명문대 중심의 대학 입시에 편중된 교육열이다.

대학 입시 위주의 교육열은 그 자체로도 잘못된 것이지만, 더 큰 문제는 대학에 입학한 순간 그렇게 치열했던 교육열이 한순간에 사라진다는 데 있다. 교육열의 최종목적이 좋은 대학 들어가는 것이기 때문에 일어나는 현상이다. 일단 대학, 특히 일류대학을 들어가고 나면 자녀에 대해 그토록 열성적이던 부모의 교육열도 거의 사라져버린다. 대학만 가면 그것으로 끝인 것이다. 이러한 현상이 일어나는 것은 우리 사회가 구성원에 대한 가치를 그 사람의 인성이나 실제적인 업무 능력 이전에 출신 학벌(특히 출신 대학)이나 학력, 성적 등에서 찾기 때문이다.

주지하다시피 우리나라 교육은 입시 위주의 주입식 교육이다. 입시 위주라는 말은 '입시에 필요한 것만'이라는 의미이며, 주입식은 일방적 전달이라는 말로 바꿀 수 있다. 여기에는 교사와 학생의 인성, 학생의 창의성, 자기 주도성 등은 애초에 없다. 자기 주도적 학습이라는 용어가 학교 현장에서 쓰이기는 하지만 실제로 잘 이루어지지는 않는다. 학생들이 주로 배우는 것은 학생이 좋아하는 것하고는 아무런 관련이 없다. 학생들의 적성이나 재능, 호불호와는 관계없이 정해진 것을 일방적으로 배울 뿐이다.

내가 아는 아이 중에 역사나 지리, 특히 고고학에 관심이 많은 이가 있다. 어릴 적부터 국사든 세계사든 역사 관련 책은 보라고 하지 않아도 찾아서 보고 또 봤다. 낯선 곳으로의 여행을 좋아했으며, 자기가 사는 광역시 여기저기를 혼자서 온종일 걸어 다니면서 지리를 탐구했다. 아이는 역사와 관련한 더 많은 것을 배우려고 했고, 모르는 것을 알려고 했다. 대학도 오직 역사 쪽 학과만 갈려고 했다. 고등학교 시절 쓸데없는 역사 공부를 주로 한다고 선생님으로부터 핀잔을 들은 적이 한두 번이 아니었다. 운 좋게 역사 쪽 학과에 진학한 아이가 제일 많이 듣는 말이 "남자가 역사 그런 것 해서 먹고 살겠나."라는 말이라고 했다.

유교는 교육을 매우 중요시한다. 유학자 중에서 교육에 관해서 가장 많은 이야기를 남긴 사람이 맹자이다. 맹자는 유교의 가장 중요한 덕목인 인(仁)을 교육과 관련하여 남을 가르치는 행위를 인의 실천이라고 하였다. 인은 본래 남과 나를 구별하지 않는 마음이다.

여기서 구별하지 않는다는 말은 남을 나와 같이 여긴다는 의미이다. 남을 가르치는 일이 인의 실천이라는 맹자의 말은, 끊임없는 수신(修身)을 통하여 군자의 경지에 오른 사람이라면, 반드시 나만 그런 데 그치지 않고 남들도 그런 경지에 오르도록 해주어야 한다는 의미이다. 그러니 맹자에게 있어 교육은 인격의 함양, 곧 덕을 쌓게 하는 것이며, 이는 가르치는 사람이 덕을 갖춘 사람이어야 한다는 것을 전제한다.

플라톤은 교육을 영혼을 변화시키는 힘이라고 했다. 그는 인간에게 배우고 가르치는 일은 삶 그 자체라고 보았다. 플라톤은 인간의 삶을 하나의 거대한 교육 프로젝트로 생각했다. 그는 인간이 태어나기 전부터 죽을 때까지의 평생 교육의 과정을 크게 태교, 어린이 교육, 청소년 및 성인 교육으로 구분한다. 플라톤이 실행한 교육방식은 거의 토론식 수업이었다. 거기에 주입식은 없었다. 사람은 누구나 평생을 두고 배운다. 문제는 무엇을 어떻게 배우냐는 것이다. 맹자는 우리에게 그 답을 제시해 준 것이다.

하지 않는 것과 하는 것

1.

맹자는 "사람은 하지 않는 것이 있은 뒤에야 하는 것이 있을 수 있다.〔孟子曰 人有不爲也而後 可以有爲, 『맹자』「이루장구 하」 제8장〕"라고 했다. 세상에는 해서는 안 되는 일과 해야 하는 일들이 있다. 그런데 사람들은 대체로 해서는 안 되는 일을 더 하려고 한다. 문제는 해서는 안 되는 일을 하고는 정작 그 일 때문에 해야 하는 일을 하지 못하게 되는 경우가 많다는 것이다. 내가 바라는 바가 크면 클수록 내가 하지 않아야 하는 것이 많을 수밖에 없다. 그런데 세상에는 바라는 바는 큰데도 하지 않아야 하는 일을 하는 사람이 많다.

한때 김 모 전 법무부 차관이 연일 뉴스에서 화제가 된 적이 있다. 전 정권에서 잘나가던 엘리트 출신 김 모는 법무부 차관이 된 지 불과 얼마 지나지 않아서 스스로 사퇴했다. 성 접대 의혹을 불러온 동영상 때문이다. 15년 전의 사건이고, 수사가 끝났고, 이미 공소시효가 지난 사건이 새삼 다시 불거진 것은 당시 수사가 제대로 이루어지지 않았다는 의혹과 함께 단순 성 접대 의혹으로 여겨졌던 사건이 권력형 범죄로 정치적 이해관계가 물린 사건으로 커졌기 때문이다. 여기서 이야기하고 싶은 것은 처신에 관한 문제이다.

우리나라는 유독 고위공직 후보자들이 청문회에서 낙마하는 경우가 많다. 낙마의 이유는 대부분 사회로부터 손가락질받는 행위를 해서이다. 사회의 모범이 되어서 사람들을 바른길로 선도해야 할 지도자급 사람이 사회가 부끄럽게 여기는 일, 곧 하지 않아야 할 일을 했으니 낙마하는 것은 당연하다. 문제는 그런 일이 비일비재하다는 데 있다. 나라를 이끌겠다는 사람, 국무총리나 장·차관이 되겠다는 사람이 자기관리를 잘하지 못해서 손가락질받기 일쑤다. 눈을 돌려보면 고위공직자뿐만이 아니라 사회 구석구석에 평소에 처신을 올바르게 하지 않으면서도 더 큰 자리에 앉으려는 사람이 많다.

학교나 가정으로 가보자. 그곳에도 평소에 처신을 잘못하면서도 더 큰 것을 바라는 사람들로 가득 차 있다. 이것저것 할 것 다 하면서도 공부를 잘하기를 바라는 학생, 놀 것 다 놀면서, 열심히 일하지 않으면서 많은 돈을 벌기를 바라는 어른, 아무튼 세상에는 해야 할 일을 제대로 하지 않으면서 무엇을 바라는 사람이 너무 많다. 무엇을 얻기 위해서는 하지 않아야 하는 것을 하지 않아야 한다. 해서는 안 되는 것, 하지 말아야 하는 것 다 하고 무엇을 얻으려는 마음은 그저 욕심에 불과하다.

훌리오 프랑코(스페인어: Julio Franco)라는 야구선수가 있다. 도미

니카 출신인 그는 메이저리그에서 올스타전 MVP까지 수상한 화려한 경력의 선수이다. 그가 우리나라 사람들에게 알려지게 된 것은 한때 삼성 라이온즈에서 선수로 뛰었고, 롯데 자이언츠에서 코치로 뛴 경력 때문이다. 하지만 그가 전 세계 야구팬들 사이에 유명해진 것은 우리 나이로 50세까지 현역선수 생활을 했다는 데 있다. 그는 49세이던 해에 메이저리그 역대 최고령 홈런을 쳤다. 그는 한국 프로야구에서 뛰었던 역대 외국인 선수 중 가장 화려한 메이저리거 커리어를 자랑하는 선수였다.

그가 삼성 라이온즈에서 선수로 뛰던 시절, 삼성의 많은 선수가 그의 자기관리 비법을 배우려고 했다. 이러한 현상은 그가 롯데 자이언츠 코치로 있었을 때도 변함이 없었다. 그는 선수 생활 내내 술, 담배, 탄산음료를 입에 대지 않았다고 한다. 그는 평소에 생과일주스를 즐겨 마셨으며, 단백질 위주로 하루 7번 식사를 했다. 그는 선수 생활 내내 이러한 규칙적인 생활습관에서 벗어난 적이 없었다. 프랑코의 자기관리 습관에 한국 프로야구선수는 물론 메이저리거 선수들 사이에서도 감탄을 마지않는다고 한다.

프로야구선수들이 듣기 싫어하는 말 중 하나가 베테랑이라는 말이다. 특히 요즘처럼 팀마다 세대교체라는 이름 아래에 이루어지는 베테랑에 대한 서늘한 분위기는 나이 든 선수들의 마음을 더 얼어붙게 하고 있다. 미국 스포츠 잡지 〈스포츠일러스트레이티드 (SI)〉는 최신호에서 메이저리그의 정년을 '33세'로 분석했다. 이런 추세에 50세까지 현역 선수로 뛴 프랑코가 선수들 사이에 존경의 대상이 되고, 야구팬들 사이에 화제가 되는 것은 당연하다.

야구선수들은 모두 한 해라도 더 현역선수로 뛰려고 한다. 하지만 40세 이상 선수 생활을 이어가는 선수는 드물다. 30세 중반이면 벌써 노쇠화했다거나 은퇴해야 하지 않나 하는 시선을 받게 된다. 그들이 프랑코처럼 오랜 기간 선수 생활을 연장할 수 없는 이유는 무엇일까? 그것은 노쇠화에 따른 기량의 저하에 있겠지만 근본적으로는 자기관리에 충실하지 못한 데에 따른 체력의 저하에서도 그 원인을 찾을 수 있다. 그들 중 누구도 프랑코처럼 철저하게 자기관리 습관을 지닌 사람이 없었던 것이다.

　『맹자』에, "중니께서는 하지 아니하는 것이 매우 심하신 분이셨다.〔孟子曰 仲尼不爲已甚者, 『맹자』「이루장구 하」 제10장〕"라는 말이 있다. 중니는 공자의 자이다. 공자가 동양을 대표하는 사상가로서 성인으로 널리 추앙받을 수 있는 것은 그가 하지 아니하는 것이 매우 많았기 때문일 것이다. 세속적인 가치를 추구하지 않고 본질적인 가치를 추구하면서 평생 그의 신념을 위해 살았다. 그런 그도 사람일진대 하고 싶었던 것이 없었을까. 다만 그는 남들보다 훨씬 더 심하게 자기 자신을 다스리면서 하지 아니한 것들이 많았을 뿐이다. 그랬기에 그는 남들이 감히 하지 못하는 것을 할 수 있었다.

　성 접대 의혹을 받는 김 모 전 차관도 큰 꿈을 꾸고 있었을 것이다. 법무부 차관을 거쳐서 장관을 하고, 장관을 거쳐서 국무총리나 아니면 더 큰 꿈을 꾸었을지도 모른다. 그런 꿈을 품고 있었다면 그는 일찍부터 처신에 조심해야 했었다. 고위공직자가 될 사람으로서 해서는 안 될 것들은 하지 않았어야 한다. 그 이전에 무수히 많은 사람이 정상 직전에 자신의 잘못된 처신으로 인해 낙마하는 것을 많이 목격했을 테니까 더욱 그랬어야 했다. 좌절은 전적으로 그의 탓인 것이다.

세상에는, 우리 주변에는 무엇을 하기 위해서 하지 않아야 하는 것들이 많음에도 불구하고 하지 않아야 하는 것들을 거리낌 없이 하면서도 무엇을 하려고 하는 사람이 너무 많다. 그들 대부분은 정도의 차이는 있겠지만 정상의 문턱에서 좌절한다. 문제는 그들 대부분이 자신에게서 좌절의 원인을 찾기보다는 세상 탓을 하는 경우가 많다는 데 있다.

야구선수라면 누구나 훌리오 프랑코처럼 오랜 시간 동안 선수생활을 하기를 바란다. 하지만 훌리오 프랑코처럼 50세까지 선수생활을 할 수 있는 사람은 드물다. 훌리오 프랑코처럼 그렇게 살기란 쉽지 않기 때문이다. 그렇더라도 우리는 이것 하나는 알았으면 좋겠다. '하지 않는 것이 있은 뒤에야 하는 것이 있을 수 있다'라는 사실을…….

다름을 용납하지 않는 사회

『맹자』를 읽다 보면 맹자가 유독 비판하는 인물이 있으니, 양주와 묵자이다. 양주와 묵자에 대한 맹자의 비판은 뒷날 그 유명한 벽이단론(闢異端論)의 근거가 된다. 본래 이단이란 '정확하지 않은 학설'이라는 뜻인데, "이단에 전념하면 해로울 뿐이다.〔攻乎異端斯害也己〕"라고 한 공자의 말에서 비롯되었다. 공자 이래 처음으로 벽이단론을 제기한 사람이 맹자였다. 맹자는 당시 극단적인 이기주의를 주창한 양주(楊朱)와 극단적인 이타주의를 주창한 묵적(墨翟)의 학설을 이단으로 규정, 이를 배척하고 공자의 사상을 수호할 것을 사명으로 삼았다. 맹자에 의하면 양주의 위아주의(爲我主意)는 군신지의(君臣之義)를 파기하는 배리(背理)이고, 묵적의 겸애 이론은 부자의 혈연적 관계마저 경시하는 패륜으로 파악되었다. 이 모두가 전통 사회의 기존 질서를 위태롭게 하는 것이므로 배척하지 않을 수 없다고 하였다.

성왕(聖王)이 나오지 아니하여 제후들이 방자하며, 재야의 선비들이 논의를 멋대로 하여 양주와 묵적의 말이 천하에 가득하여, 천하의 언론이 양주에게 돌아가지 아니하면 묵적에게 돌아간다. 양씨는 자기만을 위하니 이는 임금을 무시하는 것이고, 묵씨는 사랑을 똑같이 하니, 이는 아버지를 무시하는 것이다. 아버지를 무시하고 임금을 무시하는 것은 금수이다. 공명의(公明儀)가 말하기를 "임금의 푸줏간에 살진 고기가 있고 마구간에 살찐 말이 있는데도, 백성들은 굶주린 기색이 있고 들에 굶어죽은 시체가 있다면, 이는 짐승을 몰고 가 사람을 잡아먹게 하는 것이다."라고 하였다. 양주 묵적의 도가 그치지 않으면 공자의 도가 드러나지 않을 것이니, 그 이유는 부정한 학설이 백성을 속여 인과 의를 틀어막기 때문이다. 인과 의가 틀어막히면 짐승을 몰아서 사람을 잡아먹게 하다가 사람들이 장차 서로 잡아먹게 될 것이다.

聖王不作 諸侯放恣 處士橫議 楊朱墨翟之言 盈天下 天下之言 不歸楊則歸墨 楊氏爲我 是無君也 墨氏兼愛 是無父也 無父無君 是禽獸也 公明儀曰庖有肥肉 廐有肥馬 民有飢色 野有餓莩 此率獸而食人也 楊墨之道不息 孔子之道不著 是는 邪說誣民 充塞仁義也 仁義充塞則率獸食人 人將相食 吾爲此懼 閑先聖之道 距楊墨放淫辭邪說者 不得作 作於其心 害於其事 作於其事 害於其政 聖人復起 不易吾言矣

－『맹자』「등문공장구 하」9장

맹자에 의해서 주창된 벽이단론은 조선에 이르러 더욱 심해졌다. 조선은 성리학이 지배하는 나라였다. 성리학 이외의 철학은 모두 배척했다. 불교나 도교는 말할 것도 없고, 성리학과 비슷한 양명학도 배척했다. 비슷하면 비슷할수록 더욱 배척했다. 똑같은 성리학자라도 생각이 다르면 사문난적(斯文亂賊)으로 단정되어 통렬한 비판을 받았다. 사문난적은 '이념의 적'이라는 말인데, 정작 성리학의 본고장인 중국에서는 쓰지 않는 말이다. 조선은 '다름'을 절대 용납하지 않은 사회였다.

김인후는 철저히 성리학적인 입장에 서서 주리론이 아닌 비성리학 계통의 학설을 모두 이단이라고 규정, 강력히 이를 반대해 중립이나 조화를 조금도 용납하지 않았다. 그는 윤휴가 경전의 주석에 관해 주자의 미비했던 점을 지적하고, 독자적 견해를 가지고 이를 보완한 일에 대해 사문난적이라고 규탄했다. 한편 박세당은『사변록(思辨錄)』을 지어 주자의 경전 해석에 이견을 제기하고, 주자가 확정한 경전의 본문을 뜯어고쳤다. 이 때문에 당시 학자들로부터 거센 비난을 받았고 모진 고문을 당했다. 처음에 맹자가 주창한 벽이단론은 도덕적 개념을 강하게 포함하고 있었으나, 조선에서의 이단배척론은 도덕적 개념보다는 당쟁이라는 정치적 요소와 관련되어 극심한 대립 속에서 상대방을 공격하는 수단이 되었다. 여기에는 합리적 논리는 물론 일체의 용납도 없었다.

다름과 틀림은 서로 다르다. 다름은 '비교되는 두 대상이 서로 같지 않다'라는 뜻이고, 틀림은 '바른 점에서 어긋나다'라는 뜻이다. 그런데 우리 사회는 어느 순간부터 다름과 틀림을 구별해서 쓰지 않고 같은 뜻으로 쓰는 경우가 늘어났다. 틀림을 다름으로 보는 것이 아니라 다름을 틀림으로 보는 것이다. 틀림은 옳다거나 바르다 등의 정답을 전제한다. 그러니 다름을 틀림으로 이해한다는 것은 나는 옳고 너는 그르다는 것을 바탕에 깔고 있게 마련이다. 내 마음이 이렇다면 상대에 대해 대체로 적대적이거나 공격적이게 되며, 그런 내 태도에 대해 정당하다고 생각한다.

며칠 전에 동창들을 만났다. 오랜만에 만나는 것이었기에 서로들 매우 반가워했다. 몇 잔의 술이 돌고 대화는 어릴 적 추억에서 정치로 옮겨가기 시작했다. 이때부터 화기애애한 대화 분위기는 점점 살벌해지기 시작했다. 가만히 들어보면 그냥 생각이 다를 뿐이다. 그런데도 마치 원수를 대하듯 격한 감정과 욕설에 가까운 막말을 쏟아내고들 있었다. 다름을 틀림으로 생각하고 상대를 대하니 이해는 없고 비판을 넘어서 비난이 넘쳐나는 것이다. 그날 동창 중 몇 사람은 서로 크게 싸웠다. 이렇게 볼 수도 있고 저렇게 볼 수도 있는 것인데, 서로 다름을 인정하면 아무런 문제가 없는 것인데, 결국은 싸우고 원수처럼 헤어지고 말았다. 둘 다 자기는 맞고 상대는 틀렸다는 생각으로 말했다. 공존을 인정하지 않는 것은 물론 대립조차 인정하지 않았다. 내 것은 옳으니 틀린 상대는 없어져야 한다는 식의 말을 했다. 그 상대 또한 그런 생각으로 상대를 대하고 말했다.

다름과는 마주 앉아서 대화할 수 있다. 대화할 수 있으면 토론할 수 있고, 토론하면 논쟁을 벌일 수도 있다. 대화에는 존중함이 있어야 하며, 토론에는 이해가 있어야 한다. 논쟁은 발전을 가져온다. 그런데 틀림으로 상대를 보면, 존중도 이해도 발전도 없어진다. 그저 바로잡으려는 마음과 없이하려는 마음만 존재할 뿐이다. 나에 대한 상대방의 생각도 나와 똑같다면 둘 사이에는 타협이 있을 수 없다. 물론 틀린 것을 틀림으로 보는 것은 괜찮다. 문제는 다른 것을 틀린 것으로 보는 데에 있다. 세상에는 틀림보다 다름이 훨씬 많다. 그런데 그 많은 다름을 틀림으로 생각한다면 세상에 얼마나 많은 갈등과 다툼이 있을 것인가. 갈등과 다툼이 쌓이고 쌓이면 이 세상은 어떻게 될 것인가?

다름을 다름으로 보지 않고 틀림으로 보는 것도 문제지만, 더 큰 문제는 또 있다. 소위 진영논리이다. 내 편은 무조건 다 맞고 상대편은 무조건 다 틀렸다는 생각이 바로 그것이다. 여기에는 옳고 그름이 없다. 성찰도 없고 검증도 없다. 객관적 논리도 없고 편협한 주관적 생각만 있다. 다름을 인정하지 않으니 상대를 인정하지 않게 되고, 상대를 인정하지 않게 되니 말과 행동에 예의와 품격이 상실된다. 그 빈자리를 채우는 것이 거친 말과 폭력적인 행동들이다.

인간의 삶에는 가속도의 법칙이 있다. 배우면 배울수록 더 배우고 싶어지는 게 인간이고, 배우지 않으면 않을수록 더 배우고 싶어지지 않는 게 인간이다. 한 번 게을러진 사람은 점점 더 게을러지기 쉽고, 나쁜 일도 처음 시작하기가 어려울 뿐 시작하게 되면 점점 더 많이 하게 된다. 말도 그렇다. 같은 말을 하더라도 상대방이 들어서 기분 좋은 말이 있고, 들으면 기분 나쁜 말이 있다. 기분 나쁜 투의 말을 하게 되면 점점 더 기분 나쁜 투의 말을 하게 된다. 내가 그런 말을 쓰면 상대방도 나에게 그런 말을 쓰게 마련이다. 그렇게 되면 나는 더 심한 말을 할 것이고 상대방도 더 심한 말을 하게 될 것이다. 말은 인간의 의식에 영향을 끼친다. 말이 험해지면 그만큼 마음도 생각도 험악해지기 마련이며, 마음과 생각이 험해지면 질수록 말과 행동은 더 험해지기 마련이다.

정치는 일상에 큰 영향을 끼친다. 뉴스에 나오는 정치인의 정치 행위는 그 뉴스를 보는 보통 사람들의 의식과 행동을 변화시킨다. 요즘은 서로 간에 품격 없는 막말이 유행이다. 언론은 연일 정치인들의 막말을 다투어 보도했고, 사람들은 타협 없는 대립 구도 속에서 서로 간에 막말을 퍼붓고 있다. 우리 사회가 점점 극단적으로 양분화되어 가고 있는 느낌이다. 모두 나와 다름을 인정하지 않고 틀림으로 받아들였기 때문이다. 사실 진보든 보수든, 여든 야든 그들의 주장은 옳고 그름의 대상으로서 이단의 논리가 적용될 것이 아니라 그들 나름의 주장으로서 그저 다름일 뿐이다. 마치 원수라도 대하는 것처럼 일체의 용납 없이 상대를 비난할 일은 아니다.

나는 우리 사회의 구성원이 마음을 넓게 가지고서 틀림과 다름을 구분할 줄 알고 대처하면 좋겠다. 나와 다름을 모두 틀림으로 생각하여 마치 절대 용납할 수 없는 종교적인 이단으로 취급하는 것은 사회의 분열만 초래할 뿐이다. 사람마다 선한 성품을 가리고 서로에 대한 나쁜 마음만 드러내는 것은 끝내 너는 물론 나와 우리 전체의 공동체를 위협하게 된다. 지금은 다름을 다름으로 보고 이해하고, 틀림을 틀림으로 보고 대처하는 현명한 자세가 필요한 때이다. 한편 틀림을 틀림으로 대하더라도 극단적인 말과 행동으로 갈등을 부추기고 다툼을 만들기보다는 존중의 태도로 조화를 이루었으면 좋겠다. 갈등을 없이하고 조화를 이끌어내는 것, 곧 조화로운 사회가 유교가 바라는 사회이고, 맹자가 이루고자 한 사회이다.

　『맹자』「만장장구 하」를 보면 백이, 이윤, 유하혜, 공자 등 역사
상 두드러진 업적을 남긴 네 사람에 대한 맹자의 인물평이 나온다.
맹자는 이들 네 사람이 모두 성스러운 사람이지만, 그들은 모두 한
부분으로 치우쳐 있는 사람들이라고 했다. 백이는 인품이 고결하
여 청아한 면이 두드러지고, 이윤은 사명감을 가지고 적극적으로
임하는 면이 두드러지고, 유하혜는 인품이 너그러워 온화한 면이
두드러지지만, 공자는 이들이 가진 부분적인 성스러움을 모두 갖
추고 있다고 했다. 청아할 때는 청아하고, 적극적으로 일할 때는
적극적으로 일하며, 온화해야 할 때는 온화하게 처신하는 사람이
바로 공자이다. 맹자는 그런 공자를 집대성(集大成)이라는 말로 표
현한다.〔孔子 聖之時者也 孔子之謂集大成〕

　　집대성이라는 것은 쇠로 만든 악기로 소리를 늘어뜨리고 옥으
　　로 만든 악기로 거두어들이는 것이다. 쇠로 만든 악기로 소리를

늘어뜨린다는 것은 가락을 시작하는 것이고, 옥으로 만든 악기로 거두어들인다는 것은 가락을 마무리하는 것이다. 가락을 시작하는 것은 지혜로움을 가지고 하는 일이고, 가락을 마무리하는 것은 성스러움을 가지고 하는 일이다.

集大成也者 金聲而玉振之也 金聲也者 始條理也 玉振之也者 終條理也 始條理者 智之事也 終條理 者聖之事也.
－『맹자』「만장장구 하」1장

집대성이란 모든 악기가 연주하는 가락이 각각의 개성을 발휘하면서 전체적으로 큰 조화를 연출하는 것을 말한다. 노랫가락이 각각의 개성을 발휘하기 위해서는 각각의 고유한 음계에 맞추어 음의 높낮이를 달리하면서 길게 여운을 끌어가야 하므로 종과 같은 쇠로 된 악기를 사용하는 것이 어울린다. 반면에 전체적으로 조화를 이루기 위해서는 모든 노랫가락이 혼연일체가 되었을 때 더는 여운을 남기지 말고 딱 마무리하는 것이 필요하다. 이때 어울리는 것이 옥으로 된 악기이다.

연주할 때, 가락을 시작할 때에는 각 음의 높낮이를 정확하게 분별하여 각각의 소리를 정확하게 내어야 하므로 음과 소리를 잘 분별할 수 있는 지혜로움이 필요하다 하지만, 가락을 마무리할 때는 모든 가락이 혼연일체가 되어 전체적으로 조화를 이루어야 하므로 남과 자기가 하나가 되는 인(仁)의 마음이 필요하다.

현실적으로 자기의 처지와 남의 처지를 분별하여 자기 처지에 맞는 역할을 할 수 있는 사람이 지혜로운 사람이라면, 남과 자기가 하나임을 자각, 남을 자기처럼 생각함으로써 남과 자기가 조화를 이룰 수 있는 사람이 어진 사람이다. 그리고 이 둘을 겸한 사람이 성자(聖者)이다. 맹자는 공자를 바로 이런 사람, 곧 성인으로 본 것이다. 나머지 세 사람, 백이와 이윤, 유하혜는 성인이 아닌 지혜로운 사람으로 보았다.

공자가 성인인 것은 그가 시의에 맞게 처신했기 때문이다. 시의란 때의 마땅함이니 곧 때에 마땅하게 처신했다는 것이다. 여기서 때라는 시간의 개념은 상황이라는 공간의 개념으로 바꿀 수 있다. 따라서 공자가 시의에 맞게 처신했다는 것은 상황에 맞게 처신했다는 말이다. 상황에 맞게 처신하려면 먼저 상황을 잘 알아야 하며, 그런 상황에 어떻게 처신하는 것이 올바른 것인지를 알아야 하며, 이를 위해서는 양극단 또는 한쪽에만 치우친 경직된 사고에서 벗어나야 한다는 것을 전제한다.

맹자는 공자가 때에 맞게 처신하는 것을 왜 집대성이라는 용어로 표현했을까. 집대성이라는 용어가 가진 의미의 본질은 조화이다. 전체를 아울러 하나가 되게 하는 것, 그것이 곧 집대성이다. 따라서 때에 맞게 처신한다는 것, 곧 상황에 맞게 처신한다는 것은 서로 다른 개별적인 것들과 어긋남 없이 잘 조화하여 하나가 된다는 의미이다. 공자는 옳고 그름을 알아서 그것에 맞게 처신했으며, 서로 다른 것들과 다투지 않고 조화롭게 하나가 되었다. 공자가 이것이 가능했던 것은 공자의 마음에 남과 나를 구별하지 않는 인(仁)의 마음이 있었기 때문이다. 개별적으로는 서로 다르며, 서로 다른 위치에서 최선을 다하는 것이 지(智)이며, 서로 다른 것들이 조화롭게 하나 되는 것이 인(仁)이다. 때에 맞게 처신하는 것을 인이라고 하면 집대성은 인이 밖으로 드러난 것이다.

인문학의 본질은 조화에 있다. 조화는 갈등과 다툼을 멀리하는 데서 나온다. 갈등과 다툼은 대체로 이기적 욕망에서 비롯된다. 따라서 갈등과 다툼을 없이하려면 인간 개개인의 이기적 욕망을 없도록 해야 한다. 인간 개개인의 욕망은 어디에서 나오는가? 맹자는 인간의 본성은 선하다고 했다. 선한 본성을 가진 인간은 태어나는 순간부터 오감이 작동하게 되고, 오감이 작동함과 동시에 욕망이 발생한다. 욕망은 대체로 이기적이다. 이기적인 욕망은 필연적으로 갈등을 불러일으킬 수밖에 없다. 갈등은 다툼을 낳고 다툼은 인간 사회에 혼란을 초래하고 혼란은 인간을 힘들게 한다. 불교든 기독교든 종교는 기본적으로 인간을 고통에서 벗어나게 하려는 데서 생겼다. 유교도 마찬가지이다.

공자는 춘추전국시대를 살았다. 그가 태어난 노나라는 상대적으로 힘센 나라가 아니었다. 끊임없는 전쟁과 외세의 침략에 시달렸다. 노나라는 물론 춘추전국시대를 산 사람들은 예외 없이 고통에 시달렸다. 공자는 당대 사람들의 고통에 주목하였다. 어떻게 하면 사람들의 고통을 덜어줄까를 고민했다. 공자는 해답을 공자 이전 시대의 사람들, 요와 순, 탕왕과 문왕·무왕, 주공에게서 찾았다. 그들이 다스린 때는 질서가 잡혀 있었고 백성들은 살기 좋았다. 공자는 특히 주공에게 주목하였다. 주공은 중국에서 처음으로 예악을 정비한 사람이다. 예는 질서이고 악은 조화이다. 공자는 질서와 조화가 무너진 당대 사회 문제들의 해결책을 질서와 조화가 있어 이상적 사회로 여겨졌던 주공의 시대에서 찾은 것이다.

맹자는 공자에서 나아가 조화를 개인의 마음에서 찾았다. 맹자는 인간이 태어나면서부터 지니게 된 이기적 욕망을 없애기 위해서는 태어나면서 가져온 본래의 성품을 회복해야 한다고 생각했다. 이를 위해서는 먼저 자신의 잘못을 부끄러워하고 다른 사람의 잘못을 미워하는 마음을 가져야 한다고 했다. 잘못을 부끄러워하면 고치려고 노력하게 되고 그 노력이 끊임없이 반복되게 되면 사람이 타고난 본래의 성품을 회복하게 된다고 하였다. 본래의 성품을 회복하게 되면 마음속에 좋은 기운이 가득 차게 되고, 그렇게 되면 선한 본성이 밖으로 절로 드러나게 된다. 사람과 사람이 모두 선한 마음으로 남을 대하게 되면 인간 사회는 공자가 말한 대로 모두가 조화롭게 함께하게 될 것이다.

몇 년 전 일본이 우리나라에 보복수출금지조치를 취하자 대응 태세를 두고 의견이 분분했던 적이 있다. 정부는 일본의 경제 보복 조치를 부당하다고 보고 강경대응태세를 유지했는데, 일부 언론과 정치인들은 정부의 대응태세를 신랄하게 비판했다. 강경대응 기조를 주장하는 쪽에서는 그들을 비판하는 사람들을 향해 신친일파 또는 매국 행위라고 몰아붙였다. 반면에 강경대응정책을 비판하는 사람들은 그들을 향해 선동정치, 감성팔이 등의 용어를 써가면서 신랄하게 공격했다. 양쪽 주장 모두 나름의 타당한 이유를 지니고 있다. 문제는 일본의 부당한 경제 보복 조치에 대한 우리나라의 대응 자세를 인식하는 방식이 너무나 큰 차이를 보이는 데에 있었다. 더 큰 문제는 양쪽 사이에 서로에 대한 이해나 타협의 여지는 없고, 주장하는 사람들 사이에 마치 서로 원수를 대하듯 감정의

골만 더 깊어지고 있다는 것이다. 상황이 이렇게 된 것은 이전부터 이어온 서로를 용납하지 않는 경직된 진영논리 때문이며, 국익이나 국민을 생각하는 마음보다는 나의 이익이나 내 편의 이익을 먼저 생각하는 소아적 태도 때문이다. 한 걸음 떨어져서 객관적인 시각으로 바라보면 무엇이 옳고 무엇이 그른지, 어떻게 해야 하는지 답이 잘 보일 것인데, 다들 그럴 생각이 없는 것 같다. 그저 경직된 사고로 대의보다는 자기 생각에만 빠져 있다. 사람마다 집단마다 개별적인 생각이 있고, 주장이 있을 수 있다. 그들 나름의 타당한 이유가 있다. 하지만 여럿이 함께 공존하려면 대화와 타협이 필요하고 조화를 통한 통합과 융합이 필요하다. 비록 각자는 다르지만, 전체는 하나가 되는 집대성이 필요하다.

백이와 이윤과 유하혜의 처신이 잘못된 것은 아니다. 그들 나름의 성향에 맞게 각자 다르게 처신했을 뿐이다. 그런데 공자의 처신이 그들보다 높이 평가받는 것은 무엇 때문이었는가. 그것은 한쪽에 치우치지 않고, 경직되지 않고 때에 맞게 상황에 맞게 처신했기 때문이다. 한쪽에 치우쳐 나만의 성향과 주장을 고집할 것이 아니라, 때와 상황에 맞게 옳고 그름을 따져서 조화롭게 전체가 하나가 되는 것이 필요하다. 지금이야말로 공자의 시의(時宜), 집대성의 이치에 주목하여야 할 때이다.

최근 우리 사회는 통합과 융합이 꼭 필요하다. 정치·경제·사회 곳곳에서 갈등과 다툼이 심각하다. 일본과의 관계는 물론 홍범도 장군을 비롯한 독립군 지휘관들에 대한 평가에 이르기까지 그저 타협 없는 대치만 있을 뿐이다. 정치인들은 서로 죽이지 못해 안달이라도 난 것처럼 막말을 쏟아내기 바쁘다. 나라는 어찌 되든지 말든지, 국민의 삶이 힘들어지든지 말든지 그저 싸움에만 열중이다. 생각이야 각자 다를 수 있지만, 그런 생각들을 조화롭게 하나로 묶어내는 것은 매우 중요하다. 이럴 때는 통합과 융합의 지도자, 곧 집대성할 수 있는 지도자가 필요하다. 그런데 그런 지도자가 보이지 않으니 참으로 안타깝다.

사이비를 부르는 사회

우리 사회에는 사이비(似而非)가 광범위하게 퍼져있다. 종교뿐만이 아니라 정치·경제·사회·문화 등 다양한 분야에 사이비들이 판을 치고 있다. 그것이 사이비임을 아는 경우가 있지만, 사이비인줄 모르는 경우도 많다. 사이비가 끼치는 해악은 매우 다양하다. 경제적 파탄을 불러오는 것은 물론 심하면 인간의 영혼을 심각하게 파손시키고 가정의 붕괴를 가져오기도 한다. 이런 사이비의 무서운 점은 대체로 선한 형상을 하고 있어, 그것이 진짜 선한 줄 알게 한다는 것이다. 사이비는 겉으로 보기에 올바르고 비슷한 것 같으나 속은 전혀 다름을 일컫는다. 사이비의 가장 큰 특징은 저들의 가치관을 사회에서 건전하게 받아들이는 보편적 가치관이나 개인의 가치관보다 위에 둘 것을 강요하는 것이며, 저들에 대한 맹신을 이용해 사람을 이용하고 그로 인한 가정 파괴나 범죄 등을 유발한다는 것이다.

종교의 관점에서 사이비를 살피려면 우선 사이비와 이단을 구분해야 한다. 이단은 종교적 관점에서 기성 교단과 교리상의 차이가 커서 양립하기 힘든 경우에 주로 쓰이고, 사이비는 사회적인 관점에서 법이나 도덕을 어겨 사회에 물의를 일으킬 때 쓰이는 경우가 많다. 이처럼 서로 다른 관점에서 사용되는 경우가 많으므로 이단이면서 사이비인 경우와 이단이 아닌데 사이비인 경우가 모두 존재할 수 있다. 예를 들어 특정 종파의 입장에서 자기들과 같은 종교를 표방하면서 서로 교리해석이 다를 경우 이단이라고 볼 수 있지만, 이단이라고 해서 사이비 종교가 되지는 않는 것과 마찬가지다. 물론 특정 종파 입장에서 이단이면서 동시에 사이비 종교인 경우도 많다. 이처럼 사이비 종교에 대해서는 세속적 잣대라는 비교적 명확한 기준으로 인해 상대적으로 구분이 쉬운 편이지만, 이단이라는 것은 종교적 관점에서 정해지는 것이기에 단정적으로 말하기가 힘든 편이다. 물론 소위 정통파 교단에도 사이비 종교인들은 충분히 존재할 수 있다.

사이비를 깊이 궁구하다 보면 몇 가지 특성을 발견할 수 있다. 비판 없는 절대적 개인숭배(또는 숭배에 가까운 지지), 완전무결한 존재라는 설파와 인식, 자기 또는 자기들만이 절대적으로 옳다는 배타적 생각, 주요한 결함이나 비리를 숨기거나 불인정하는 태도, 자기의 일정 부분을 감추고 호기심 등을 자극하여 외부인을 끌어들이려는 방식 등이 그것이다. 사이비의 이런 특성은 늘 범죄의 가능성을 내포하고 있다. 이런 기준을 갖고서 우리 주위를 둘러보면 의외로(?) 사이비가 많음을 알 수 있다. 한 발 더 나가면 나 자신도 사이비이거나 잠재적 사이비일 가능성이 있다.

공자도 맹자도 모두 사이비를 싫어한다고 했다. 그들은 누가 봐도 가짜인 줄 알면 심각하지 않은데, 사이비는 가짜를 진짜인 것처럼 믿기 때문에 위험하다고 했다. 『논어』나 『맹자』를 보면 사이비에 대응하는 말로 '향원'이라는 말이 나온다.

공자는 『논어』에서 "향원(鄕愿)은 덕을 어지럽히는 자이다."(『양화』)라고 했다. '향원'이라는 말의 글자 그대로 뜻은 '동네(鄕)에서 신실하다(愿=原)고 인정받는 사람'이다. 글자 자체로는 나쁜 뜻이 없는데, 공자가 사이비 군자를 가리키는 말로 이 말을 사용하면서 부정적으로 사용되게 되었다. '사이비'란 우리가 요즘 쓰는 말 이상으로 심각성을 띠는 말이다. 사이비는 너무 닮아서 보통 사람들은 그것이 가짜인 줄 모를 때 쓰는 말이다. 다른 사람뿐 아니라 자기 자신도 속을 정도로 그럴듯한 사람이다. 그래서 위험하다. 누가 봐도 가짜인 줄 알면 심각하지 않다. 공자는 향원을 가짜 군자, 즉 군자인 척하는 사람이라고 규정했는데, 그 행태가 너무 그런 것처럼 보여서 동네 사람들은 모두 그 사람이 정말 유덕한 사람이라고 생각한다. 그래서 '향원'이라고 불린 것이다. 향원은 마음을 바르게 해서 그 마음에서 저절로 우러나오는 유덕(有德)한 행위를 하는 것이 아니라, 덕 있는 사람만이 할 것 같은 행위를 연출해 낸다. 많은 사람이 그를 유덕한 사람이라고 생각하고 주위에서 그렇게 인정함으로 스스로 그렇다고 생각하기도 한다. 그러나 절대 요순의 학도가 될 수 없는 인물이다. 정말 본성인 자신의 마음을 가지고 사는 것이 아니라 자신이 덕이 있다는 허위의식으로 지탱되는 인물이기 때문이다.

『맹자』에도 향원에 관한 이야기가 나온다.

만장이 말하였다. "공자께서 말씀하시기를, '내 문 앞을 지나면서 내 방에 들어오지 않더라도 내가 유감스럽게 생각하지 않을 자는 오직 향원(鄕原)뿐이다. 향원은 덕(德)을 해치는 적(賊)이다'라고 하셨는데, 어떤 사람을 향원이라고 할 수 있습니까?" 맹자께서 말씀하셨다. "어째서 이렇게 시끌시끌하며, 말은 행실을 살피지 못하고 행실은 말을 따라가지 못하는가. 그러면서도 입만 열면 '옛사람이여, 옛사람이여' 하는구나. 행실은 무엇 때문에 이처럼 고단하고 각박하게 하는가. '이 세상에 태어났으면 이 세상에 맞춰 살면서 좋은 사람이라는 말이나 들으면 되지' 하면서 덮어놓고 세상에 아첨하는 자가 바로 향원이다."

만장이 말하였다. "한 고장 사람들이 모두 후덕한 사람이라 칭하면 가는 곳마다 후덕한 사람이라 하지 않을 리가 없는데, 공자께서는 그런 사람을 '덕의 적'이라고 하시는 것은 어째서입니까?" 맹자께서 말씀하셨다. "그를 비난하려 해도 거론할 것이 없고, 꼬집으려 해도 꼬집을 것이 없을 정도로 세속의 흐름에 동화되고 더러운 세상에 영합하여, 그의 처신은 마치 충신(忠信)한 듯이 보이고 그의 행동은 청렴결백한 것처럼 보인다. 그리하여 모든 사람들이 다 좋아하면 스스로를 옳다고 생각하므로, 함께 요순(堯舜)의 도(道)에 들어갈 수 없으니, 그래서 '덕의 적'이라고 하신 것이다. 공자께서 말씀하시기를, '나는 사이비를 미워하는데, 가라지를 싫어하는 것은 벼싹을 어지럽힐까 두려워서이고, 처세에 능한 자를 싫어하는 것은 의(義)를 어지럽힐까 두려워서이고, 말 잘하는 자를 싫어하는 것은 신(信)을 어지럽힐까 두려워서이고, 정(鄭)나라 음악을 싫어하는 것은 정악(正樂)을 어지럽힐까 두려워서이고, 자주색(間色)을 싫어하는 것은 붉은색(正色)을 어지럽힐까 두려워서이고, 향원을 미워하는 것은 덕을 어

지럽힐까 두려워서이다' 하셨다. 군자는 상도(常道)로 돌아갈 뿐
이니, 상도가 바르게 확립되면 서민이 선(善)에 흥기하고, 서민
이 선(善)에 흥기하면 사특한 무리들이 없어질 것이다."

孔子曰過我門而不入我室 我不憾焉者 其惟鄕原乎 鄕原德之賊
也. 曰何如斯可謂之鄕原矣. 曰何以是嘐嘐也 言不顧行 行不顧言
則曰古之人古之人 行何爲踽踽凉凉. 生斯世也 爲斯世也 善斯可
矣 閹然媚於世也者是鄕原也.
萬章曰一鄕 皆稱原人焉 無所往而不爲原人, 孔子以爲德之賊 何
哉? 曰非之無擧也 刺之無刺也 同乎流俗 合乎汚世 居之似忠信
行之似廉潔 衆皆悅之 自以爲是而不可與入堯舜之道. 故曰德之
賊也. 孔子曰惡似而非者 惡莠恐其亂苗也, 惡佞恐其亂義也, 惡
利口恐其亂信也, 惡鄭聲恐其亂樂也, 惡紫恐其亂朱也, 惡鄕原恐
其亂德也. 君子反經而已矣 經正則庶民興 庶民興 斯無邪慝矣.
—『맹자』「진심장구 하」37장

  향원들은 군자인 척하지만, 군자의 조건인 내면의 덕은 결여되
어 있는 사람들이므로, 군자가 되기 위한 지난한 공부 중에 있는
광자나 견자를 이해하지 못한다. 그들은 광자가 허황된 생각을 하
는 것이 한심스럽고, 견자가 깨끗한 척하는 것이 아니꼽다. 향원들
의 본질은 그들이 견자를 비웃으면서 하는 말인 "이 세상에 태어났
으면 이 세상 사람이 하는 일을 해야지. 그들이 좋다고 하는 것이
좋은 것 아닌가." 하는 데에서 여실히 드러나 있다. 그들은 세상
사람들이 좋다고 하는 것에 장단을 맞춰 자신을 연출해 낸다. 세상
사람들이 인자한 사람이 좋다고 하면 인자한 척하고 능력 있는 사
람이 좋다고 하면 능력 있는 척한다. 세상 사람들이 누군가를 칭찬

하면 같이 칭찬하고 누군가를 비난하면 같이 비난한다. 맹자는 그들이 "속내를 드러내지 않고 세상에 아부하는 사람들"이라고 했는데, 사실은 그들은 드러낼 속내가 없다. 세상에 떠돌아다니는 평가로 만들어진 허깨비이기 때문이다.

세상에는 향원 같은 사이비가 너무 많다. 사이비보다 더 많은 것이 사이비를 사이비인 줄 모르고 믿어 의심하지 않거나 심지어 맹종하는 사람들이다. 사이비 종교만 있는 것은 아니다. 사이비 언론, 사이비 정치인, 사이비 학자, 사이비 법조인, 사이비 사회운동가, 사이비 예술가, 사이비 의사…… 온통 사이비 천국이다. 정치인이 아닌데 정치인처럼 행동하고 다녀서 사이비 정치인인 것만은 아니다. 정치인인데도 정치인답지 않으면서 세상에 폐해를 끼치는 사람이라면 그 또한 사이비이다. 돈에 양심을 파는 학자, 신(神)을 팔아 돈을 챙기는 성직자, 정의를 팔아 배를 채우는 법조인, 진실을 왜곡하는 언론인, 이익을 위해 혹세무민하는 글을 쓰는 사람이 있다면 그는 사이비 글쟁이일 것이다.

20년 가까이 이어진 아이들에 대한 성폭력, 부동산만 80억, 고급외제차와 명품 시계, "(피해자) 300만 원 하는 사람은 자기 봉급을 다 갖다 넣는 거니까. 맨날 차비도 없이 쩔쩔매고. 맨날 사채업자한테 쫓기고", "(피해자) 굶기도 하고 맞기도 하고. 그러니까 제일 먼저 헌금 채우고 그다음에 빚. 파산하면 없애 주더라고요." 이렇게도 헌금을 못 채우면 매질이 시작됐다는 말, "(피해자) 손 피멍이 들고 손바닥 다 까지고 발도 막 멍이 들어서 잘 걷지도 못하고 부들부들 떨면서. 막 맞는 사람도 많고. 나무막대기. 각목. 야구 배트로 맞기도 하는데", 부모 대신 아이를 때리기도 했다는 충격적인 증언.

며칠 전에 뉴스에 나온 기사이다. 그런데 기사를 읽으면서 먼저 드는 생각은 목사의 나쁜 행실을 떠나서 저 사람들은 왜 저렇게까지 했느냐였다. 정상적인 사고로는 도저히 이해할 수 없는 행동들, 맞아가면서 사채를 내면서, 내 아이를 학교 대신 교회에 맡겨 성폭행당하게까지 하면서 헌금을 내는 저들의 행위란, 그런 행동을 하는 저들의 사고란, 결국 사이비가 얼마나 무서운 것인가를 보여주는 좋은 증거인 것이다. 물질적 육체적 피해는 물론 영혼까지 파괴하는 것이 사이비이다.

지금은 지극히 문명화된 사회이고 교육 수준도 높아서 사람들 대부분 지적 사유적 능력이 여느 때보다 높다. 그런데 왜 저런 일들이 버젓이 벌어질까. 중간을 허용하지 않는 사회, 극단을 요구하는 사회, 여유를 허락하지 않는, 그래서 영혼이 쉴 수 없는 사회, 빠름이 칭찬받는 사회, 이것들이 사이비를 부르는 것은 아닐까. 맹자가 저승에서 이 꼴을 보면 너무 많은 향원에, 너무나 노골적이어서 향원답지 않은 향원에, 그런 향원들에게 속아 넘어간 사람들의 수많음에 뒤로 넘어지지 않을까 싶다.

개천에서
용이 나올 수 없는 사회

'개천에서 용 난다'라는 속담이 있다. 변변하지 못한 환경에서 훌륭한 인물이 나왔다는 뜻이다. 근데 이 말을 속담사전에서 **빼야** 할 것 같다. 현대 한국사회가 개천에서 용 나올 수 없는 사회가 되었기 때문이다. 문제는 양극화(兩極化, polarization)이다. 양극화는 서로 다른 계층이나 집단이 점점 더 차이를 나타내고 관계가 멀어지는 것을 뜻하는 말이다. 구체적으로 소득, 자산 등 경제적 불평등이 심화하여, 중산층 지위를 유지하거나 하위 계급이 중산층으로 계급 지위를 상승시킬 수 없게 되며, 빈곤층이 증가하게 되는 사회 현상이다.

한국사회의 양극화 현상은 1990년대 후반부터 본격적으로 벌어지기 시작했다. 1997년 IMF 외환 위기는 기업 구조조정과 대규모 해고를 불러왔으며, 미비한 사회복지제도는 실업과 고용 불안의 만연화를 초래했다. '고용 없는 성장'으로 소득과 자산의 불평등이 심화하였고, 상대적으로 조세 정책상 부의 재분배 기능은 거의 강화되지 못했다. 양극화 현상은 더욱 심화하였으며, 경제적 불평등은 사회·문화·교육 분야 등의 양극화를 심화시켜 사회통합에 부정적 영향을 주고 있다.

양극화 현상은 본래 소득의 양극화를 기본으로 한다. 2020년대에 한국의 소득 불평등은 모든 경제협력개발기구(OECD) 국가 중 최고 수준이다. 삼성경제연구소에서 한국의 소득 양극화 지수를 주요 국가와 비교한 것을 보면, 한국의 소득 양극화 지수는 미국 다음으로 높았다. 일본, 독일, 영국, 프랑스 등이 모두 한국보다 낮았다. 대표적인 자산인 토지 소유의 불평등을 보면, 국유지를 제외한 전체 국토의 절반 이상을 전체 인구의 1% 정도가 소유하고 있다. 이런 토지 소유의 집중은 '집 없는 서민'의 주거 관련 비용의 증가에 영향을 주어 경제적 불평등을 더욱 심화시키고 있다. 더구나 1997년 IMF 외환 위기로 관행화된 정규직과 비정규직의 노동시장 양극화는 근로 빈민을 양산했다. 비정규직 비율은 2001년에 전체 임금 노동자의 26.8%에서 2005년 36.8%로 증가하였고, 2010년에는 50% 정도가 되었으며, 지금도 늘어나는 추세이다. 이런 불안정한 비정규 노동의 증가는 불안정한 소득과 차별적 저임금을 양산하고 있다. 공무원 등 특정한 직종을 제외한 정규직 노동자도 공식, 비공식적인 상시적 해고 위험으로 안정적인 미래의 소득과 노후의 삶을 예상할 수 없는 불안정한 상태에 처해 있다.

이런 경제적 불평등과 불안정한 삶을 완화하기 위한 국가의 조세정책을 통한 소득 재분배 및 사회복지제도는 충분히 마련되어 있지 않은 실정이다. 그 결과 2020년 경제협력개발기구 자료에 따르면 한국의 자살률은 OECD 국가 중 1위를 차지하고 있다. 출산율은 2005년 이후 계속 OECD 국가 중 최하위를 차지하고 있다. 즉 양극화 현상으로 미래의 삶에 대한 기대와 희망을 잃어버리는 경우가 적지 않다는 것을 보여준다. 특히 양극화 현상은 여성, 노인들에게서 더욱 심화되어 나타나고 있다. 남성 대비 여성의 상대적 저임금과 낮은 취업률, 조기 퇴출당한 노인의 노후생활 위기는 사회문제가 되고 있다.

한편 산업과 기업 간의 양극화 현상도 심화되고 있다. 1997년 IMF 외환 위기, 2008년 세계 금융위기를 거치면서도 지속 가능한 성장 산업으로 업종 전환이 제대로 이루어지지 않았다. 제조업과 서비스업의 생산성 격차도 확대되고 있으며, 대기업과 중소기업 간 수익성, 투자액의 차이, 수출산업과 내수 산업 간 성장률의 차이가 심화되고 있다. 이런 산업·기업 간 양극화 현상은 '재벌'체제에 의해서 더욱 강화되고 있다. 그 결과 대기업 부문 노동자와 중소기업 부문 노동자 간 소득 격차가 벌어지고 있으며, 대기업 내에서도 노동자의 하청화, 비정규 임시직화가 일반화되면서 폭넓은 중산층의 형성을 기대하기 어렵게 되었다. 새롭게 늘어나는 서비스업 일자리도 대부분 비정규직, 저임금 노동자로 채워지게 되어 자산 소득자와 임금 근로자 간의 경제적 불평등은 개선되지 못하고 있다.

양극화 현상은 경제적 불평등뿐만이 아니라 상층 계급과 그 이하 계급 간의 사회적 위화감을 조성하고 교육 기회, 취업 기회 등의 불평등한 분배를 통해 계급 지위의 '세습화'를 야기한다. 이뿐만 아니라 대다수 한국인의 소비 욕구와 구매력을 떨어뜨려서 경제발전에도 악영향을 주게 된다.

양극화의 가장 큰 문제는 우리 사회 공존의 틀을 깰 수 있다는 데 있다. 경제적 불평등은 교육, 문화 등 사회 전반의 불평등을 가져올 것이고, 계층 간의 이동이 어려운 사회는 계층 간의 갈등을 불러일으켜 끝내는 모두 파멸할 수밖에 없게 한다. 사회는 다양한 모둠들이 존재하며, 다양한 모둠들은 서로 영향을 주고받으면서 공존한다. 그런데 이 공존의 틀이 깨어지게 되면 사회는 갈등과 다툼을 벗어날 수 없다.

공존은 두 가지 이상의 사물이나 현상이 서로 도와서 함께 존재하는 것이다. 공존은 개별이 서로 조화를 이루는 데서 가능하며, 개별이 서로 갈등하게 되면 공존은 어려워진다. 적당한 양극화는 경쟁을 촉진하여 더 큰 발전을 가져올 수 있지만, 심한 양극화는 전망 부재의 현실로 인한 절망과 좌절을 가져온다. 기업가가 있어야 노동자가 있고, 노동자가 있어야 기업가가 있다. 노동자 없는 기업가는 있을 수 없다. 따라서 기업가에게 있어서 노동자는 필요한 존재이며, 어떤 면에서는 고마운 존재이다. 그런데 기업가만 배부르고 노동자는 배를 곯게 되면 어떻게 될까.

어떤 기업은 이윤을 사회에 환원하기도 하고, 가난해서 공부하고 싶어도 계속할 수 없는 사람들을 위해 장학금으로 내놓기도 하고, 어려운 이웃을 돕기도 하며, 병을 앓고 있는 사람들의 의료비를 대신 지원하기도 한다. 외국에서는 기부문화가 일반화되어 있는데, 내가 많이 가져서가 아니라 나보다 어려운 사람을 위하여 내가 가진 것을 나눈다는 의미로 이루어지고 있다. 세계적인 기업가이면서 기부로 유명한 빌 게이츠는 기부하는 이유를 의미 있는 일이기 때문, 우리가 재미를 느끼기 때문이라고 하면서, 한편으로는 저들이 있어야 내가 있을 수 있기 때문이라고 했다.

맹자는 왕도정치를 이야기했다. 왕도정치는 공리주의(功利主義)를 배격한다. 맹자는 양나라 혜왕에게 공리주의의 폐해에 대해, "만약 임금께서 어떻게 하여 내 나라를 이롭게 할까 주장하신다면 대부들도 어떻게 하여 내 집안을 이롭게 할까 하고 말할 것이며, 또 선비나 백성들도 어떻게 하여 나 자신을 이롭게 할까 하고 말할 것입니다. 이렇게 하여, 위아래가 서로 자기의 이익을 얻기 위해 다투면 나라가 위태롭게 되고 말 것입니다. 신하 된 자가 자기 이익을 생각해서 임금을 섬기고, 자식 된 자가 자기 이익을 생각해서 어버이를 섬기고, 동생 된 자가 이익을 생각해서 형을 섬긴다면 그것은 인의가 아니라 이익 때문에 서로 만나는 것이 됩니다. 그러고서도 멸망하지 않은 경우는 여태껏 없었습니다."라고 충고했다.

맹자는 왕으로부터 일반 백성에 이르기까지 모두 자기 이익만을 좇는다면 그런 나라는 멸망하고 만다고 했다. 맹자는 왕도정치는 백성이 먹고사는 문제를 해결해 주어야 한다고 했다. 왜냐하면, 백성들은 항산(恒産: 일정한 생업의 수입)이 있어야 항심(恒心: 영구히 변치 않는 착한 마음)이 있기 때문이다. 그러므로 현명한 왕은 우선 백성의 생산능력을 안정시켜 위로는 부모를 봉양할 수 있게 해주고, 아래로는 아내와 자녀들을 부양할 수 있게 해주며, 풍년에는 배불리 먹고, 흉년에는 굶어 죽지 않도록 해주어야 한다고 했다. 맹자는 백성들의 생업을 보장해 주기 위해 정전제 실시를 주장하였다.

> 백성들이 살아가는 방법은 일정한 생업(恒産)이 있으면 변치 않는
> 떳떳한 마음(恒心)이 있지만, 일정한 생업이 없으면 변치 않는 떳
> 떳한 마음이 없게 됩니다. 만일 변치 않는 떳떳한 마음이 없으
> 면 방탕하고 편벽되고 사특하고 사치한 행동을 하지 않음이 없
> 을 것입니다. 죄에 빠지기를 기다린 뒤에 따라서 그들을 형벌한
> 다면 이는 백성을 그물질하는 것이니, 어진 사람이 군주의 자리
> 에 있으면서 백성을 그물질하는 일을 할 수 있겠습니까? 이 때
> 문에 현명한 임금은 반드시 공손하고 검소하여 아랫사람을 예
> 우하며, 백성들에게 세금을 취함에 절제가 있는 것입니다.
> …〈중략〉…사방으로 1리(里)를 정(井)으로 삼는데, 정의 넓이는
> 900무(畝)다. 그 가운데는 공전(公田)이고, 주변 농경지를 여덟 집
> 이 각각 사전(私田)으로 삼아 100무씩 농사를 짓고, 공전은 함께
> 일군다. 공전에서 일을 다 마친 다음에야 자신의 사전에 가서
> 일한다.

> 民之爲道也 有恒産者 有恒心 無恒産者 無恒心 苟無恒心 放辟邪
> 侈 無不爲已 及陷乎罪 然後 從而刑之 是罔民也 焉有仁人 在位
> 罔民而可爲也 是故 賢君 必恭儉禮下 取於民有制…〈중략〉…方
> 里而井 井九百畝 其中爲公田 八家皆私百畝 同養公田 公事畢 然
> 後敢治私事
> －『맹자』「등문공장구 상」 3장

맹자에 의하면, 5무 되는 집터 안에 뽕을 심고 누에를 치면 쉰
살의 늙은이도 모두 비단옷을 입을 수 있고, 닭과 돼지를 길러 새
끼 치는 것을 돌봐주면 일흔 살의 노인도 모두 고기를 먹을 수 있

다고 했다. 맹자는 굶주리는 백성들이 없어야 한다고 했다. 왕과 귀족은 사치를 부리지 말아야 한다고 했다. 왕과 귀족의 사치는 곧바로 백성들의 부담이 된다. 맹자는 양극화는 나라를 멸망에 이르게 할 수 있다고 보았다. 그래서 가난한 자는 배불리 먹고살게 해주고, 부자는 탐욕과 사치를 부리지 말게 하였다. 권력을 쥔 사람이 자기의 경제적 이익만을 추구한다면 반드시 굶주리는 사람이 나올 것이고, 이렇게 되면 사회는 갈등이 쌓여서 끝내는 다투게 되며, 그 결과는 공존 대신 공멸이다. 맹자는 양극화의 폐해를 알았을뿐더러 그 방책까지 내었던 것이다.

21세기 한국사회는 부의 양극화, 교육의 양극화에다가 지역의 양극화까지 나타나 있고, 점점 더 공고화되어 가고 있다. 사람들은 이런 현상을 당연하다고 받아들이기까지 한다. 진실로 부자들에게, 부자 아닌 사람에게 베풀면서 살라고 말하고 싶다. 수도권 사람들이 지역의 중요성을 인식하여 지방에 대한 격차를 줄이는 데 도움을 주도록 하고 싶다. 함께 나누면서, 배려하면서 공존을 모색해야 내가 살 수 있다. 대기업은 중소기업을 배려하고, 정규직은 비정규직을 배려해야 한다. 그래야 모두가 함께 잘 살 수 있는 사회를 만들 수 있다. 공존과 나눔, 더는 피할 수 없는 이 시대의 지상 과제이다.

즐거움은 소유에 있지 않고
나눔에 있다

왕을 통치자라고 부른다. 그렇다면 백성은 통치의 대상인가? 왕조시대에는 왕이 중심이 되는 통치자 중심의 정치의식을 가졌다. 통치자 중심의 시대에는 백성도 국토도 모두 왕의 소유라는 의식이 강했다. 그러므로 왕이 어떠냐에 따라서 백성들의 삶은 하늘과 땅을 오갔다. 나쁜 왕을 만나면 백성들의 삶이란 비참하기가 짝이 없다. 가혹한 세금과 그 세금을 뒷받침하기 위한 더 가혹한 형벌에 백성들은 백골이 되어 산천을 뒹굴거나 뼈만 앙상하게 남아 거리를 헤매야 했다. 왕이 나쁘면 그 밑의 관리들도 나쁘게 되기 마련, 그들로 인한 피해는 왕보다 심했으면 심했지 덜하지는 않았다. 어쩌다가 좋은 왕이라도 만나면 그나마 백성들의 삶이 조금은 나아진다. 백성들은 먹고사는 것에 부족함이 없으면 그로서 만족했다. 그것만으로도 태평성대를 외쳤다.

역사는 좋은 왕이 자주 있지 않았음을 증명한다. 오히려 백성들을 자기의 소유물로 생각하여 함부로 대하는 왕이 더 많았음을 이야기한다. 조선왕조 500년 동안 성군이라 불리는 왕이 과연 몇 명이나 있었는가? 굳이 성군까지는 아니어도 그저 어진 왕이라고 불릴 만한 왕은 몇 명이었는가? 아니 백성들의 삶을 힘들게 하지 않은 왕은 과연 몇 명이었는가? 아무리 생각해도 우리는 많은 숫자를 떠올릴 수가 없다. 백성은 통치의 대상이고 그 백성은 왕의 소유물이라고 생각하는 인식 아래에서는 좋은 왕이 나오기가 낙타가 바늘구멍으로 들어가기만큼 어렵기 때문이다.

> 백성이 가장 귀하다. 사직은 다음이다. 임금은 가장 가볍다.

> 民爲貴 社稷次之 君爲輕
> ─『맹자』「진심장구 하」14장

　여기서 사직은 땅의 신과 곡식의 신을 뜻하는 말로 정부를 뜻한다. 따라서 맹자의 말은 백성이 가장 귀하고, 정부가 다음이고, 임금이 제일 아래라는 것이다. 여기서 땅은 국토이고 곡식은 백성을 먹여 살리는 것, 곧 백성이다. 맹자는 국가의 근본을 왕이 아닌 국토와 백성으로 본 것이다. 당시의 정치적 분위기나 사회의 지적 수준 등을 고려해 볼 때 선각자만이 할 수 있는 국가에 대한 놀라운 정의이다. 맹자는 결국 첫째도 백성이고, 둘째도 백성이라고 한 것이니 그가 백성을 얼마나 귀하게 여겼는지를 짐작할 수 있다. 백성은 임금의 소유물이라는 인식이 당연하게 여겨지던 시대에 백성이 가장 귀하고 임금이 가장 가볍다는 말을 한다는 것은 죽음을 각오하지 않고는 쉽게 할 수 있는 말이 아니다.

맹자는 늘 왕도정치에 대해서 논했다. 왕도정치의 요체는 백성들에게 얼마만큼 안정된 생활을 제공하느냐에 있다. 따라서 맹자 왕도정치의 시작은 백성이다. 그도 공자처럼 사람의 삶이 힘든 원인을 갈등에서 찾았으며, 문제 해결의 답을 조화에서 찾았다. 갈등과 조화는 모두 마음과 관련된 것들이다. 그는 사람의 본성은 본래 선하다고 생각했다. 따라서 그 사람이 선한 본성을 되찾는 것으로부터 문제 해결의 답을 찾았다. 이를 위해 필요한 것이 마음의 안정이며, 사람이 이렇게 되기 위해서는 경제적 안정이 우선이어야 한다고 보았다.

왕도정치에서 중요한 것은 왕이다. 왕이 어질어야 왕도정치를 행할 수 있다. 그렇다면 어진 왕은 어떤 왕일까? 맹자가 이에 대해서 말한 것이 있다.

> 백성들의 즐거움을 즐거워하는 사람은 백성들이 그의 즐거워하는 것을 즐거워하고, 백성들이 근심하는 것을 근심하면 백성들도 또한 그의 근심을 근심합니다. 천하의 모든 사람과 더불어 즐거워하고 천하의 모든 사람과 더불어 근심하는 사람, 이런 사람 중에 임금 노릇을 성공적으로 하지 못한 사람은 없습니다.
>
> 樂民之樂者 民亦樂其樂 憂民之憂者 民亦憂其憂 樂以天下 憂以天下 然而不王者未之有也
> ─『맹자』「양혜왕장구 하」 4장

맹자가 제나라 선왕을 설궁에서 만났을 때, 제선왕과 주고받은 대화 중에 맹자가 한 말이다. 맹자는 어진 왕을 한마디로 백성과 함께 하는 사람이라고 정의하고 있다. 백성들의 즐거움을 함께 즐거워하고 백성들의 근심을 함께 근심하면 누구든 임금 노릇을 성공적으로 하지 못하는 왕이 없다고 했다. 백성은 왕의 소유물이 아니며, 따라서 왕이 함부로 할 수 있는 존재가 아니다. 올바른 왕은 백성과 함께 하는 왕이다. 왕의 즐거움은 백성을 소유하는 데서 오는 것이 아니라 백성과 나누는 데서 오는 것이다. 제나라 선왕은 사냥을 좋아했다. 그래서 자신의 개인 공원을 만들고 그 안에 온갖 짐승들을 넣어 사냥에 몰두했지만, 마음이 편하지가 않았다. 왕의 사냥터로 인해 고통받는 백성들의 원성이 귀에 쟁쟁거려서였다. 제선왕의 공원은 사방 40리였다. 반면에 주나라 문왕의 개인 공원은 사방 70리였다. 제선왕은 주나라 문왕이 자신보다 큰 공원을 갖고 있음을 예로 들어 자신을 옹호하는 말을 했다.

제나라 선왕이 물었다. "문왕의 동산이 사방 70리였다고 하는데 그런 일이 있었습니까?" 맹자가 대답했다. "옛 책에 그런 기록이 있습니다." 왕이 말했다. "이처럼 컸습니까?" 맹자가 말했다. "백성들은 오히려 작다고 여겼습니다." 제나라 선왕이 말했다. "과인의 동산은 사방 40리인데도 백성들이 오히려 크다고 하는 것은 어째서입니까?" 맹자가 말했다. "문왕의 동산은 사방 70리였지만 꼴 베고 나무하는 자들이 그곳으로 가고, 꿩 잡고 토끼 쫓는 자들이 그곳으로 가서 함께 하였으니, 백성들이 작다고 여기는 것이 당연하지 않겠습니까? 제가 처음 국경에 이르러 제나라에서 크게 금하는 것을 물은 뒤에야 감히 들어왔습니다. 제가 들으니, 관문 안에 동산이 사방 40리인데, 동산의 고라니나 사슴을 죽이는 자를 살인의 죄와 마찬가지로 다스린다고 했습니다. 이는 사방 40리로 나라 안에 함정을 만든 것이니, 백성들이 그 동산을 크다고 여김이 당연하지 않겠습니까."

齊宣王 問曰 文王之囿 方七十里 有諸? 孟子對曰, 於傳有之. 曰 若是其大乎. 曰 民猶以爲小也. 曰 寡人之囿 方四十里 民猶以爲 大 何也? 曰 文王之囿 方七十里 芻蕘者住焉 雉兔者往焉 與民同 之 民以爲小 不亦宜乎. 曰 寡人之囿 方四十里. 民 猶以爲大 何 也. 曰 文王之囿 方七十里, 芻蕘者住焉, 雉兔者往焉 與民同之, 民以爲小 不亦宜乎. 臣 始至於境 問國之大禁然後 敢入 臣聞郊 關之內 有囿方四十里 殺其麋鹿者 如殺人之罪 則是方四十里 爲 阱於國中 民以爲大 不亦宜乎.
臣 始至於境 問國之大禁然後 敢入. 臣聞, 郊關之內有囿方四十 里, 殺其麋鹿者 如殺人之罪. 則是方四十里 爲阱於國中, 民以爲 大 不亦宜乎
－『맹자』「양혜왕장구 하」 4장

위의 이야기는 많은 것을 시사한다. 제선왕은 자신을 위해서 사냥터를 만들고 그 사냥터를 혼자 이용하기 위해서 백성들을 가혹하게 다스렸다. 반면에 제선왕보다 넓은 지역을 사냥터로 가졌던 주나라 문왕은 자신의 사냥터를 백성들과 함께 이용했다. 그래서 백성들은 제선왕의 사냥터는 작아도 크다고 생각한 것이고, 주나라 문왕의 사냥터는 커도 작다고 이야기한 것이다. 제선왕은 작은 사냥터를 갖고서도 늘 근심에 싸여있었고, 주나라 문왕은 큰 사냥터를 갖고 있었어도 전혀 근심하지 않았다. 제선왕은 즐거움을 혼자 누리려고 자신과 백성이 다르다고 생각했기 때문이고, 주나라 문왕은 자신과 백성을 같다고 생각했기 때문이다.

본래 백성은 착한 존재이다. 백성이 착하지 않을 때는 왕을 포함한 위정자들이 정치를 잘못할 때이다. 백성들은 웬만큼 정치를 잘못해도 참고 살아간다. 백성들이 저항의 몸짓으로 일어났을 때는 더는 참고 있을 수 없을 만큼 그들의 삶이 힘들어졌을 때이다. 백성들은 왕이 정치를 잘하면 왕이 백성을 생각하는 것 이상으로 왕을 생각한다. 맹자는 이와 같은 백성들의 착한 성품을 다음과 같이 말하고 있다.

> (왕이) 봄에는 밭 가는 것을 살펴보고 부족한 것을 보충하며, 가을에는 수확하는 것을 살펴보고 부족한 것을 도와주나니, 하나라의 속담에 말하기를, 우리 임금께서 놀지 않으면 우리가 어떻게 쉴 수 있으며 우리 임금님께서 편하지 않으시면 우리가 무엇으로 돕겠는가?
>
> 春省耕而補不足 秋省斂而助不給 夏諺曰 吾王不遊 吾何以休 吾王不豫 吾何以助
> ─『맹자』「양혜왕장구 하」 4장

요즘은 세상이 시끄럽다. 정치·경제·외교 어느 것 하나 시끄럽지 않은 곳이 없다. 한때 광화문과 서초구 검찰청사 앞은 매주 100만 명이 넘는 사람들로 붐볐다. 국민은 경제가 어려워 죽을 맛이라고 아우성들이다. 전통의 우방이라고 하는 강대국 미국은 주한미군 방위비 분담금 요구로 우리를 압박하고, 이웃 나라 일본은 교묘히 우리를 누르려고 하고 있는데, 우리는 그 대응방안을 놓고 보수와 진보, 여당과 야당으로 나뉘어 죽일 듯이 싸우고 있다.

무엇이 이렇게 만들었을까? 이렇게 된 원인은 무엇이고 해답은 또 무엇일까? 아마도 그들의 마음에 국민이 없기 때문일 것이다. 국민과 함께 웃고 울지 않기 때문이다. 여기서 그들은 일차적으로 대통령과 국회의원을 포함한 정치하는 사람일 것이며, 나아가 고위 행정관료와 언론사와 대기업이다. 대통령의 마음속에 국민이 있어야 한다. 국회의원의 마음속에도 언제나 국민이 맨 앞에 자리 잡고 있어야 한다. 언론사도 마찬가지이다. 자신들의 이익을 위해서 옐로 저널리즘(yellow journalism)이나 가차 저널리즘(gotcha journalism), 하이에나 저널리즘(hyena journalism) 따위의 짓은 하지 말아야 한다. 우리 사회의 언론은 대부분 언론 본연의 정신이 무엇인지를 잊고 정파적 이익만을 좇아서 왜곡·편파 보도를 마치 당연하다는 듯이 일삼는다. 대기업은 중소기업이나 다수 국민의 고통을 외면한 채 그들의 이익만을 추구하고 있다. 주지하다시피 대한민국 국회는 싸움질만 하고 있다. 말로는 늘 민생을 외치면서 정작 민생과 관련된 법안 하나 제대로 만들지도 통과시키지도 않고 있다. 그렇게 하면서도 온갖 특혜는 다 누리려고 한다.

　국가가 어려운 상황에 놓여 있고, 국민의 삶이 고단할 때 정치인들은 과연 어떻게 해야 하는가? 답은 결코 큰 데 있지 않다. 말이 세고 구호가 휘황하면 실속이 없기 마련이다. 특별한 것은 특별한 곳에 있지 않다. 소소한 일상에 답이 있다. 그저 마음속에 국민을 품고 있으면 되고, 국민 속에서 뒹굴면 된다. 국민이 슬플 때는 같이 슬퍼하면 되고, 국민이 기쁠 때는 같이 기뻐하면 된다. 봄에 밭 가는 것을 살펴보고 부족한 것을 보충해 주고, 가을에 수확하는 것을 살펴보고 부족한 것을 도와주면 된다. 국민이 일할 때 함께 일하면 되고, 국민이 쉴 때 함께 쉬면 된다. 그냥 이렇게만 하면 된다. 정치인과 우리 사회의 지도층이 이렇게만 하면 갈등은 줄고 다툼은 없어진다. 국민은 분열되지 않고 하나가 된다. 국민의 삶이 편안해진다. 즐거움은 소유에 있지 않고 나눔에 있다.

세금을 내는 일은 기쁜 일

　동서고금을 막론하고 사람들이 가장 예민하게 반응하는 것 중 하나는 세금이다. 많이 거두면 좋은 게 세금이고, 적게 내면 좋은 게 세금이다. 이러한 모순 속에서 불만은 생기게 마련이다. 좋은 정치는 이 불만을 줄이는 것이며, 불만이 커진다면 그것은 좋지 않은 정치이다. 세금은 인류가 지구상에 존재하기 시작한 그 어느 때부터 지금까지 빠짐없이 있었고, 사람이 사는 곳이면 그 어느 곳이든 있었다. 인류 역사 내내 세금 때문에 고통받은 사람들이 많았고, 세금 때문에 기뻐한 사람들이 많았으니 세금이 인간 세상의 희로애락을 쥐락펴락했다고 해도 지나친 말은 아니다.

　'세(稅)'는 뜻을 나타내는 화(禾)와 음을 나타내는 兌(태)가 합하여 이루어진 글자이다. 음을 나타내는 兌(태)는 '빼내다'의 뜻을 나타내며, 화(禾)는 벼로 대표되는 곡식(穀食)을 뜻한다. 농민이 수확한 것 중에서 자신이 쓸 만큼의 몫을 떼어낸 나머지를 관청에 바치는 것이 세금이다. 한편 兌(태) 자는 환하게 웃는 사람의 모습을 그린 것으로 '기쁘다'라는 뜻도 갖고 있다. 기쁜 마음으로 세금을 내라는 뜻인지, 세금을 내는 일은 기쁜 일이라는 것인지 알 수가 없다. 어느 쪽이든 세금을 내는 일은 기쁜 일이라는 것인데, 어쩌면 그럴 수도 있겠다 싶다. 본래 세금이란 게 치수 잘하여 농사 잘되게 해주고, 외부로부터의 약탈을 막아주는 등 마음 편하게 농사짓게 하여 배불리 먹게 하는 것이니, 그래서 그 고마움의 표시로 내는 것이니 세금이란 게 기쁜 일이기도 하다.

그런데 기쁘게 세금을 내는 사람은 보기 힘들다. 왜 그럴까. 사람이 본래 욕심 많은 이기적인 동물이어서 그럴 수도 있지만, 거둘 수 없는 상황에서도 강제로 거두었기 때문이며, 낼 수 없는 상황인데도 강제로 내어야 했기 때문이다. 결국, 세금은 거두고 내는 것이 아니라 뺏고 뺏기는 것으로 인식되었기 때문이다. 인류의 역사를 되돌아보면, 국가는 제 할 일을 제대로 하지도 않으면서 거두면 안 되는 상황에서도 강제로 더 많이 거두었거나, 국민은 더는 낼 수 없는 상황에서도 내지 않으면 안 되었기에 어쩔 수 없이 내었거나 심지어 강제로 빼앗긴 경우가 비일비재하다.

현대사회에서도 세금은 늘 논란거리다. 지금 우리 사회의 일각에서도 세금에 대한 불만들이 쏟아져 나온다. 경제가 어려워서 먹고 살기도 어려운데 복지 포퓰리즘 등으로 세금을 너무 많이 거둔다는 것이다. 여기서 문제는 두 가지이다. '많이 거둔다'와 '많이 거두는 이유가 포퓰리즘 때문'이라는 것이다. 전자는 내 삶이 어려운데 세금이 너무 많다는 것인데 반해, 후자는 내게서 거둔 세금이 잘못 쓰이고 있다는 것이다. 곧 잘못 거두고 잘못 쓰기 때문에 불만이 있는 것이다.

　맹자는 춘추전국시대 그 어떤 현자들보다도 백성의 삶에 관심이 많았다. 맹자도 공자와 마찬가지로 인간 사회 문제 해결의 근본 해법을 인간 개개인의 심성에서 찾았다. 이를 위해서 맹자는 교육과 환경의 중요성을 누구보다도 강조했다. 그런데 맹자는 백성들이 먹고사는 문제의 해결을 이 모든 것의 전제 조건으로 생각했다. 맹자의 왕도정치도 여기에서 출발했다. 그는 군주가 자신의 욕망을 채우기 위해서 전쟁을 일으키는 것은 패도정치이며, 어진 마음으로 백성들을 위한 정치를 하는 것을 왕도정치라고 했다. 맹자가 제시한 왕도정치 5가지 정책 중 4개가 모두 세금과 관련된 내용인 것만 보아도 맹자가 얼마나 위민(爲民)정치에서 세금을 중요하게 여겼는지 알 수 있다.

　『맹자』곳곳에 세금에 관한 이야기가 나온다. 맹자도 세금에 대해서는 여느 현자들처럼 적게 거두는 것을 주로 이야기했다. 하지만 꼭 적게 거두는 것만을 이야기하지는 않았다. 거둘 필요가 있을 때는 더 많이 거두어도 된다는 생각을 지니고 있었다. 적게 거두는 것만이 꼭 좋은 것이 아니라 거두어야 할 만큼 거두는 것이 좋다고 생각했다. 맹자가 세금 징수에 있어서 중요하게 생각한 것은 '법대로'였다. '멋대로'가 아닌 법에 따른 세금 징수를 중요하게 생각했다. 맹자는 조세법의 중요성을 거듭 강조하고 있다. 그래서 자신이 직접 세금에 관한 규정을 만들어보기도 했다. 정전법이 대표적인 예이다.

시장에서 점포세만 받고 물품세를 받지 않거나 관리만 하고 점
포세도 받지 않으면 천하의 상인들이 모두 기뻐하며 천하의 상
인들이 모두 기뻐하여 그 시장에 물건을 쌓아두기를 원할 것이
다.

市廛而不征 法而不廛 則天下之商皆悅而願藏於其市矣
－『맹자』「공손추장구 상」 5장

맹자는 나라가 부강하려면 상인이 바글대야 한다는 원리를 알
고 있었다. 이를 위해서는 상인을 잘 보살필 뿐 세금은 적게 거두
어야 한다는 사실을 이야기하고 있다. 맹자가 살던 때는 힘 있는
관리나 무뢰배들이 상인들 주머니를 강압적으로 털어가던 시대이
다. 맹자의 생각은 획기적인 발상이 아닐 수 없다. 요즘 나라마다,
지자체마다 세금 혜택을 주면서까지 기업이나 유통센터 등을 유치
하려고 하는 이유를 맹자는 2000여 년 전에 이미 알고 있었다.
맹자는 해외 관광객 유치의 중요성도 이야기하고 있다.

관문에서는 살피기만 할 뿐 세금을 물리지 않는다면 천하의 여
행객들이 모두 기뻐하며 그 길로 가기를 원할 것이다.

關譏而不征, 則天下之旅皆悅而願出於其路矣
－『맹자』「공손추장구 상」 5장

관문은 국경이고 세관이다. 살핀다는 것은 조사한다는 것으로
오늘날 국가마다 당연히 하는 일들이다. 문 꽉 걸어 잠그고 온갖

조사 다 하면서, 통행세까지 많이 받으면 어느 나라 여행객들이 오겠는가. 여행객은 돈이다. 밥 먹고 잠자고 쇼핑하는 것 모두 국민과 국가 경제에 이바지하는 것이다. 맹자는 이 이치를 일찍이 알고서 관문에서 세금을 받지 않기를 제안하는 것이다.

맹자가 살던 시대의 경제 주체는 농민들이다. 맹자는 이들에 관한 이야기도 빠뜨리지 않고 있다.

> 농사짓는 자들에게 공전(公田)의 경작을 돕게만 할 뿐 따로 세금을 걷지 않는다면 천하의 농부들이 모두 기뻐하며 그 나라의 들에서 농사짓기를 원할 것이다. 사람들의 주거지에 이포(里布: 집터에 뽕과 마를 심지 않는 자에게 세금을 부담하게 하는 것으로 일종의 토지세)와 부포(夫布: 일정한 직업이 없는 백성에게 부역 대신에 세금을 부담하게 하는 것으로 일종의 인두세)를 징수하지 않으면 천하의 백성들이 모두 기뻐하며 그 나라의 백성이 되기를 원할 것이다.
>
> 耕者助而不稅 則天下之農皆悅而願耕於其野矣 廛無夫里之布 則天下之民皆悅而願爲之氓矣
> ─『맹자』「공손추장구 상」5장

농사짓는 자들에게 공전(公田)의 경작을 돕게만 할 뿐 따로 세금을 걷지 않는다는 말은 정전법을 이야기한 것이다. 농민에게 과다한 세금을 징수하지 않으며, 주민세나 가옥세 같은 것을 일률적으로 부과하기보다는 농민들에게는 걷지 않고 놀고먹는 자들에게만 걷는다면 온 백성들이 따르지 않을 이유가 없으며, 다른 나라의 백성들조차도 그 나라의 백성들이 되고자 할 것이다.

맹자는 법과 제도가 아무리 좋아도 그것을 운용하는 관리가 무능하거나 부패하면 아무 소용이 없다는 것을 잘 알고 있었다. 그래서 왕도정치 정책 5가지 중 첫 번째를 용인으로 채우고 있다.

> 맹자께서 말씀하셨다. "현자(賢者)를 존중하며 능력 있는 자를 등용하고 빼어나고 걸출(傑出)한 인물들을 높은 지위에 있게 하면 천하의 선비들이 모두 기뻐하며 그 조정에 서서 벼슬하기를 원할 것이다."
>
> 孟子曰 尊賢使能 俊傑在位 則天下之士皆悅而願立於其朝矣
> ─ 『맹자』 「공손추장구 상」 5장

맹자는 진실로 이 다섯 가지를 행할 수 있다면 이웃 나라의 백성들이 그 나라의 왕을 부모와 같이 우러러볼 것이라고 하였다. 이처럼 한다면 천하에 대적할 자가 없을 것이고, 천하에 대적할 자가 없는 자는 하늘의 관리이니 이러고도 천하를 통일하여 왕도를 구현하지 못한 자는 일찍이 없었다고 했다. 맹자에게 있어서 왕도정치의 실현은 올바른 세금 제도와 그 세금 제도를 제대로 운용할 좋은 관리에 있었다.

나 혼자만이 살 수 없는 세상에서 세금은 불가피한 것이다. 아니 꼭 있어야 한다. 문제는 세금의 존재 여부가 아니다. 세금을 많이 내고 적게 내고도 아니다. 거두어야 할 만큼 거두고 내어야 할 만큼 내면 된다. 거두는 사람과 내는 사람 사이에 서로 합리적 공감이 형성되면 된다. 이렇게 거둔 세금이, 이렇게 낸 세금이 쓰여야 하는 데 쓰이면 된다. 세금을 낸 사람들에게 내가 낸 세금이 쓰일 만한 곳에 쓰였다는 생각이 들게 하면 된다. 세금은 잘 거두고 잘 쓰면 된다. 세금을 낸 사람들이 충분히 이해할 만하면 된다. 그렇게 되면 세금은 그 본래 의미대로 기쁜 일이 될 것이다.

우환에서 살고
안락에서 죽는다

　지금은 안락과 편안함만을 추구하는 세상이다. 현대인들은 작은 고난과 근심도 잘 견디지 못한다. 작은 시련에도 쉽게 좌절하고 더러는 절망에 빠진다. 가끔 학생들과 대화를 하다 보면 그들이 고난이나 근심에 매우 취약하다는 사실에 놀란다. 사람이 살아가다 보면 고난은 반드시 있게 마련이다. 문제는 이를 어떻게 수용하느냐이며, 이를 어떻게 극복하느냐이다. 그런데 학생들은 이를 거부하거나 회피하려고만 한다.

　사람은 누구나 고난을 겪으려고 하지 않는다. 그렇지만 피하려고만 하지도 않는다. 고난은 내 의지와 무관하게 내게 오는 것이며, 이는 거부하려고 해도 거부할 수가 없다. 과거 동양에서는 고난을 하늘이 준 것으로 여겨 겸허히 수용하려고 했다. 최근까지도 고난은 당연히 있게 마련이고 문제는 그것을 어떻게 하느냐에 있다고 생각했다. 옛 성현들은 고난을 단순히 극복해야 하는 대상을 넘어 이로운 것으로까지 생각했다.

『명심보감』에 "편안함은 수고로움에서 생겨나야 늘 아름답게 누릴 수 있고〔逸生於勞而常休〕, 즐거움은 근심에서 생겨나야 물리지 않는다.〔樂生於憂而無厭〕"는 말이 있다. 한 번도 수고로웠던 적이 없는 사람은 편안함의 가치를 알지 못하며, 따라서 그 편안함을 오래도록 누리지 못한다. 늘 즐거웠던 사람은 즐거움이 즐거움인지도 잘 모를뿐더러 설령 안다고 하더라도 쉽게 물려 할 것이다.

중국 북송시대의 유학자 장횡거(張橫渠)가 쓴 「서명(西銘)」이란 글이 『근사록』에 실려 있다. 서명이란 자신의 자리 서쪽에 써서 붙여두는 글이라는 뜻인데, 집이 주로 남향이니 서쪽은 자신이 앉는 자리의 오른쪽이다. 요즘 말로 좌우명인 셈이다. 그 글에 보면 "가난함과 근심 걱정은 너를 옥처럼 갈고 연마하여 완성시키려는 것이다.〔貧賤憂戚 庸玉汝於成也〕"라는 말이 나온다. 『채근담』을 보면, "횡액과 역경은 호걸로 단련시키는 하나의 화로와 망치이다. 능히 그 단련을 받으면 몸과 마음이 모두 이로울 것이지만 그 단련을 받지 못하면 몸과 마음이 모두 해로울 것이니라.〔橫逆困窮 是煅煉豪傑的一副爐錘, 能受其煅煉 則心身交益 不受其煅煉 則心身交損〕"라는 말이 나온다. 모두 고난이 왜 필요한지에 대해서 이야기하고 있다.

맹자는 『맹자』 「진심」 편에서 군자의 세 가지 즐거움을 이야기했다. "군자에게는 세 가지 즐거움이 있다.〔君子有三樂〕 부모가 모두 살아계시고 형제가 무고한 것이 첫 번째 즐거움이요,〔父母俱存 兄弟無故 一樂也〕 우러러 하늘에 부끄럽지 않고 굽어보아도 사람들에게 부끄럽지 않은 것이 두 번째 즐거움이요,〔仰不愧於天 俯不怍於人 二樂也〕 천하의 영재를 얻어서 교육하는 것이 세 번째 즐거움이다.〔得天下英才

而敎育之 三樂也)"그리고 천하를 얻어 왕 노릇을 하는 것은 이에 포함되지 않는다고 했다. 맹자의 즐거움은 세상에서의 성공이기보다는 일상에서의 기쁨이다. 가족이 평안하고, 올바른 길을 걷고, 뛰어난 아이를 가르치는 일은 모두 작지만 확실한 일상에서의 행복에 가깝다고 할 수 있다. 그런데 맹자는 즐거움 못지않게 고난의 의미에 대해서도 많은 가르침을 남기고 있다.

맹자께서 말씀하셨다. "순임금은 논밭 가운데에서 발탁되었고, 부열(傅說)은 판축(版築: 판자로 흙을 다듬어 제방을 쌓는 토목공사) 사이에서 등용되었고, 교격(膠鬲)은 생선과 소금 가운데에서 등용되었고, 관이오(관중, 이오는 이름)는 형무소를 지키는 관리들 틈에서 등용되었고, 손숙오는 바닷가에서 등용되었고, 백리해는 시장에서 등용되었다. 그러므로 하늘이 큰 임무를 그 사람에게 내리려 하실 적에 반드시 먼저 그 심지(心志)를 괴롭히며, 뼈와 힘줄을 힘들게 하며, 그 몸과 피부를 굶주리게 하며, 그 몸을 궁핍하게 하여 그가 행하고자 하는 바를 어그러뜨리고 어지럽히는 것이니, 그렇게 마음을 격동시켜 성질을 참게 함으로써 그가 할 수 있었던 일을 더 많이 할 수 있게 함이다. 사람은 항상 허물이 있은 뒤에야 고치는 것이니, 마음에 고달픈 것이 있고 생각에 순조롭지 못한 것이 있은 뒤에 분발하여 일어나며, (고통스러움이) 얼굴에 표가 나고 음성에 나타난 뒤에 깨닫게 되는 것이다. 나라 안에 들어가면 법도 있는 집과 보필하는 선비가 없고, 나라 밖에 나가면 적국과 외환이 없는 경우 나라는 항상 멸망한다. 그런 뒤에야 사람은 우환 가운데에서 살아나고 안락한 가운데에서는 죽는다는 것을 알게 된다."

孟子曰舜 發於畎畝之中, 傳說 舉於版築之間, 膠鬲 舉於魚鹽之
中, 管夷吾 舉於士, 孫叔敖 舉於海, 百里奚 舉於市. 故天將降大
任於是人也, 必先苦其心志, 勞其筋骨, 餓其體膚, 空乏其身, 行
拂亂其所爲. 所以動心忍性 曾益其所不能. 人恒過然後能改 困於
心 衡於慮而後 作, 徵於色 發於聲而後 喻. 入則無法家拂士, 出
則無敵國外患者 國恒亡. 然後 知生於憂患而死於安樂也.
－『맹자』, 「고자장구 하」 15장

위대한 사람이 큰일을 이루기 위해서는 먼저 큰 고난을 겪고 이
겨나가야 한다. 그럴 때 인내와 의지의 힘을 갖게 되고, 그동안 하
지 못했던 위대한 일을 이룰 수 있다는 것이다. 그래서 맹자는 편
안함에 안주하지 말고 오히려 걱정과 고난 속에서 자신을 단련해
야 한다고 강조한다. 맹자의 가르침이 사람들에게 많은 울림을 주
는 것은 아마 그 스스로가 많은 고난을 겪었기 때문일 것이다. 아
무리 지식이 많고 수양이 탁월한 사람이라고 해도 평생 고난을 모
르고 살았던 사람이 고난에 대해 말한다면 아무도 공감하지 못할
테니 말이다. 맹자는 평생을 쉼 없이 공부했다. 『맹자』를 읽다 보
면 그가 얼마나 공부를 많이 한 사람인지 절로 알게 된다. 그는 뜻
을 펼치기 위해 50이 넘은 나이에 20년 넘는 세월 동안 여러 나라
들을 돌아다녔다. 하지만 그는 한 번도 제대로 등용된 적이 없었
고, 결국 그의 이상을 실현시키는 것을 포기해야 했다. 『맹자』는
이 이후에 만들어졌다.

고난을 겪어보지 못한 사람은 성공하기가 쉽지 않다. 성공했더
라도 그것을 지키기는 어려울 것이다. 그는 고난의 가치를 모르기

때문이다. 우리가 살면서 겪는 무수한 고난은 우리를 무척이나 힘들게 하지만, 한편으로는 제각각 우리를 위한 긍정의 역할을 한다. 나를 돌아보게 하고, 나의 문제점을 고치게 하고, 부족한 점을 채우게 해준다. 고난에서 고난의 의미를 찾을 수 있는 삶, 고난의 가치를 알고 있는 사람에게 고난은 더는 고난이 아니다. "우환 가운데에서는 살아나지만, 안락한 가운데에서는 죽는다.(生於憂患而死於安樂)"라는 말, 얼마나 속 깊은 말인가.

『논어』와 『맹자』, 『대학』과 『중용』을 배우고 가르치면서, 묵자나 한비자를 만나 대화를 나누고, 『사기』 열전을 읽고 열전 속 인물들의 삶을 되밟아 보았다. 그러면서 내게 든 생각은 춘추전국시대야말로 다양한 측면에서 중국을 엄청나게 변화, 발전시킨 때라는 것이었다. 춘추전국 못지않은 난세가 위진남북조시대이다. 내부분열과 이민족의 침략으로 하루도 편안한 날이 없었던 시기이다. 그런데 이 시기에 중국은 한족과 이민족들 간의 통합으로 지금의 거대한 한족을 탄생시켰고, 경제적 측면에서 북조는 북조대로 남조는 남조대로 크게 발전하였다.

밤을 지내야 낮이 찾아온다. 청어를 머나먼 북해에서 그냥 운반했을 때는 거의 다 죽어버렸지만, 천적인 물메기 몇 마리를 수조에 넣은 다음 운반했을 때는 대부분 싱싱한 상태로 건너올 수 있었다. 적당한 긴장과 위협이 청어를 더욱 활기차게 만든 것이다. 맹자는 안락함은 도리어 사망에 이르는 지름길이며,(死於安樂) 우환이야말로 살아나는 과정임을(生於憂患) 알아야 한다고 했다. 맹자의 이 말은 안락을 부정하고 우환을 끼고 살라는 말이 아니다. 우환이란 것을 마주해서 극복한 안락이라야 진정한 안락이라는 뜻이다. 고난이란 나의 부족함을 메꾸어주기 위한 것이고, 근심이란 내가 진정한 편안함을 느낄 수 있게 해주기 위한 것이니, 고난과 근심을 전혀 두려워할 바가 아니다. 오히려 기쁜 마음으로 맞이하여 당당하게 맞서 나아가야 할 것이다.

지금은 마녀사냥을
멈추어야 할 때

마녀사냥은 중세 중기부터 근대 초기에 이르기까지 유럽 전역을 중심으로 북아메리카와 북아프리카 일부 지역에서 행해졌던, 마녀나 마법 행위에 대한 추궁과 재판에서부터 형벌에 이르는 일련의 행위를 말한다. 15세기 초부터 산발적으로 시작되어 16세기 말~17세기에 주로 이루어졌다. 처음 마녀사냥은 15세기 이후 기독교를 절대화하여 권력과 기득권을 유지하기 위한 종교적 상황에서 비롯된 광신도적인 현상이었다. 이러한 마녀사냥은 종교전쟁, 30년 전쟁, 어려운 경제 상황, 기근과 페스트, 가축들의 전염병 등 시대적 불행을 배경으로 하고 있다. 사람들은 연속된 불행의 원인을 마녀에게서 찾았고, 그들을 공동체의 희생양으로 삼았다.

마녀사냥이 중세에만 있었던 것은 아니다. 근현대에서도 벌어졌다. 히틀러 나치의 '유태인 학살', 일본 제국의 관동대지진 때의 '조선인 학살', 미국의 'KKK'와 '매카시즘', 코소보 사태와 보스니아 내전에서의 '인종 청소', 캄보디아의 '킬링필드(Killing fields)', 인도네시아의 '동티모르 학살', 수단과 르완다의 내전, 미얀마의 '로힝야족 학살'이 그것이다. 마녀사냥의 예를 가만히 살펴보면 권력 유지를 위한 권력의 횡포이며, 그 과정이 매우 잔인하다는 공통점이 있다. 대체로 동일성과 규격화를 요구하는 근대국가에서 마녀는 '정상이 아닌 것'으로 여겨졌으며, 마녀사냥의 대상은 주로 여성, 유대인, 무슬림, 동성애자, 이주노동자 등 사회 약자였다. 마녀사냥은 집단 광기의 산물이며, 집단이 절대적 신조를 내세워 개인에게 무차별한 탄압을 하는 행위이다.

요즘 흔히 사용하는 용어 중에 '마녀사냥식 여론재판'이라는 말이 있다. 법보다 더 무서운 게 국민 정서이고, 법정에서의 재판보다 더 무서운 게 여론재판이라고도 한다. 그렇다 보니 여론을 주도하는 언론의 영향력이 점점 더 커지고 있다. 문제는 언론이 언론 본래의 정신에 투철하면 될 것인데, 그렇지 않고 자꾸만 자기의 이해관계에 따라서 여론을 선도하려고 하고 좌지우지하려고 하는 데 있다. 인터넷의 발달은 이러한 현상의 확산에 주도적 역할을 하고 있다. 마녀사냥의 양상도 진화한 것이다. 그 진화의 틈새로 현대판 마녀사냥들이 지속하고 있다.

우리 사회에 만연한 용어 중에 '빨갱이'가 있다. 기원도 유래도 불분명한 용어이며, 의미조차 시대에 따라서 다양하게 사용된 용어이다. 빨갱이라는 용어는 친일파와 극우 반공주의자들과 밀접한 관련이 있다. 미 군정은 조선총독부를 접수하고 행정권을 펼칠 때, 민족주의 계열 및 사회주의 계열 독립운동가들을 배제하고 기존 일제의 총독부 및 지방관청에 근무하던 공무원, 친일 경찰, 일본군 등을 요직에 그대로 기용했다. 당시 미군정 경찰에 기용된 경찰 중 80% 이상이 일제하에서 경찰로서 동족을 체포하고 고문하는 데 앞장섰던 사람들이다.

친일파들 대부분은 미 군정기를 거치면서 그들의 생존을 위해, 다시 잡은 기득권을 지키기 위해 극우 반공주의자로 변신했다. 이때부터 친일파들은 자신들을 애국자라 했고, 그들과 생각이 다른 사람들을 싸잡아 '빨갱이'라고 했다. 제주 4.3 사건과 여순사건은 극단적인 반공주의를 이용한 빨갱이 몰이의 확산을 가져왔다. 이 당시 빨갱이는 '사람 아닌 존재'로 인식되었고, 이후 빨갱이라는 말은 권력에 방해되는 사람들에게 행했던 반인륜적 범죄행위를 정당화하기 위해 소위 죽여도 되는 사람을 만드는 낙인으로 사용되었다. 6.25 전쟁을 겪으면서, 이후부터는 빨갱이라는 단어는 정치권력의 독점을 위해서 민간인을 처형하거나 학살하기 위한 명분으로 사용되었으며, 빨갱이로 정의된 사람들과 그 가족들은 가혹한 대우를 받아야 했다.

현재의 대한민국에서도 빨갱이라는 단어는 일부 극우세력이 정치 성향을 불문하고 자신들과 생각이 다른 사람들을 근거 없이 비난할 때 흔히 사용된다. 일부 보수 극우세력들은 그들과 생각이 다른 사람이면 무조건 빨갱이 또는 좌파빨갱이라고 하는 경우가 많다. 공산주의자하고는 거리가 먼 나조차도 극우에 비판적이거나 그들과 다른 생각의 글이라도 쓰면 바로 여기저기서 빨갱이라는 말이 날아온다.(물론 진보세력에 비판적인 글이라도 쓰면 바로 회색분자라는 등의 비판도 듣는다) 심지어 친일파를 비판하는 글을 썼는데도 빨갱이라고 하는 사람들이 있다. 나와 생각이 다르면 무조건 빨갱이라는 것이 완전히 마녀사냥과 별반 다를 게 없다.

빨갱이라는 단어는 역사의 아픔이다. 잘못된 역사의 흔적이 후 유증으로 남아 아직도 사람들에게 생채기를 내는 것이다. 저 한마디에 얼마나 많은 사람이 죽어가야 했던가. 얼마나 많은 사람이 고통스러운 삶을 살아야만 했던가. 빨갱이라는 한마디 낙인에 공산주의자도 아닌 사람들이 공산주의자가 되어 억울한 죽임을 당하거나 가혹한 고문 등으로 평생을 힘들게 살아야 했던가. 나라를 팔아먹거나 일제를 위해 동족을 괴롭혔던 사람들이 광복된 조국에서 저 단어를 이용하여 얼마나 많은 사람의 삶을 지옥의 나락으로 빠뜨렸던가. 이제는 제발 저 처절한 아픔의 단어를 사용하지 말았으면 좋겠다. 애꿎은 사람들에게 억울한 마음이 들지 않게 해야겠다.

> 맹자께서 말씀하셨다. "인(仁)은 사람의 마음이고, 의(義)는 사람의 길이다. 그 길을 버려두고 따르지 않으며, 그 마음을 잃어버리고 찾을 줄을 모르니, 안타깝다. 사람이 닭과 개를 잃어버리면 찾을 줄을 알지만, 마음을 잃어버리고는 찾을 줄을 모른다. 학문의 길이란 다른 것이 없다. 그 잃어버린 마음을 찾는 것일 뿐이다."
>
> 孟子曰 仁人心也 義人路也 舍其路而不由 放其心而不知求 哀哉 人有鷄犬 放則知求之 有放心而不知求學問之道 無他 求其放心 而已矣
> ─『맹자』「고자장구 상」11장

맹자는 '학문의 길은 놓아버린 마음을 찾는 것이다'고 했다. 덧붙여 맹자는 '인(仁)은 사람의 마음이고 의(義)는 사람이 가야 할 길이다'고 했다. 잃어버린 마음, 그것은 인이고 의이다. 인은 남과 나를 구별하지 않는 마음, 곧 남을 나처럼 생각하는 마음이다. 의는 올바른 길을 가는 것이다. 여기서 올바른 길이란 인을 찾는 길이다. 사람은 인한 성품을 갖고 태어났건만 자라면서 그 인한 성품을 잃어버리고 자꾸만 인과는 거리가 먼 마음으로 산다. 의를 행하기보다는 불의를 행한다. 이기(利己)의 마음으로 남을 아프게 하는 것이 지금의 사람이다. 불의를 마치 의(義)인 것처럼 떠들고 다니는 것이 지금의 사람이다.

맹자는 마치 오늘날의 세태를 예견이라도 한 것처럼, '그 길을 놓아두고 말미암지 아니하며, 그 마음을 놓아버리고 찾을 줄 모르니, 불쌍하도다. 사람이 닭과 개가 나간 것이 있으면 찾을 줄을 알지만, 마음을 놓아버린 것이 있으면 찾을 줄을 모른다'면서 단호하게 꾸짖는다. 그 길을 놓아두고 말미암지 않는다는 말은 의를 행하지 않는다는 것이며, 그 마음을 놓아버리고 찾을 줄 모른다는 것은 불인(不仁)한다는 말이다. 불인은 남과 나를 구별하는 마음, 남을 차별하는 마음, 나를 위해서 남을 힘들게 하는 마음이다. 사람들은 남이 나에게 하면 싫어할 것들을 남에게 스스럼없이 한다.

맹자는 저 말의 끝에 '학문의 길은 다름이 아니라 놓아버린 마음을 찾는 것일 뿐이다'며 세태에 대한 안타까움을 토로하고 있다. 맹자가 살았던 때는 춘추시대가 끝나고 전국시대가 시작되는 때이다. 춘추시대보다 전국시대가 사람이 더 살기 힘든 시대라고 했다. 맹자는 끊임없이 고통받는 사람들을 보면서, 그 원인을 인간의 이기와 욕망에서 찾았으며, 그 해결책을 타고난 본성을 회복하는 데서 찾았다. 사람을 힘들게 하는 것은 궁극적으로 사람이다. 그러니 사람이 태어날 때 가졌던 마음, 곧 남과 나를 같이 생각하는 마음, 인의 마음을 갖는다면 사람이 사람을 힘들게 하는 마음은 없게 될 것이다. 맹자가 사람이 자라면서 놓아버렸던 그 마음을 찾아야 한다고 역설하는 이유가 여기에 있다.

의(義)는 본래 '수오지심(羞惡之心)'이다. '수오지심'은 나쁜 것을 부끄러워하는 마음이다. 나쁜 것을 부끄러워하는 마음이면 그 나쁜 것을 없이하려고 한다. 그렇게 하다 보면 나쁜 것은 없어지게 마련이다. 여기서 나쁜 것은 나의 나쁨과 남의 나쁨을 모두 포함한다. 나의 나쁨을 부끄럽게 여기고 남의 나쁨도 부끄럽게 여기는 마음이 수오지심이다. 그런데 나의 나쁨을 보기 위해서는 자신을 돌아보는 성찰이 필요하다. 성찰을 통해 나의 나쁨을 보고서 부끄러워하는 마음이 들었다면 그것을 고치려고 해야 한다. 그렇게 하나씩 고쳐가는 것이 의(義)이다. 그래서 의는 올바른 길을 가고자 하는 마음이다. 맹자는 당대 사람들이 타고난 선한 마음을 잃어버렸음에도 불구하고 찾으려고 하지 않는 것을 닭과 개가 나가면 찾아 나서는 사람들이 정작 놓아버린 마음은 찾으려고 하지 않는다고 한 것이다.

우리 근현대사에서 '빨갱이'라는 단어는 나의 권력과 기득권을 지키고 유지하기 위한, 나와 생각이 다른 사람들을 폄훼하고 비난하기 위해 사용한 단어이다. 한마디로 마녀사냥을 위한 명분용이다. 내 마음속에 남을 나처럼 생각하는 인(仁)의 마음이 있다면, 올바른 길을 가고자 하는 의(義)의 마음이 있다면 빨갱이란 말을 함부로 사용하지는 않을 것이다.

　사람마다 생각은 다를 수 있다. 우리는 그 다름을 비판할 수는 있어도 비난하거나 폄훼해서는 안 된다. 우리는 자신의 이익을 위해서 남을 아프게 해서는 안 된다. 우리 역사 속 빨갱이는 불인(不仁)이며 불의(不義)의 상징이었다. 그 단어가 21세기 대한민국에서도 버젓이 사용되고 있다, 그것도 이전과는 다르게 더 광범위하게, 더 간교하게 사용되고 있다. 이제는 이유도 없이 사실과는 다르게 남의 마음을 아프게 하는 단어를 강물에 영원히 띄워 보내 버리자. 우리가 우리의 이기심으로 우리를 아프게 하는 일은 하지 말자.

백성이 가장 소중하다

나의 개인 연구실인 해천재(海泉齋)는 교통의 요지인 로터리 근처에 있다. 가고 오기 쉬운 곳을 찾다 보니 그렇게 되었다. 『맹자』나 『대학』 같은 경서를 강독하는 날, 또는 월 1회 하는 독서토론을 하는 날이 아니면 사람이 거의 찾지 않는 곳이다. 코로나가 창궐하던 시기에는 해천재에 머무는 시간이 많았다. 경서 강독이나 독서토론회도 모두 무한 연기되어서 그런지, 일주일 동안 찾아오는 사람이 거의 없을 때도 있었다. 어떤 날에는 나가기가 귀찮아서 온종일 밖을 나간 적이 없을 때도 있었다. 문만 열면 온통 차이고 사람인데, 무척이나 조용한 삶을 살고 있었던 셈이다.

그런데 지난 선거 때는 너무 시끄러웠다. 하긴 선거 기간만 되면 시끄럽다. 아침부터 밤까지 음악을 듣지 못할 정도로 시끄럽다. 스피커를 찢고 나올 듯한 유세송, 지지를 호소하는 연설, 선거운동원들의 떼창과 함성, 한마디로 선거유세소음이 엄청나다. 그런데 10년 전이나 지금이나 노래 내용도 비슷하고 연설 내용도 비슷하

고, 공약도 비슷하다. 하긴 10년 전이나 지금이나 내가 사는 세상
도 별반 달라진 게 없다. 국민을 주인으로 섬기는 머슴이 되겠다는
말도, 90도 이상으로 고개를 숙이는 인사법도 늘 그대로다.

  참 이상하다. 저렇게 열심히 약속하고, 꼭 실천하겠다고 다짐하
고 또 다짐하는데, 왜 세상은 그대로일까? 국민 한 사람 한 사람,
잘나고 못난 사람 가리지 않고, 어려운 윗사람 대하듯이 크게 고개
숙이고, 오래된 이웃처럼 인사하고 두 손 꼭 잡는데, TV에 잡히는
그들은 마음속에 국민이 있기나 하는지 의심이 들 만큼 여전히 권
위적이거나 가식적이다. 한때는 그들 탓을 하기도 했지만, 요즘은
내 탓을 하고 국민 탓을 한다. 사람이란 게 본디 저런 것인데, 그
걸 알면서도 뽑아주는 사람이나 그것도 모른 채 무조건 뽑아주는
사람 탓인 게다.

> 백성이 가장 귀하다. 땅의 신, 곡식의 신을 섬기는 일을 맡은 정
> 부는 그다음이다. 임금은 가장 가볍다. 이런 까닭으로 백성들의
> 마음을 얻으면 천자가 되고 천자의 마음을 얻으면 제후가 되며,
> 제후의 마음을 얻으면 대부가 된다. 제후가 사직을 위태롭게 하
> 면 바꾸어 세운다. 희생이 이미 마련되었고 기장과 여러 공물이
> 이미 정결하여 시기에 맞춰 제사 지내었지만, 가뭄과 홍수가 생
> 기면 사직을 바꾸어 세운다.

> 民爲貴 社稷次之 君爲輕 是故得乎丘民而爲天子 得乎天子爲諸
> 侯 得乎諸侯爲大夫 諸侯危社稷 則變置 犧牲旣成 粢盛旣潔 祭祀
> 以時 然而旱乾水溢 則變置社稷
> ─『맹자』「진심장구 하」 제14장

맹자는 임금과 정부와 백성 중 가장 소중한 것이 백성이라고 했다. 셋 중에서 가장 가벼운 것이 임금이라고 했다. 통치자를 '천자'라 부르던 시대에 감히 할 수 있는 말이 아니다. 당시의 정치적 상황이나 사회의 지적 수준 등을 고려해 볼 때 맹자의 이 말은 가히 혁명적 발상이라고 하지 않을 수 없다. 여기서 사(社)는 토지신이고, 직(稷)은 곡식신이다. 옛날에는 나라를 건국할 때 제단과 담장을 세워 제사 지낸다. 대개 나라는 백성을 근본으로 삼고 사직도 백성을 위하여 세우며, 임금의 존귀함 또한 백성과 사직 두 가지 존망에 연계되어 있으므로 경중이 이와 같은 것이다. 맹자 왕도정치의 근본이 되는 사고의 바탕이다. 민주주의의 시대라고 요란을 떠는 오늘날에도 자신 있게 할 수 있는 말이 아니다.

구민(丘民)은 시골에 있는 백성을 뜻하는 말이다. 그러나 그 백성의 마음을 얻으면 천하가 그에게 귀의한다. 천자는 지극히 존귀하지만, 그 마음을 얻은 자는 제후가 되는 것에 지나지 않을 뿐이다. 그래서 백성이 귀중한 것이다. 제후가 무도하여 장차 사직이 남에게 멸망하게 되면 마땅히 어진 임금을 바꾸어서 세울 것이니, 이것은 임금이 사직보다 가볍다는 것이다. 제사를 지내어 예를 잃지 않아도 토지와 곡식의 신이 백성을 위하여 재앙과 환란을 막지 못하면, 그 단(壇)을 헐어서 바꾸어 설치한다. 이는 사직이 비록 임금보다는 중요하지만, 백성보다는 가벼운 것이다.

백성의 마음을 얻으면 천자가 될 수 있지만, 천자의 마음을 얻으면 제후가 되는 것에 지나지 않는다. 제후가 잘못하여 사직을 남에게 멸망하게 하면 마땅히 어진 임금으로 바꾸어 세운다. 통치자

를 세우는 것도 국민이고, 통치자를 바꾸는 것도 국민이며, 통치자
가 뽑은 사람이 잘못하여 나라를 위태롭게 하면 또한 국민이 좋은
임금으로 바꾼다는 것이다. 이 얼마나 무섭고도 멋진 말인가. 광
복 이후 우리의 역사를 살펴봐도 저와 다르지 않다. 대통령으로 뽑
아준 사람도 국민이고, 대통령이 잘못할 때 그 대통령을 바꾼 것도
국민이며, 특히 대통령이 임명한 아랫사람들이 잘못하여 나라를
위태롭게 했을 때 그 대통령을 바꾼 것도 국민이다. 그러면 백성에
의해서 세워진 천자가 그 백성에 의해서 쫓겨나지 않으려면 어떻
게 해야 하는가. 맹자는 여기에 대해서 답을 하고 있다.

> 왕이 백성이 즐거워하는 것을 즐거워하면 백성도 왕의 즐거움
> 을 함께 즐거워하며, 왕이 백성의 근심을 근심하면 백성도 왕의
> 근심을 근심한다.

> 樂民之樂者 民亦樂其樂 憂民之憂者 民亦憂其憂
> —『맹자』「양혜왕장구 하」4장

왕이 백성과 마음으로 함께하면 된다. 백성의 즐거움을 마치 자
기의 즐거움처럼 함께 즐거워하고 백성의 근심을 마치 자기의 근
심처럼 함께 근심하면 된다. 그렇게 하면 백성은 절로 왕과 함께한
다. 왕의 즐거움을 함께 즐거워하고 왕의 근심을 함께 근심한다.
백성이 늘 왕의 곁에서 왕을 지켜준다면 왕은 무슨 걱정이 있겠는
가. 백성은 순수하고 진실하다. 그만큼 무섭다는 말이기도 하다.
그러니 모든 것은 왕이 하기 나름이다. 왕으로 세워지는 것도 왕에

서 쫓겨나는 것도 모두 왕이 하기 나름이다.

「홍길동전」의 지은이 허균은 소설가이기 이전에 시대를 앞선 사회사상가이다. 그의 사회사상이 잘 드러나 있는 것이 「유재론(遺才論)」과 「호민론(豪民論)」이다. 특히 「호민론」에서 허균은 백성을 항민(恒民)·원민(怨民)·호민(豪民)으로 나누어 설명하고 있다. 그에 의하면, 항민은 일정한 생활을 영위하는 백성들로 자기의 권리나 이익을 주장할 의식이 없이 법을 받들고 윗사람에게 부림을 당하면서 얽매인 채 사는 사람들이다. 원민은 수탈당하는 계급이라는 점에서 항민과 마찬가지지만, 이를 못마땅하게 여겨 윗사람을 탓하고 원망한다. 그러나 이들은 원망하는 데에 그칠 뿐이다. 그러므로 항민과 원민은 그렇게 두려운 존재가 못 된다. 참으로 두려운 것은 호민이다. 호민은 남모르게 딴마음을 품고 틈만 엿보다가 시기가 오면 일어나는 사람들이다. 그들은 자기가 받는 부당한 대우와 사회의 부조리에 도전하는 무리들이다. 호민이 반기를 들고 일어나면 원민이 소리만 듣고도 저절로 모여들고, 항민도 또한 살기를 구해서 따라 일어서게 된다. 통치자가 백성을 두려워하라는 말이다.

> 백성들의 근심과 원망이 고려 말기보다 훨씬 더 심하다. 이러한데도 윗사람은 마음 편하게 두려움을 알지 못하니 우리나라에는 호민이 없는 탓이다.
> 천하에 두려워할 바는 오직 백성뿐이다. 백성은 물이나 불, 범, 표범보다 두렵기가 더한데, 위에 있는 자가 한창 업신여기며 모질게 부림은 무엇인가.
> ― 허균 「호민론」

허균의 이야기는 통치자만을 탓하는 게 아니라 백성을 탓하고 있기도 하다. 현실이 잘못되었음을 알면서도 자신의 이권을 챙기며 세태만 추종했던 항민과 현실이 올바르지 않음을 알면서도 불평과 원망만 할 뿐, 행동하지 않았던 원민을 탓하면서, 세상의 잘못된 것을 보면 언제나 그것을 고치려고 온몸으로 저항하는 호민이 없음을 안타깝게 생각하고 있다. 우리나라에 호민이 많아졌으면 하는 것과 진정으로 백성을 두려워하기를 바라는 마음이 담겨 있다.

선거가 끝나면 해천재는 다시 조용하다. 세상도 언제 그랬냐는 것처럼 조용하다. 공약은 공약일 뿐이고, 그들은 당분간은 다시 보기 힘든 사람이 되어 있을 것이다. 백성이 현명하지 않으면 4년 뒤에도 그저 표만 얻기 위한 눈속임 같은 일들이 똑같이 벌어질 것이다. 당선만 되면 언제 그랬냐는 것처럼 변하지 않고 4년 내내 국민과 함께 즐거워하고 국민과 함께 근심을 나누게 할 수는 없을까. 답은 간단하다. 국민이 호민이 되면 된다. 그들이 두려워하는 국민이 되면 되는 것이다. 그들을 뽑아줄 수도 있지만, 그들을 언제든지 바꿀 수도 있다는 것을 보여주면 된다. 잘하든 잘못하든, 옳든 그르든 항상 뽑아주거나 항상 뽑아주지 않는 것은 국민으로서의 책무를 저버리는 것이다. 진실로 국가를 위하고 국민을 위하고 나를 위한다면 이제 우리 스스로 호민이 되자.

폭력이 된 정의正義

폭력은 정당성과 합리성이 없는 물리적 강제력을 동원한 행위이다. 이러한 폭력은 정의(正義)와는 거리가 멀다. 아니 멀어야 한다. 그런데도 세상에서 자행되는 폭력 중에 정의라는 이름으로 자행되는 것들이 많다. 특히 폭력의 규모가 크면 클수록 그 폭력은 정의에 찰싹 달라붙어 있다. 히틀러나 무솔리니의 파시즘에 의한 거대 폭력, 관동대지진과 조선인 학살사건, 제주 4.3 사건, 심지어 중세의 마녀사냥조차도 정의라는 이름으로 자행되었다.

요즘 우리 사회는 폭력 소식으로 시끄럽다. 가정폭력, 학교폭력, 언어폭력, 성폭력에 이른바 묻지마폭행까지 하루가 멀게 폭력 소식이 들린다. '정인이 사건'으로 대변되는 아동폭력과 '쌍둥이 배구선수 학폭'으로 대변되는 체육계폭력은 사회의 비판 대상이 되고 있음에도 계속 발생하고 있다. 왜 이런 일이 계속 발생할까. 사람의 본성이 본래 악해서일까. 그것이 아니라면 무엇 때문일까. 가해자 입장으로 들여다보면 이유가 간명해진다. 그것은 자신들의

폭력 행위가 잘못된 것이라는 인식이 부족하거나 정당하다는, 또는 정의라는 생각을 하는 데서 찾을 수 있다,

유교는 인의(仁義)를 강조한다. 공자는 인을 주로 이야기했고 맹자는 의를 주로 이야기했다. 정의는 훨씬 후대에 나온 말이다. 그렇다면 인은 무엇인가. 인은 어질다는 뜻으로, 공자가 선(善)의 근원이자 행(行)의 기본이라고 강조한 유교 용어이다. 『설문(說文)』에 따르면, 인은 '인(人)'과 '이(二)'의 두 글자가 합해서 된 것이며, '친(親)하다'는 뜻이다. 여기서 친하다는 것은 단지 사랑한다는 의미가 아니라 '같다' 또는 '같게 하다'는 뜻이다. 같게 한다는 말은 남과 나를 구분하지 않는다는 것이다. 남과 나를 같게 대하는 것, 그것이야말로 최고의 사랑이다.

공자는 인을 설명할 때에 어떻게 하는 것이 인하는 것이라고 그 방법론을 주로 했을 뿐, 인이란 무엇이다고 구체적으로 말하지는 않았다. 그런데 인을 구성하는 여러 덕목 중에서 핵심은 사랑이다. 사랑이 부모에게 미치면 효가 되고, 형제에게 미치면 우(友)가 되며, 남의 부모에게 미치면 제가 되고, 나라에 미치면 충이 된다. 사랑이 또 자녀에게 이르면 자(慈), 남의 자녀에 이르면 관이 되고, 나아가 백성에까지 이르게 되면 혜(惠)가 된다. 인은 멀리 있는 것이 아니라 내가 인하려고 하면 인은 이르게 마련이며,〔仁遠乎哉 我欲仁 斯仁至矣〕의·예·지와 함께 밖에서 오는 것이 아니라 내가 원래 가지고 있는 것이다.〔仁義禮智 非由外鑠我也 我固有之〕인이란 사람이면 지·우(愚)·현(賢)·불초(不肖)를 가릴 것 없이 누구나 천부적으로 지닌 것이다.

공자는 사람을 사랑하는 것이 인이라고 했지만, 한편으로는 오

직 인자(仁者)라야만 사람을 좋아할 줄 알고 사람을 미워할 줄 안다고도 하였다. 인하다는 것은 무차별 사랑이 아니라 차별적 사랑으로, 착한 사람은 사랑하고 악한 사람은 미워하는 것이 인의 참사랑이다. 그렇다면 착한 사람과 악한 사람은 어떻게 규정하는 것이 보편타당한가. 내가 좋아서 사랑하는 사람이 사실은 증오를 받아야 마땅할 사람이며, 내가 미워서 멀리하는 사람이 사실은 착한 사람으로 사랑해야 할 사람이라면, 인하지 못한 것은 오직 나 자신에게 그 원인이 있는 것이지 남에게 있는 것은 아니다. 내가 어떤 사람이냐가 중요하며, 나를 올바른 사람으로 만들어가는 것이 중요하다. 나를 올바른 사람으로 만들어가는 것, 그것이 의(義)이다.

맹자에게 있어 의(義)는 인간의 본래 모습을 회복해 사회적 질서를 확립하려는 인의 실천 방안으로 '마땅한 삶의 길'을 뜻한다. 공자는 "군자는 천하에서 생활하는 데 있어 이렇게 해야만 한다든지, 이렇게 하지 말아야 한다든지 하는 고정된 행동 원리를 갖지 않고 오직 의를 따라 행동해야 한다.〔君子之於天下也 無適也 無莫也 義之與比〕"고 함으로써 의를 인간의 실천 원리로 설명하고 있다. 인간의 본래 모습에서 나타나는 대표적인 행위는 남을 나처럼 생각하고 사랑하는 것이다. 공자는 인의 실현, 즉 인간의 본래 모습을 회복함으로써 사회적 질서를 확립하고자 하였다. 그런데 맹자가 생을 누린 전국시대(戰國時代)로 접어들면서 사람들은 이익 추구에 몰두해 쟁탈을 일삼게 되었고, 이단이 득세해 사상적 혼잡을 초래하는 등 사회가 더욱 혼란해짐으로써 공자의 인에 대한 더욱 구체적이고 명석한 실천 방안이 요구되었다. 맹자의 의사상(義思想)은 바로 이러한 시대적 요구에 부응한 인의 실천 방안이었다. 이처럼 인간의 본래 모습인 인을 실현하기 위한 구체적인 방안이 의로 정의된다. 의는 옳은 나 만들기이다. 끊임없이 자신을 돌아보고 자신의 잘못을 고쳐서 올바른 내가 되고자 하는 마음이 의이다. 의는 한 번 그렇게 한다고 되는 것이 아니며, 될 때까지 반복해야 한다. 집의(集義)라는 말은 여기서 나온 것이다. 집의를 통해서 본래의 선한 마음, 옳은 마음을 회복하면 그게 인이다. 의가 있어야 인에 도달할 수 있으므로 맹자에게 있어 인과 의는 떼려야 뗄 수 없는 관계이다.

맹자는 의를 달리 수오지심(羞惡之心)이라고 했다. 수오지심은 '악'을 부끄러워하는 마음이다. 여기서 부끄러워하는 마음은 미워하는 마음으로 이어지며, 이것은 부끄러워하는 마음의 대상인 악을 없이 하고자 하는 마음과 같다. 악은 인간 누구에게나 있을 수 있다. 그러므로 부끄러움의 일차적인 대상은 자기 자신이지만, 이차적인 대상은 자기 주변 사람들이다. 먼저 내 마음속에 깃들어 있는 악을 제거하고 나를 올바른 마음의 상태, 곧 인의 상태로 이끌어야 하며, 내 주변 사람들 마음속의 악을 제거해 주려고 해야 한다. 인은 남과 나를 구분하지 않고 같이 사랑하는 마음이므로 인과 의라면 남의 마음속 악을 제거해 주려는 것이 당연하다. 악을 싫어하는 마음은 악을 행하는 사람을 싫어하게 한다. 그러므로 사람들을 못 살게 하는 독재자를 미워하고, 사람들을 괴롭히는 살인자와 도둑을 미워하며, 사람들을 괴롭히는 침략자를 미워하는 것이다.

그럼 정의란 무엇인가? 정의의 개념은 다양하고 학자에 따라서 다르게 정의된다. 한자어 정의(正義)의 문자적 뜻은 '바르고 옳은 것'이며, 사전적 정의는 '진리에 맞는 올바른 도리'이다. 정의(正義)라는 단어는 한자어이기는 하나 유교적 개념은 아니다. 유교에서 의(義) 앞에 붙인 글자는 정(正)이 아니라 대(大)였다. 그래서 대의(大義)라는 말은 자주 썼지, 정의라는 말은 거의 쓰지 않았다. 우리나라에서 '정의'라는 말이 널리 쓰인 것은 19세기 말 이후의 일이었다. 정(正)과 의(義)는 의미가 중첩된다. 정의는 영어 justice의 번역어로 한자 문화권에 정착했다. justice는 '법에 따름'이라는 뜻이었다. 물론 이 법은 세속법이 아니라 하늘의 법이자 신의 율법이었다. 중세 기독교 문명권 사람들은 정의는 '신의 의지'이며, 인간에게는 '신의 의지'가 옳은지 그른지 판단할 자격이 없다고 믿었다. justice를 정의라고 번역한 사람은 중국인들이었다. 의(義)는 고대 갑골문에도 나오는 상형문자로, '팔방으로 날이 달린 무기'를 형상화한 글자다. 아마도 무당이 악귀를 물리칠 때 쓰던 도구, 즉 무구(巫具)였을 것이다. 여기에서 '악을 물리치다'라는 뜻이 되었다.

유교적 시각에서 정의에 관하여 정의를 해보자. 정(正)은 올바른 것이며, 의는 올바른 것을 행하고자 하는 마음이다. 따라서 정의란 '올바른 것, 또는 올바른 것을 행하려는 하는 마음'이다. 여기서 올바른 것, 정(正)은 인(仁)과 통한다. 인의 기본은 사랑이며, 남을 나처럼 사랑하는 마음이다. 그런 마음을 갖게 하려는 것이 의(義)이므로, 정의는 인의(仁義)와 비슷한 의미이다. 인의는 나 자신이 올바른 인간이 되는 것이며, 남을 사랑하는 마음이다. 따라서 정의는 인간을 사랑하는 마음, 인간을 위하는 마음이 바탕이 되어야 한다.

그런데 사전적 의미의 정의를 잘 안다고 해서 그가 정의롭다고 할 수는 없다. 문제는 정의에 관한 판단이다. 정의의 개념은 사전에서 또는 학교에서 배울 수 있지만, 정의에 관한 판단은 어디에서도 가르쳐주지 않는다. 대체로 객관적 이성이 아닌 주관적 감성으로 판단할 뿐이다. 그래서 정의 아닌 것이 정의가 되고, 정의인 것이 정의 아닌 것이 되기도 한다. 정의감은 인류 공통의 감성이지만, 사람에 따라 다르게 작동하는 감성이다. 특히 사회가 고도로 분화하고 이해관계가 극도로 복잡하게 얽힌 현대사회에서 '정의'는 헤아릴 수 없이 많은 파편으로 쪼개져 버린다. 갈등과 대립의 현장마다 서로 다른 '정의'들이 충돌한다. 문제는 그 많은 정의가 모두 정의이냐이다. 그들이 외치는 정의 속에 인간을 위하는 마음이 있느냐이다. 혹시 정의라는 이름으로 행하는 악의 퇴치가 실제로는 악이 정의를 퇴치하는 것은 아닐까 하는 우려이다.

세상에서 가장 위험한 것은 정의(正義)라는 이름으로 자행되는 폭력이다. 사람은 '나쁜 짓'이라고 생각되는 일은 하지 않으며, 하더라도 양심의 가책을 받는다. 그러나 스스로 정의라고 판단한 일은 아무리 잔인하고 악랄하더라도 서슴지 않고 행하곤 한다. 역사상 모든 전쟁의 당사국들은 자국의 요구가 곧 정의라고 주장했다. 역사상 모든 대량 학살도, 정의의 이름으로 행해졌다. 가정폭력 사건에서 가해자들이 가장 많이 하는 말 중의 하나가 교육 차원에서 폭력을 행했다는 것이며, 이것은 학교폭력에서도 흔히 나오는 말이다. 제5공화국의 대표적인 인권침해사건인 삼청교육대도 정의 수호 차원에서 이루어졌다고 했다. 그동안 정의는 사람의 마음속에 있는 양심이라는 작은 방패막이를 제거하는 역할을 충실히 수

행한 것이다.

사람들은 너무나 쉽게 자기들이 행하는 것에 정의라는 이름으로 정당성을 부여한다. 정의가 무엇인지 희미하게라도 아는 사람들이 정의를 판단할 때는 너무나 감정적이며 자기중심적이다. 그래도 측은지심과 일말의 양심을 가진 사람들이 정의라는 이름으로 한없이 잔인해진다. 그들은 그들의 폭력적 행위가 정의를 위한 것이며 당연하다고 생각한다. 한순간이라도 자신이 정의라고 생각한 것이 진짜 정의인지 되묻지를 않는다, 정의라는 이름으로 행하는 폭력의 정당성 여부를 되돌아보지 않는다. 그들 자신의 마음에 인간이 있는지를 살피지 않는다. 정인이 사건에서 양부모들이 단 한 번이라도 인간을 마음에 담았다면 차마 그렇게 하지 못했을 것이다.

정의는 대단한 것이 아니다. 그저 마음속에 인간을 품고 있으면 된다. 인간을 위하는 마음을 품고 있으면 된다. 가끔 한 번씩 자기 마음을 꺼내어 따뜻하게 덥히기만 하면 된다. 내가 아프면 남도 아플 거라는 생각을 하면 된다. 우리 사회는 똑똑한 사람은 많은데 정의로운 사람은 적다. 정의롭지 못한 똑똑함은 차라리 똑똑하지 못한 것보다 더 나쁠 수가 있다. 학교와 사회는 정의가 무엇인지만 가르칠 게 아니라 정의를 어떻게 판단하고 실행하는지를 가르쳐야 한다. 그렇게 해야만 우리 사회에 똑똑한 사람 못지않게 정의로운 사람이 늘어나게 될 것이고, 그렇게 되어야만 정의라는 이름으로 이루어지는 폭력들이 줄어들 것이다.

제3부

맹자, 인간을 말하다

예는 참된 삶의 구체적인 행동 양식이다. 참된 사람은 본
마음을 따라 남과 조화를 이루는 삶을 영위하는 사람이며
그러한 사람의 구체적인 행동 양식이 예이다. 그런데 예는
인간의 참된 도리를 실천하는 형식이다. 따라서 예만 실천
하고 도리를 모르면 형식적으로만 참된 인간이 되고 내용
으로는 참된 인간이 되지 못한다. 예를 배웠다면 예의 본
질인 도리를 또 알아야 한다. 도리는 사람이 마땅히 행하
여야 할 바른길로서 의(義)이다.

잘못은 자기에게서
찾아야 한다

『맹자』「이루장구 상」편을 보면, "행하였으나 얻음이 없을 때는 모든 문제를 돌이켜 나에게서 구하라."라는 말이 나온다. 여기서 '돌이켜 나에게서 구하라'라는 말은 『맹자』「공손추」에도 나온다. 모두 어떤 일이 잘못되었을 때 남의 탓을 하지 않고 그 일이 잘못된 원인을 자기 자신에게서 찾아 고쳐 나간다는 의미이다. 이 이야기는 사실 우임금의 아들 백계(伯啓)의 고사에서 유래되었다.

우임금이 하나라를 다스릴 때, 제후인 유호씨(有扈氏)가 군사를 일으켜 쳐들어왔다. 우임금은 아들 백계(伯啓)로 하여금 군대를 이끌고 가서 싸우게 하였으나 참패하였다. 백계의 부하들은 패배를 인정하지 못하여 다시 싸우자고 하였다. 그러나 백계는 "나는 유호씨에 비하여 병력이 적지 않고 근거지가 적지 않거늘 결국 패배하고 말았다. 이는 나의 덕행이 그보다 못하고, 부하를 가르치는 방법이 그보다 못하기 때문이다. 그러므로 나는 먼저 나 자신에게서 잘못을 찾아 고쳐 나가도록 하겠다."라고 말하고는 싸우지 않았다. 이후 백계는 더욱 분발하여 날마다 일찍 일어나 일을 하고 검소하게 생활하며, 백성을 아끼고 품덕(品德) 있는 사람을 존중하였다. 이렇게 1년이 지나자 유호씨도 그 사정을 알고 감히 침범하지 못하였을 뿐 아니라 결국에는 백계에게 감복하여 귀순하였다. 이로부터 유래된 고사성어 반구저기는 어떤 일이 잘못되었을 때 그 잘못의 원인을 자기 자신에게서 찾는 말로 사용되었다.

맹자께서 말씀하셨다. "내가 남을 사랑해도 그가 나와 친해지지 않으면 자신의 인(仁)을 반성해야 하고, 내가 남을 다스리는데도 그가 다스려지지 않으면 자신의 지혜를 반성해야 하며, 내가 남에게 예를 베풀어도 그가 답례하지 않으면 자신의 공경을 반성해야 한다. 어떤 일을 했는데 만족스러운 결과를 얻지 못함이 있으면 모두 돌이켜 자신에게서 그 원인을 찾아야 하니, 자기 자신이 바르게 되면 천하가 돌아온다. 『시경』「문왕」에 이르기를 '길이 천명(天命)에 부합할 것을 생각하여 스스로 많은 복을 구한다' 하였다."

孟子曰愛人不親 反其仁 治人不治 反其智 禮人不答 反其敬 行有
不得者 皆反求諸己 其身正而天下歸之 詩云 永言配命 自求多福
―『맹자』「이루장구 상」4장

대학 시절, 고교연합동문회 회장을 한 적이 있다. 80년대 당시에는 같은 대학교에 다니는 남자고등학교와 여자고등학교가 연합해서 동문회를 하는 경우가 많았다. 내가 다니던 대학에서도 그랬다. 나는 동문회 회장직을 참 열심히 수행했다. 모든 조직은 회칙이 있어야 하고, 시스템에 따라서 움직여야 한다는 평소의 생각대로 동문회 회칙을 만들고 시스템에 따라서 움직이게 하려고 노력했다. 다른 연합동문회와 의논하여 체전을 열기도 했다. 당시 나는 후배들을 잘 챙기는 선배였다. 공과 사를 구분하여 원칙으로 대했고, 내가 손해 좀 보더라도 사심 없이 진정으로 대했다. 후배들은 나를 좋은 선배로 잘 대했다.

어느 해 여름, 동문 선배의 집에 동기·후배들과 함께 놀러 간 적이 있다. 가는 버스 안에서 삼삼오오 모여서 즐겁게 이야기를 나누었다. 선배의 집에서도 밥 먹고 술 마시면서 선후배가 어우러져 즐겁게 놀았다. 어느 순간부터 후배들이 나를 대하는 것과 동기들을 대하는 것이 조금 다르다는 느낌이 들었다. 돌이켜 가만히 생각해 보니 항상 그랬던 것 같았다. 뭐랄까 나에게는 조금 딱딱하게 다소 거리감이 들게 대하는 데 반해서 동기들에게는 형 아우 하면서 서슴없이 대하는 것이었다. 당시 내 마음에는 후배들에 대한 섭섭함이 스멀스멀 기어올라 떨어지지 않고 내내 차 있었다.

시간이 지나 대학을 졸업하고, 사회에서 가끔 동문 후배들을 만날 때가 있었다. 언젠가 나를 잘 따랐던 후배에게 물어보았다. 그때 후배들의 태도에 섭섭함을 많이 느꼈다고 했다. 그 후배의 말이 이랬다. 섭섭함을 느낄 수도 있겠지만, 그건 후배들의 잘못이라기보다는 선배의 잘못이라고 했다. 후배들이 선배를 좋아했고 선배와 친하려고 했는데, 왠지 선배는 다른 선배들에 비해 편하지가 않았다고 했다. 매사 원칙적이거나 논리적인 경우가 많고, 사람을 대할 때 너무 이성적이거나 객관적이어서 거리가 느껴졌다고 했다.

다른 선배들은 편한 형처럼 여겨진 데 반해 선배는 형이라기보다는 괜찮은 좋은 선배처럼 여겨졌다고 했다. 그날 후배의 말을 들으면서 모든 것이 후배들의 잘못이 아니라 나로 인한 것이라고 생각이 들었다. 시나브로 그동안 후배들에게 가졌던 섭섭함이 말끔히 사라졌다.

맹자는 "사람을 좋아해도 친해지지 않으면 나의 인(仁)함을 돌아보라."라고 했다. 인(仁)은 남과 나를 구분하지 않는 마음이고, 나를 미루어서 남을 대하는 것이다. 어진 마음으로 남을 대하면 그 속에는 편안함이 있게 마련이며, 마치 자신이나 가족을 대하듯 상대를 대하게 된다. 그때 내가 후배들을 대함에 어진 마음이 없었기 때문에 그들은 내게 편안함을 느끼지 못했던 것일 수도 있다.

나는 여러 모임의 회장(또는 대표)을 했거나 현재 하고 있다. 내가 20년째 회장을 하는 모임이 있다. 내가 만들었고, 지금까지 내가 이끌고 있다. 그동안 보이지 않는 시행착오도 있었고 임원들이나 회원들과의 갈등도 있었다. 그 와중에 나를 비판하면서 모임을 떠난 임원들도 있었고, 말없이 떠난 회원들도 있었다. 사람을 잃을 때마다 마음이 편하지 않았다. 내 진심을 알아주지 않는 그들이 야속하기도 했고, 답답함에 남몰래 나를 자책하기도 했다. 작년부터 새해 들어서까지 회원들의 일부가 계속 회장인 나에 대한 불만과 섭섭함을 토로하기도 하고, 모임의 회칙에 어긋나는 행동을 하기도 한다.

나는 대체로 어떻게 하는 것이 모임을 위하고 회원을 위하는 길인가를 생각하고 고민 끝에 결정하고 실행을 한다. 그런데도 가끔 나의 결정에 대한 불만이 있고, 결정대로 따르기보다는 다르게 행동하기도 한다. 나는 그들의 그런 반응에 마음속으로 화를 내기도 하고 가끔은 사정을 아는 지인에게 내 마음속 화를 표출하기도 한다.(한 번씩 화난 감정을 표출하기도 하지만 나의 판단과 실행은 대체로 이성적이다) 가만히 생각해 보면 나는 그들이 왜 그런지를 잘 이해하지 못하고 있다. 아니 이해하려는 시도를 잘 하지 않았던 것 같다. 그저 나의 진심을 알아주지 않는 그들에게서 문제의 원인을 찾은 것이다. 그러니 문제를 해결하지 못하는 것이고, 이런 식이라면 앞으로도 해결하기가 쉽지 않을 것이다. 그들을 끌어안고 가든 그들과 결별하든 문제의 원인을 내게서 찾아야 한다. 나의 진심을 이해하지 못하고 나를 오해해서 그런 것이라면 그 오해를 풀기 위한, 나의 진심을 잘 이해시키기 위한 올바른 방법을 찾아야 한다. 나를 돌아보고 해결의 방법을 찾는 지혜가 필요하다.

맹자는 "사람을 이끄는데 잘 따르지 않으면 나의 지혜를 돌아보라."라고 했다. 나를 따르지 않는 원인을 남에게서 찾지 말고 나의 지혜에서 찾으라는 말이다. 나의 지혜에서 찾으라는 것은 소통 방법의 문제를 지적한 말이다. 그들이 나를 오해했다면 그건 내 뜻을 분명하게 전하지 못한 나의 소통 방법의 문제이며, 그들이 나에게 불만을 제기했다는 것은 그들과 공감대를 형성하지 못했다는 것이다. 나는 내 뜻을 분명하게 전달할 수 있는 소통 방법을 생각해야 할 것이며, 공감대를 형성하기 위한 효과적인 설득의 방법을 찾아야 할 것이다.

나는 사람을 대함에 있어서 대체로 진정성을 갖고 예의를 갖추는 편이다. 가끔은 예의가 지나치다는 말을 듣기도 한다. 내가 예로써 그를 대했을 때, 그도 나를 예로써 대하는 사람이 있다.(나보다 더 큰 예로써 나를 대해서 나를 부끄럽게 하는 사람들도 있다) 나는 예로써 그를 대했음에도 불구하고 그는 나를 예로써 대하지 않는 사람들도 있다. 가끔 내가 예의를 갖추면 갖출수록 오히려 나를 더 만만하게 함부로 대하는 사람도 있다. 나는 그를 예로써 대하는데 무심히 별다른 반응이 없는 사람도 있다. 이런 사람들이 나를 가장 신경 쓰이게 한다. '무엇 때문에, 왜?'라는 생각을 들게 하기 때문이다.

　최근에 어떤 분과 논쟁을 벌인 적이 있다. 동아시아 유목민족사에 관한 논쟁이었는데, 이야기하다 보니 어느새 코로나 19와 정치인에 관한 이야기로 옮겨져 있었다. 논쟁은 대체로 그분이 먼저 이야기하고 내가 반론을 제기하는 형식이었다. 함께 있던 또 다른 분이 오랜만에 옹호 논박과 상호 존중이 있는 괜찮은 논쟁을 본다고 칭찬을 했다. 나는 내용은 분명했지만, 표현은 굉장히 예를 갖추어서 말했다. 그런데 한순간 그가 약간 언짢은 표정으로 말했다. 더는 논쟁하고 싶지 않다고. 그분이 평소 함부로 말하는 분이 아니기에 나는 순간 당황했다. 그분은 내 말이 논리적이고 객관적이기는 하지만 자기에게 다른 의견 제시보다는 설명하려는 것처럼 느껴져서 살짝 기분이 나빠진다고 했다. 나는 30년 넘게 남을 가르치는 일을 해서 생긴 직업병의 일종이라고 대답했다. 사실 나는 논쟁할 때는 학생들과도 수평으로 1:1 형식으로 하는 편인데, 나도 모르게 나오는 표현의 문제인 것이다.

　맹자는 "예의를 다했으나 그에 따른 응답이 없을 때는 나의 공경함을 돌아보라."고 말했다. 가끔 우리는 '나는 예의를 다 갖추었으니 내가 할 바를 다 했다'는 말을 들을 때가 있다. 굉장히 위험한 말이다. 예의를 다하고 말고의 기준은 나에게 있는 것이 아니라 상대에게 있다. 상대가 그렇게 느껴야만 예의를 다했다고 말할 수 있다. 그럼 예의를 갖춘다는 것은 어떻게 하는 것일까. 이것은 행동의 문제이기 이전에 마음의 문제이다. 예의는 상대에 대한 공경의 마음이 전제되어야 한다. 공경의 마음은 겸손과 존중을 바탕으로 한다. 맹자는 예(禮)를 사양지심(辭讓之心)이라고 했다. 사양지심은 '겸손하여 남에게 사양할 줄 아는 마음'이다. 오늘날의 대부분 예에는 행위는 있으나 겸손과 사양하는 마음이 부족하다. 상대에 대한 존중도 없는 경우가 많다. 그분이 그렇게 말한 것은 내 말투에 겸손이 부족하다는 의미일 것이다.

어떤 일이 잘못되어서 나에게서 원인을 찾으면 다음에는 그 잘못을 범하지 않게 된다. 만약에 남에게서 그 잘못의 원인을 찾는다면 잘못은 계속 반복될 것이다. 사람은 불완전한 존재이니 살아가면서 무수히 많은 잘못을 저지르게 마련이다. 문제는 잘못을 저지르는 데 있는 것이 아니라 그 잘못을 다시는 저지르지 않는 데 있다. 그런데도 사람들은 자꾸만 잘못의 원인을 다른 사람에게서 찾으려고 한다. 코로나 19로 인한 국가 재난 사태를 지켜보면서 남 탓하는 사람을 많이 본다. 그런 남 탓이 갈등과 불러일으키고 분열을 초래하는 것을 본다. 반구저기(反求諸己)의 의미를 다시금 되새길 일이다. 『예기』 「사의(射義)」 편에 나오는 구정저기(求正諸己)의 고사를 인용해 본다.

쏘기는 인(仁)에 이르는 길이다. 스스로 올바름을 구해 나 자신이 바르게 된 뒤에야 쏜다. 쏘아서 적중하지 못하더라도 나를 이긴 사람을 원망하지 않고 자신에게서 이유를 찾을 따름이다.

射者仁之道也 求正諸己 己正而後發 發而不中 則不怨勝己者 反求諸己而已矣
　－『예기』「사의」

문을 닫고서
사람이 들어오기를 바라다

　모 대학에 있을 때의 일이다. 모 방송국 주최 전국 대학생 토론 대회에 출전하는 학교 대표 학생들을 지도한 적이 있다. 타 학과가 주도하는 것이어서 나하고는 별로 상관이 없는 일이었는데, 교양 과목을 같이 했던 그 학과 모 교수님의 제안으로 맡게 되었다. 결과적으로 무명의 지방 사립대학교 토론팀이 지역 예선에서 지방 국립대를 이기고 본선에 나가 전국적인 명문대들을 연파하고 최종 성적 3위에 오르는 성과를 냈다. 이후 토론대회 책임교수의 추천으로 대학생 취업 엘리트 캠프에서 발표와 토론을 지도할 일이 생겼다.

　분야별 강사들이 처음으로 모인 날, 예의라고는 찾기 힘든 취업지원실의 책임자가 거들먹거리면서 모여 있는 강사들에게 꺼낸 첫 말이, "지금이라도 전화 한 통이면 강의하겠다는 사람들이 줄을 서 있는데, 강의료를 이 정도로 주는 강의를 해보기는 했는지……."였다. 그 말을 듣는 순간 나는 바로 할 생각이 없다고, 줄서 있는 사람 중 아무나 시키라고 말하고 싶었다. 하지만 나를 추천해 준 사람 때문에 참았다. 현장에서의 반응은 좋았지만 이후 나는 다시는 가지 않았고, 그쪽 사람들과 애써 어울리지도 않았다.

얼마 전에 어느 작은도서관에서 나에게 강의를 부탁했다. 거리는 멀고 규모는 작고, 강의료도 적었지만 내가 좋아하는 분의 간곡한 부탁이어서 거절할 수가 없어서 갔다. 직원이라고 해야 몇몇 안 되는 작은도서관이었지만 직원들이 사람을 대하는 태도에 겸손과 예의가 넘쳐났다. 나는 기분 좋게 1년 동안 강의를 했고, 올해 다른 좋은 곳의 강의 부탁도 거절하고 흔쾌히 그곳에서 강의하기로 하였다.

『삼국지』에서 가장 중요한 인물을 꼽으라면 조조와 제갈량을 들 수 있다. 적벽대전을 기점으로 그 이전의 역사를 주도한 인물이 조조라면, 그 이후의 역사를 주도한 인물이 제갈량이다. 유비가 제갈량을 얻는 장면은 삼고초려라는 고사가 나올 정도로 매우 유명하다.

처음 제갈량을 유비에게 추천한 인물은 서서(徐庶)이다. 어느 날 서서가 유비에게 이렇게 말했다. "양양성(襄陽城)에서 20리 떨어진 융중(隆中)이라는 마을에 천하에 보기 드문 재능을 가진 선비가 있습니다. 주공께서는 왜 그분을 청해오지 않으십니까? 그분의 성은 제갈(諸葛)이고 이름은 양(亮), 자는 공명(孔明)입니다. 이분은 경천위지(經天緯地)의 재능을 가지고 있어 세인들은 그를 와룡(臥龍)이라고 부릅니다." 유비는 몹시 기뻐하며 자신이 직접 제갈량을 찾아가기로 했다. 이튿날, 유비는 관우와 장비를 데리고 융중으로 떠났다.

융중의 와룡강에 도착한 유비 일행이 제갈량의 집을 찾아가 보니 초라한 초가집이었다. 유비가 말에서 내려 사립문 밖에서 인기척을 내자 동자가 나와서 문을 열어주었다. 유비가 이름을 말하고 찾아온 뜻을 얘기하자 동자는 "선생님은 계시지 않습니다. 아침 일찍 어디론가 나가셨습니다." 하고 말했다. 그래서 그들은 하는 수 없이 신야로 되돌아왔다.

며칠 후에 제갈량이 집으로 돌아왔다는 소식을 들은 유비는 급히 말을 달려 융중으로 갔다. 때는 추운 겨울철이라, 찬바람이 살을 에는 것 같았다. 유비는 눈보라를 무릅쓰고 온갖 고초를 겪으며 와룡강에 이르렀다. 그런데 그들이 제갈량의 집에 당도하니 또 집에 없다는 것이 아닌가. 친구들과 같이 또 어디론가 나갔다는 것이다. 유비 일행이 세 번째로 융중을 찾아갔을 때, 유비는 제갈량에 대한 존중을 표하기 위해 그의 초가집에서 반 리나 떨어진 곳에서부터 말에서 내려 걸어갔다. 그런데 제갈량의 집에 도착하니, 그는 초당에서 잠을 자고 있었다. 유비는 제갈량을 깨우지 않으려고 관우와 장비를 사립문 밖에서 기다리게 하고, 자기만 들어가 초당 댓돌 아래에서 그가 깨어날 때까지 공손히 서 있었다. 유비의 성심에 감동한 제갈량은 당시 정세와 정치를 다년간 연구해서 얻은 정치적 견해와 천하를 통일할 전략 방침을 이야기했다. 이른바 천하삼분지계(天下三分之計)이다.

유비가 두 번째로 제갈량을 만나러 가려고 했을 때의 일이다. 그런 유비를 못마땅하게 여긴 장비가 유비를 만류하는 장면이 나온다. "한낱 촌뜨기 때문에 형님께서 꼭 가셔야 할 일이 무에 있습니까? 사람을 시켜 빨리 오라고 하십시오." 이에 유비는 장비를 『맹자』의 한 구절을 들어서 꾸짖는다. "너는 맹자께서 하신 말씀도 듣지 못했느냐? 맹자께서는 '현인(賢人)을 만나고자 하면서 그에 맞는 올바른 방법으로 하지 않는다면, 그가 들어오기를 바라면서도 그가 들어오는 문을 닫아버리는 것과 같다' 하셨다. 공명(孔明)은 당세에 으뜸가는 대현(大賢)이다. 그런데도 찾아가서 보지 않고 어찌 감히 불러들일 수 있단 말이냐?"

> 현인을 보려고 하면서 그에 맞는 올바른 방법으로 하지 않는다
> 면, 그가 들어오기를 바라면서도 그가 들어오는 문을 닫아버리
> 는 것과 같다.
>
> 欲見賢人而不以其道, 猶欲其入而閉之門也
> ―『맹자』「만장장구 하」7장

만장은 전국시대 제나라 사람으로 맹자의 제자다. 「만장장구」는 그가 맹자에게 도를 묻고 대화한 기록이다. 사람을 부르는 데는 부르는 것마다의 도가 있으며, 그 도에 맞게 그 사람을 불러야 한다는 말을 하는 중에 나온 말이다. 여기서 도는 예와 의이다.

예는 참된 삶의 구체적인 행동 양식이다. 참된 사람은 본마음을 따라 남과 조화를 이루는 삶을 영위하는 사람이며 그러한 사람의 구체적인 행동 양식이 예이다. 그런데 예는 인간의 참된 도리를 실천하는 형식이다. 따라서 예만 실천하고 도리를 모르면 형식적으로만 참된 인간이 되고 내용으로는 참된 인간이 되지 못한다. 예를

배웠다면 예의 본질인 도리를 또 알아야 한다. 도리는 사람이 마땅히 행하여야 할 바른길로서 의(義)이다.

사람을 만나는 데는 만나는 사람마다 따르는 방식이 있다. 그 방식에 맞게 사람을 만나야 한다. 방법은 예의이다. 사람을 만날 때는 예의로 해야 한다. 특히 현인을 만날 때는 더욱 예의로 해야 한다. 예의로 하지 않으면서 그를 만나려고 하는 것은 그에게 들어오라고 하면서 문을 닫아놓는 것과 같다.

세상에는 사람을 만나면서 예의로써 대하지 않는 경우가 많다. 더러는 일부러 거만하게 거들먹거리기도 하고, 지위가 낮거나 나이가 적다고 함부로 대하기도 한다. 심하면 자기의 필요에 의해서 만나거나, 만나는 사람이 나를 위해서 일을 하려는 사람임에도 불구하고 그렇게 대하기도 한다. 사람을 만나는 올바른 방법을 모르는 잘못된 행동이며, 어리석은 태도이다. 조금만 깊이 생각해 보면 그렇게 하는 것이 나에게 득이 되기보다는 그 반대일 수가 있다는 사실을 알 것인데 말이다.

한편 맹자는, "보통 사람(庶人)은 그를 부역에 부르면 부역하러 가지만, 임금이 그를 보고 싶어서 부르면 보러 가지 않는 것은 무엇 때문입니까?(庶人召之役則往役 君欲見之召之則不往見之 何也)"라는 만장의 질문에 답하기를, "부역하러 가는 것은 마땅하지만 만나러 가는 것은 마땅하지 않다.(往役義也 往見不義也)"라고 했다. 역(役)은 백성으로서 마땅히 해야 할 일이다. 서인은 일반 백성이다. 따라서 임금이 역을 위해 부르면 만나러 가는 것이 마땅하지만, 역을 위해서 부른 것이 아니라면 갈 필요가 없다는 말이다.

여기서 갈 필요가 없다는 말은 두 가지 의미를 내포하고 있다. 그것은 임금이어도 백성을 함부로 부르면 안 된다는 것과 백성들도 공적인 일이 아니라면 개인적으로 임금을 만나서는 안 된다는 것이다. 맹자에 따르면, 임금은 백성을 위해서 존재한다. 따라서 임금이 백성에게 명령할 권리는 없다. 백성 또한 공무원이 아니면서 개인적으로는 임금을 만나지 않는 것이 도리다. 임금이 백성을 함부로 부르는 것은 백성을 위하는 마음이 아니며, 백성이 임금을 개인적으로 만나는 것은 공사의 구분을 없애서 나라의 근간을 흔드는 일이다. 최근의 우리 역사가 이를 잘 증명해 주고 있다.

겸손은 복을 부르는 행위이며, 예의는 득을 가져다주는 태도이다. 유비가 겸손과 예로써 제갈량을 만나려고 하지 않았다면 그는 제갈량을 얻을 수 없었을 것이고, 그가 삼국 중 한 나라의 황제가 되는 일도 없었을 것이다. 그때 취업지원실의 책임자가 예의로써 나를 대했더라면 나는 아마도 더 즐거운 마음으로 긍정의 생각으로 수강생들을 지도했을 것이며, 그 이후로도 그 일을 했을 수도 있고, 하지 않더라도 적어도 그 사람들과 일부러 거리를 두는 일은 없었을 것이다.

요즘 사람들은 이익에 매우 민감하다. 작은 이익에도 싸우기까지 한다. 그런 사람들이 더 큰 이익을 저버리는 일을 서슴없이 한다. 참으로 알다가도 모를 일이다. 그들이 그렇게 하는 데는 여러 이유가 있을 것이다. 자존심도 있을 것이고 우월의식도 있을 것이다. 하지만 그것은 자존심도 우월도 아니다. 자존심은 이익을 가져갔을 때 생기는 것이고, 우월은 남들이 인정해 주었을 때 만들어지는 것이다. 그것은 그저 크게 보거나 멀리 볼 줄 모르는 사람들의 속 좁은 처신에 불과하다.

『삼국지』속 인물 중에서 사람들이 가장 높이 평가하는 사람 중의 하나가 관우이다. 관우가 사람들로부터 높이 평가받는 가장 큰 이유는 그의 충절 때문이다. 관우의 충절이 극명하게 드러났던 때는 그가 조조 진영에 머물렀을 때이다. 위나라의 승상으로서 황제를 능가하는 최고 실력자였던 조조는 포로인 관우를 함부로 대할 수도 있었지만, 그는 끝까지 겸손과 예의로써 관우를 대한다. 이 일화는 관우의 충절이 돋보인 것이지만 한편으로는 조조의 뛰어남을 엿보게도 한다. 관우를 대함에 있어서 겸손과 예의를 갖추었기에 조조는 원소와의 관도대전에서 승리하여 삼국 중에서도 가장 크고 강한 위나라의 주인이 될 수 있었고, 화용도에서 관우로부터 죽음을 면할 수 있었다. 조조의 예의가 조조를 살리고 그를 천하의 주인으로 만들었으니 이보다 더 큰 이익이 어디에 있을까. 다시 한번 맹자의 말이 가슴에 새겨진다.

남의 스승이 되기를
좋아하는 병

1.

언젠가 지인으로부터 나에게 직업병이 있다는 소리를 들은 적
이 있다. 꽤 충격적인 말이었다. 나는 지인에게 왜 그렇게 생각하
는지를 물었다. 지인은 내가 사람들과의 대화 중에 자꾸 가르치려
하고 설명하려는 경향이 있다고 했다. 이 일이 있은 지 얼마 후 다
른 지인에게 물었다. 나에게 직업병 같은 게 있느냐? 그 지인도 그
렇다고 했다. 이후부터 나의 말버릇을 고치려고 노력했다. 하지만
쉽게 고쳐지지 않았다. 하긴 평생을 쌓아온 병이 하루아침에 고쳐
질까. 그래도 말을 할 때마다 혹여 내 말에 남을 가르치려는, 자꾸
설명하려는 버릇이 있나 의식했다. 쌓아온 세월만큼 고치려는 세
월이 쌓이면 직업병도 나아질 것으로 생각한다.

세상에는 남을 가르치려는 사람들이 많다. 주위를 둘러보면 일
상에서 스승처럼 행동하는 사람들이 많다. 남편이 아내에게, 부모

가 자식에게, 친구가 친구에게, 심지어 길 가던 행인 A가 행인 B
에게, 마치 자기가 그의 스승인 것처럼 가르치려고 한다. 남의 말
을 들으려는 사람, 남에게서 배우려는 사람을 만나기가 드문 게 현
실이다. 남을 가르치려는 사람의 말을 들어보면 대체로 내 생각이
무조건 옳다고 생각하는 사람이 많다. 그런 사람은 대체로 다른 사
람의 생각은 알려고 하지 않거나 알아도 무시한다. 그저 자기 생각
을 강요한다. 심지어 나의 일이 아닌 남의 일이어도 남의 의사는
무시한 채 내 생각이 옳다고 우기기도 한다. 가끔은 내 생각대로
따라주지 않는다고 섭섭해하거나 화를 내기도 한다.

　우리나라 사람은 충고나 조언을 잘할 줄 모를뿐더러 남의 충고
나 조언을 잘 수용하지도 않는다. 충고나 조언은 다른 사람의 생각
을 존중하는 데서 이루어져야 한다. 그런데 충고나 조언이라고 하
면서 그저 자기 생각을 일방적으로 전달하거나 은근히 강요하는
경우가 많다. 그렇게 하니 듣는 사람 중에 기분 나빠하는 사람이
생기게 되고, 가끔은 둘 사이가 멀어지기도 하며 심하면 싸우기도
한다. 하는 사람도 나쁜 의도는 아니었을 것인데, 결과는 의도와는
무관하게 오히려 더 나쁘게 된다. 이것은 말투의 문제일 수도 있겠
지만 근본적으로는 남을 가르치려는 태도 때문이다.

　가르치려는 마음보다 중요한 것이 배우려는 마음이다. 배우려
는 마음은 상대방에 대한 존중을 전제한다. 존중하는 마음은 겸손
과 이웃한다. 그런데 안타깝게도 우리 주변에는 자신을 낮추고 남
에게서 배우려는 사람을 찾아보기 힘들다. 굳이 자신을 낮추지 않
더라도 동등한 입장에서 행하면 된다. 내가 좀 더 나은 면이 있더

라도 상대방에게서 좋은 점을 찾아서 그것을 배우면 된다. 세 사람이 길을 가면 그중에 반드시 나의 스승이 있다.

사람 중에는 남에게서 배우는 것을 부끄러워하거나 자존심 상해하는 사람이 많다. 이들은 나보다 나이가 적어서, 나보다 지위가 낮아서, 나보다 배움이 적어서, 또는 내가 부모니까, 내가 어른이니까, 내가 상사니까라는 등의 이유를 내세운다. 우리가 자주 듣는 말 중에 배움에는 귀천이 없다는 말이 있다. 당송팔대가 중의 한 사람인 한유는 「사설」에서 나이와 돈과 직위를 가리지 않고 나보다 도를 먼저 깨우친 사람이 나의 스승이라고 했다. 세상에는 나의 스승이 아닌 사람이 드물다. 굳이 내가 스승인 것처럼 행할 필요는 없다. 그들 모두를 나의 스승이라고 생각하고 배우는 마음을 가지는 게 내가 그들의 스승 노릇 하는 것보다 훨씬 더 현명하다.

2.

사람들의 병통은 남의 스승이 되기를 좋아하는 데 있다.

人之患 在好爲人師
-『맹자』「이루장구 상」 23장

나는 해천재에서 『맹자』를 가르치고 있다. 며칠 전 강의에서 또 이 구절을 만났다. 그동안 『맹자』를 배운 게 두 번이고, 독학한 게 한 번이고, 가르친 게 세 번째이니, 이번에 일곱 번째 만나는 것이다. 그런데 만날 때마다 이 구절에서 마음이 멈춘다. 이번에도 그랬다. 처음은 충격 때문이었고, 지금은 내 병통이 아직 완치되지 않았기 때문일 것이다.

맹자가 저 말을 한 까닭은 아마도 스승이 될 만한 자격을 갖추고 있지 않으면서도 너도나도 스승이 되기를 좋아하는 당대의 세태를 비판한 데에 있을 것이다. 맹자에게 있어서 스승은 끊임없는 수신을 통하여 천명(天命), 곧 하늘로부터 부여받은 성품을 회복하고 인의예지를 갖춘 사람이다. 성(性)을 회복하려는 끊임없는 노력〔義〕을 통하여 복성(復性)하여 덕이 충만한 인의 경지에 오르고, 인의 성품에 바탕하여 예로써 남을 대하고, 옳고 그름을 가릴 수 있는 지(智)를 갖춘 사람이면 누구나 스승일 수 있다.

인은 측은지심(惻隱之心)으로 남과 나를 구분하지 않는 마음이다. 의는 수오지심(羞惡之心)으로 자기의 잘못을 부끄러워할 줄 알고 남의 착하지 못함을 미워하는 마음이다. 의는 단지 부끄러워하고 미워하는 마음에 그치는 것이 아니라 자신의 잘못을 고치려는 마음이고 남의 잘못을 고쳐주려는 마음이다. 이러한 의는 한 번 행해지는 데서 그치는 것이 아니라 끊임없이 반복해야 하며〔集義〕, 그렇게 되었을 때 덕이 생기고 인이 된다. 예는 사양지심(辭讓之心)으로 겸손하여 남에게 사양할 줄 아는 마음이다. 예는 인과 의의 마음이 문화적인 표현 방식으로 드러나는 것이다. 지는 시비지심(是非之心)으로 옳음과 그름을 가릴 줄 아는 마음이다. 맹자는 적어도 이 네 가지를 갖추어야 스승이 될 수 있다고 보았다. 그런데 예와 지는 모두 인과 의로부터 나온다. 인과 의는 모두 마음의 작용이니, 예와 지는 머리가 아닌 마음에 따른 것이다. 마음의 작용은 성(性) 또는 성품에 바탕을 두고 있다. 그러므로 참된 스승은 배움과 나이와 지위의 정도가 아닌 성품에 따름이다.

많이 안다고 스승이 될 수 있는 것은 아니며, 나이가 많다고 스승이 될 수 있는 것도 아니다. 지위가 높다고 스승이 될 수 있는 것은 더욱 아니다. 단지 부모이거나 선생이어서 스승이 될 수 있는 것도 아니다. 오직 인의예지를 갖춘 사람만이 남의 스승이 될 수 있다. 그러므로 그가 참된 성품을 가진 사람이라면 많이 배우지 않아도, 나이가 많지 않아도, 지위가 낮아도 그는 충분히 누군가의 스승이 될 수 있다.

스승이라고 일방적으로 가르치기만 해서는 안 된다. 나의 생각, 나의 주장을 다른 사람에게 강요해서는 더욱 안 된다. 부모도 당연하다. 부모랍시고 자식들에게 일방적으로 가르치려고만 해서는 안 된다. 나이가 많다고 지위가 높다고 나이 적은 사람에게. 지위가 낮은 사람에게 스승 노릇 해서는 안 된다. 내가 참된 인간이 되려고 하는 노력이 먼저다. 가르치려는 마음 이전에 배우려는 마음도 중요하다. 일찍이 한유는 「사설(師說)」에서 성인은 배우려는 마음이 있으니 더욱 성인이 되고, 소인은 배우기를 부끄러워하니 더욱 소인이 된다고 했다. 경전을 배우고 가르치면서 드는 생각이 있다. 경전의 가르침이 어려운 것도 아니고 성인이 되는 것도 어려운 것이 아니다. 그 모든 것은 일상에 있는 것이며, 우리가 모르는 바도 아니다. 다만 우리가 그것을 배우려고 하지 않고 배우더라도 실천하지 않기 때문이다.

현대는 치열하게 경쟁하는 사회이다. 경쟁 사회는 꼭 이기려는 마음을 갖게 하며, 지는 것을 싫어하는 마음을 갖게 한다. 이런 마음은 남을 가르치려는 마음과 동시에 남에게 가르침을 받는 것을 싫어하는 마음도 갖게 한다. 가르침을 받는 것을 남보다 못하다고 여겨서 자존심을 상해하기도 한다. 경쟁 사회에서 이기려는 마음은 당연하다. 지는 것을 싫어하는 마음도 당연하다. 그런데 남에게 이기려면 많이 배워야 한다. 가르치는 것보다 배우는 게 더 중요하다.

배움은 멀리 있는 것이 아니다. 내 주변의 모든 것으로부터 배울 수 있다. 겸손한 마음으로 보면 배울 것으로 가득 차 있는 것이 우리네 세상이다. 세상에는 장점이 없는 사람이 없다. 온통 단점으로 가득 찬 사람도 장점이 전혀 없지는 않다. 마음을 열고 다른 사람의 단점만 보지 말고 장점도 보아야 한다. 그리고 본받으면 된다. 세상에는 배울 게 없는 사람이 없다. 보는 시각에 따라서는 단점에서도 배울 수 있다. 이기려고 하면서도 배우려고 하지 않는 것은 어리석은 사람의 소행이다. 내가 부족한데도 그저 남을 가르치려고만 하는 것은 더 어리석을 뿐이다. 진정으로 나를 위한다면 남을 가르치기보다는 남에게서 배우려고 해야 한다. 나의 성품이 바르지 못한데도 남을 가르친다면 남을 해롭게 할 수도 있다. 남을 위하는 마음이 있다면 나부터 먼저 돌아보고 내가 올바른 인간이 되려고 해야 한다. 섣부른 스승 노릇은 나에게도 남에게도 이롭지 못하다.

세상에는 자칭 박사가 너무 많다. 그들은 누가 뭐라 하지 않아도 세상 모든 것을 다 아는 것처럼 스스로 나서서 아는 체를 한다. 내가 나를 박사처럼 생각하고 자꾸 남을 가르치려고만 한다면 나는 더는 발전하지 않을 것이다. 내가 배우려고 할 때 나는 발전할 것이다. 이제 우리는 남의 스승이 되려는 병에서 벗어나야 한다. 겸손한 마음으로 남에게서 배우려는 마음을 갖는다면 나는 발전해서 좋고, 남은 존중받아서 좋다. 물론 가르치지 말라는 것은 아니다. 다만 스승이 될 만한 사람이 스승이 되어야 한다. 가르치는 자의 요체는 지식이 아니라 성품이라는 맹자의 말을 마음에 새겨야 한다. 우리 모두 남을 가르치기 이전에 가르칠 만한 사람이 되기 위해 스스로 수양하고 남에게 배워야 할 때이다. 그래야 2000여 년을 이어온 병이 조금은 낫지 않겠는가.

처와 첩이 부끄러워하는 일

오래전 일이다. 그때 나는 대학원을 다니면서 학원에서 시간제 강사 생활을 하고 있었다. 현실은 힘이 들었고, 삶은 고단했다. 나는 발전 없는 경제적 현실을 타개하고자 대학 선배인 원장에게 시간 단위에 따른 월급제 대신 학생 수에 따른 성과급제로 바꾸어달라고 했다. 선배는 흔쾌히 그렇게 하겠다고 했고, 동료 선생들은 지금보다도 임금이 더 적을지도 모른다는 우려의 반응을 보냈다.

성과급제로 바뀐 첫 달, 별로 많지도 않던 나의 임금은 그나마 반 토막으로 줄었다. 이래서는 안 된다는 절박함에 나는 자비로 내 강의의 광고 전단지를 만들어서 배포하기로 했다. 결혼 1년 차였던 신혼의 아내에게 전단지 붙이는 일을 도와달라고 했다. 늦은 밤에 광역시 여기저기를 돌아다니면서 아내는 운전하고, 나는 벽이며 전봇대며 붙일 만한 곳이면 가리지 않고 붙였다. 일을 다 마치고 새벽녘에 집으로 돌아왔을 때, 아내는 나를 안쓰럽게 바라보았다. 말하지 않아도 아내의 마음을 느낄 수가 있었다. 아내는 내가 겪은 세 번의 수술과 기나긴 재활치료 기간의 고통을 알고 있었다. 병원은 나에게 5년 동안 무리하지 않는 일상을 요구했지만, 가난한 현실은 나를 그렇게 하도록 놓아두지 않았다. 잘 요양하면서 그저 좋아하는 공부만 하면 좋을 사람인데, 살짝 비친 아내의 눈물은 그렇게 말하고 있었다.

다음 날에는 학원 근처 아파트를 찾아다니면서 동마다 우편함에 광고 전단지를 넣어두는 일을 했다. 노을이 질 무렵, 나는 나름 괜찮은 경제적 수준의 사람들이 산다는 아파트의 우편함에 전단지를 넣고 있었다. 때마침 들어오던 갓 중년의 주부가 자기 집 우편함에 있는 전단지를 빼내어 바닥에 던지면서 일부러 내가 들으라고 짜증 섞인 말을 했다. 울컥하는 마음도 순간, 나는 내동댕이쳐진 전단지를 주워서 지극히 공손한 태도로 그녀에게 되돌려 주었다. 며칠 후, 그때의 그 주부는 고등학교 1학년인 딸을 내게로 데리고 왔다. 내게 아이가 대학 들어갈 때까지 부탁한다고 했다.

제나라 사람 중에 아내 하나와 첩 하나를 데리고 사는 자가 있었다. 그 남편이 밖에 나가면 언제나 술과 고기를 실컷 먹고 돌아오곤 하였다. 그 아내가 음식을 같이 한 사람이 누구냐고 물으면, 모두 돈 많고 벼슬 높은 사람뿐이었다. 그의 아내가 첩에게 말하였다. '주인이 밖으로 나가면, 술과 고기를 물리도록 먹고 돌아오는데, 음식을 같이 한 사람이 누구냐고 물으면 모두 돈 많고 벼슬 높은 사람들뿐이라고 하는데, 지금까지 고귀한 어른이라고는 찾아오는 일이 없으니, 나는 주인이 가는 곳을 몰래 엿보겠다' 하고는 아침 일찍 일어나 남편이 가는 곳을 미행했다. 남편이 온 시내를 두루 다니는데, 누구 하나 함께 서서 이야기를 나누는 사람이 없었다. 마침내 동쪽 성곽 밖의 무덤 사이에서 제사 지내는 사람에게 가서 그들이 먹다 남은 음식을 빌어먹고, 모자라면 또 돌아보고는 다른 곳으로 갔다. 이것이 그가 실컷 배불리 먹는 방법이었다. 그 아내가 돌아와서 첩에게 말하기를, '남편이란 우러러 바라보면서 평생을 살 사람인데, 지금 이와 같다' 하고는 아내와 첩은 함께 남편을 원망하고 헐뜯으면서 뜰 가운데서 서로 끌어안고 울었다. 남편은 그런 줄도 모르고 자랑스럽게 밖으로부터 돌아와서는, 아내와 첩에게 거들먹거렸다. 맹자가 말했다. "군자의 눈으로 살펴볼 때, 남자가 부귀와 이익과 영달을 구하는 방법치고, 그의 아내와 첩이 부끄러이 여기지 않고, 또 서로 울지 않을 것은 드물 것이다."

齊人 有一妻一妾而處室者 其良人出則必饜酒肉而後 反其妻問所與飲食者則盡富貴也 其妻告其妾曰良人出則必饜酒肉而後 反問其與飲食者 盡富貴也 而未嘗有顯者來 吾將瞯良人之所之也 蚤起施從良人之所之 遍國中無與立談者 卒之東郭墦閒之祭者乞其餘不足又顧而之他 此其爲饜足之道也 其妻歸告其妾曰 良人者所仰望而終身也 今若此 與其妾訕其良人而相泣於中庭 而良人未之知也 施施從外來 驕其妻妾 由君子觀之 則人之所以求富貴利達者其妻妾不羞也 而不相泣者幾希矣
－『맹자』「이루장구 하」 33장

위의 글에서 맹자가 말하고자 하는 핵심은 '군자의 시각으로 보자면 사람이 부귀와 이익과 영달을 구하는 일에 아내와 첩이 부끄러워하며 서로 눈물 흘리지 않음이 없기는 거의 드물 것이다'에 있다. 맹자는 군자의 시각에서 보면 지금 부귀를 구하는 사람들은 모두 이 사람과 같아서 만약 처와 첩이 그것을 봤다면 부끄러워하며 울지 않는 사람이 적을 것이라고 했다. 부귀를 구하는 일은 부끄러움이 심할 만하다는 말이다. 『맹자』를 주석한 조기가 "지금 부귀를 구하는 사람들은 모두 굽어진 도로에서 새벽이나 밤에 구할 것을 구걸하다가 낮에 사람에게 거만을 떠니 이 사람과 무엇이 다르겠는가?"라고 한 데서도 알 수 있듯이 군자의 시각에서 부귀를 구하는 사람들을 비판하는 글로 볼 수 있다. 그런데 이 구절에서 나는 좀 다르게 이해했다. 처와 첩이 부끄러워서 울 만한 일이 먹고사는 일이란 것이다. 굳이 부귀가 아니더라도 그만큼 험난한 일이 돈 버는 일이라는 것이다.

벌써 30년이 지났건만 아직도 내 마음속에 살아있는 사람이 있다. 대하 시절, 나는 방학이면 대략 열흘 정도 혼자 여행을 다녔다. 아마 87년 여름이었을 것이다. 진주, 하동, 구례를 거쳐 밤늦은 시간에 남원에 갔었다. 당시 나의 여행경비는 늘 5만 원이었기에 잠자는 곳은 일정하지 않았고 허름했다. 길에서 노숙하기도 하고 터미널 대합실에서 자기도 했지만 가끔은 여인숙이나 심야 만화방을 찾곤 했다. 그날은 남원 외곽 지리산 가는 방향에 있는 심야 만화방을 숙소로 정했다. 당시 만화방은 4~5천 원이면 라면 하나 끓여주고 만화는 무한정 볼 수 있었으며, 방에서 잠도 잘 수 있었다. 인원 제한 없이 자고 싶은 사람이면 누구나 잘 수 있는 방이어서 잠자리는 편하지 않았다.

배낭 하나가 전부인 여장을 풀고, 계란 하나 넣어주지 않는다고 투덜거리며 라면을 먹고 있을 때, 누군가가 내게 말을 걸었다. "어디로 가시나요?" 승복 비슷한 옷차림에 밀짚모자를 쓴, 내 또래의 남자였다. 키는 나보다 한 뼘은 더 컸고, 불빛 아래 얼굴은 맑고 희었다. 밀짚모자 틈새로 보이는 머리는 푸르스름했다. 그와의 인연은 이렇게 시작되었다. 그리고 단 한 번의 만남, 그날 밤이 처음이자 마지막이었다. 그와 만화방 옆 평상에 앉아서 달빛 아래서 밤새 이야기를 나누었다. 그는 너무나 박식했다. 당시에 나도 나이치고는 다방면에 아는 것이 많다는 소리를 들었는데, 그는 나보다 더 박식한 것 같았다. 푸코, 칸트, 바흐친과 루카치, 청담 스님을 비롯한 고승들, 그와 밤을 새워 이야기를 나누었다. 새벽이 가까웠는데도 그는 피곤해 보이기는커녕 점점 더 생기 있어 보였다.

아침에 헤어질 무렵에서야 그가 현재 명문대 건축공학과에 다니는 학생이라는 사실을 알았다. 인문학 전공자이거나 적어도 인문학 분야 사람이겠거니 지레짐작했던 나는 내심 놀랐다. 그는 스님이 되고 싶다고 했다. 나는 현실에서 충분히 성공할 수 있는 사람이고, 현실에 소용됨이 큰 사람인데 굳이 스님이 되고 싶은 이유가 궁금하다고 했다. 그는 좋은 스님이 되는 것이 자신이 가장 행복한 길이며, 그나마 자신이 세상을 위해 쓰일 수 있는 길이라고 했다. 그와 나의 대화는 여기서 끊어졌다. 그는 천은사를 향해서 서쪽으로 갔고, 전주와 군산을 거쳐서 예산 수덕사로 가려고 했던 나는 동쪽으로 갔다. 이후 그를 다시 만난 적이 없다. 다만 언젠가 우연히 지인으로부터 그가 대학 3학년 때 자퇴하고 출가했다는 소식을 들었을 뿐이다. 그와 헤어진 날로부터 지금까지 그와 나의 인연이 끊어졌다는 생각을 하지 않았다. 왜냐면 그는 항상 내 마음속에 좋은 스님의 모습으로 살아있기 때문이다.

　간밤에 『맹자』 「이루장구 하」 33장을 읽으면서, 처음에는 삽화 같은 이야기 속에서 나의 예전 대학원 석·박사 과정 시절이 생각났고, 마지막 맹자의 말에서, 30여 년 전 전라도 남원의 어느 허름한 만화방에서 만나 밤새 이야기를 나누었던 그가 생각났다. 아! 나는 언제쯤 나의 행복을 위해서 마음을 비울 수 있을까.

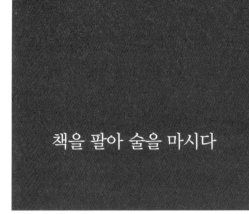

책을 팔아 술을 마시다

내 집에 좋은 물건이라고는 단지『맹자』일곱 편뿐인데, 오랜 굶
주림을 견딜 수 없어 2백 전에 팔아 밥을 지어 배불리 먹었소.
희희낙락하며 영재 유득공에게 달려가 크게 뽐내었구려. 영재
의 굶주림도 또한 오래였던 터, 내 말을 듣더니 그 자리에서『좌
씨전』을 팔아서는 남은 돈으로 술을 받아 나를 마시게 하지 뭐
요. 이 어찌 맹자가 몸소 밥을 지어 나를 먹여주고, 좌씨가 손
수 술을 따라 내게 권하는 것과 무엇이 다르겠소. 이에 맹자와
좌씨를 한없이 칭송하였지요. 우리들이 만약 해를 마치도록 이
두 책을 읽기만 했더라면 어찌 일찍이 조금의 굶주림인들 면할
수 있었겠소. 그래서 나는 겨우 알았소. 책 읽어 부귀를 구한다
는 것은 모두 요행의 꾀일 뿐이니, 곧장 팔아치워 한 번 거나하
게 취하고 배불리 먹기를 도모하는 것이 박실(樸實)함이 될 뿐 거
짓 꾸미는 것이 아니라는 것을 말이오. 아아! 그대의 생각은 어
떻소?

조선 후기의 실학자 이덕무가 절친 이서구에게 보낸 짤막한 편
지글이다. 아끼던 책,『맹자』를 팔아서 견디기 힘든 오래 굶주림과

바꾸고는 희희낙락하여 벗을 찾았다니 울어야 할지 웃어야 할지 모를 일이다. 그 벗은 또 어땠는가. 그 자리에서 바로 아끼던 책, 『좌씨전』을 팔아서 벗에게 술을 대접했다니, 그 마음을 알 것도 같고 모를 것도 같다.

이덕무는 '책에 미친 바보'라고 불릴 만큼 책을 좋아했고, 책 읽기를 좋아했던 사람이다. 그는 가난해서 평생토록 집에 몇 권의 책마저도 갖기 어려웠지만, 그가 평생토록 읽은 책이 거의 2만 권이 넘는다고 한다. 이런 그에게 있어 책을 내다 판다는 것은 가지고 있던 전부를 내놓는 것과 마찬가지이다. 그런데도 책을 팔아 굶주림을 면했다는 것은 그만큼 굶주림이 절박했다는 것이리라. 평생 글을 읽어봐야 과거시험에도 응시할 수 없는 서얼인 그로서는 책을 읽는다고 온 식구들을 굶기는 일은 차마 못할 일이었을 것이다. 그가 느꼈을 죄책감과 무력감을 미루어 짐작하고도 남음이 있다.

그런데 한 가지 엉뚱한 의문이 든다. 왜 하필『맹자』였을까? 아무리 서얼이어도 그도 유학자였을 것인데, 유학자인 그가 성인의 말씀이 담긴 경전을 판다는 것은 쉽게 이해가 되지 않기 때문이다. 그 이유를 추측해 보건대, 세 가지 이유가 생각난다.

첫째는, 이덕무의 집에 책이라고는『맹자』밖에 없었다는 것이다. 『맹자』는 사서 중에서는 상대적으로 늦게 경전의 지위에 올랐지만, 그 깊이와 넓이는 결코 다른 책들보다 못하지 않다. 고대에 있어서『맹자』는 경(經)에 속한 것이 아니라 제자서(諸子書) 가운데 하나였을 뿐이다. 조기(趙岐)에 의하면『맹자』가 진시황의 분서갱유 때 없어지지 않은 것도 바로 이러한 이유에서이다. 한나라 때에 이르러 한유가 "지금 성인의 도를 보고자 하는 자는 반드시 맹자로부터 시작해야 한다."라고 하면서 유교의 도통설을 제시하면서부터『맹자』가 세상의 주목을 받기 시작했다.『맹자』가 사서의 하나로서 존중받게 된 것은 정주(程朱)에 의해서이다. 주희가 정자의 학설을 계승하여『맹자』를 포함하여『사서집주』를 저술한 이래로는『맹자』를 경서의 하나로서 의심하는 이가 없게 되었다.『맹자』는 유교나름의 이론을 확립하는 데 꼭 필요한 책이다.『맹자』를 읽고 성리학을 공부하든가 성리학을 공부한 후『맹자』를 읽게 되면 성리학의 이론적 바탕에『맹자』가 깔려있음을 알 수 있다. 그렇게 되면 정주(程朱)가 왜『맹자』에 주목하고 사서로서 존중하였는지를 알 수 있게 된다. 성리학적 관념론이 판을 친 조선 후기에『맹자』같은 경전을 팔았다면, 아마도 그 집에 있는 책이라고는『맹자』밖에 없었을 가능성이 크다고 볼 수 있다.

둘째는, 이덕무의 집에 있는 몇 권 안 되는 책 중에서『맹자』가 제일 비싼 책이었을 가능성이다. 이덕무가 쓴 편지를 보면, "내 집에 좋은 물건이라고는 단지『맹자』일곱 편뿐인데"라고 하여 그 집에서 제일 비싼 물건이『맹자』라고 밝히고 있다. 여기서 비싼 이유는 두 가지일 것이다. 가치에 따른 것이고, 무려 일곱 편이라는 양에 따른 것일 수도 있다. 사실 사서 중에는『맹자』가 제일 분량이 많다. 사마천은『사기』에서『맹자』의 편수는 모두 7편이라고 했다. 이후에 조기가『맹자』7편을 상하(上下)로 나누었는데, 이로부터『맹자』는 7편 14권으로 정착되었다. 어쨌든 이덕무의 집에 있는 책 중에서는『맹자』가 제일 비싼 것이다.

셋째는, 『맹자』이기 때문이다. 『맹자』는 내용의 상당 부분을 위민(爲民)에 관해 이야기하고 있다. 맹자가 말하는 위민은 백성의 삶을 편안하게 한다는 것에 바탕을 두고 있다. 맹자는 일정한 재산이 없으면 이로 인하여 마음이 일정할 수 없으며, 그렇게 되면 죄에 빠지기 쉽다고 하였다. 곧 백성의 삶이 편해야 교육을 할 수 있고, 교육을 할 수 있어야 인의예지를 아는 인간다운 인간이 될 수 있다는 것이다. 그러므로 인간 삶에서 가장 중요한 것은 먹고 사는 문제의 해결이라고 했다. 경전의 내용이 이러하니 이덕무가 여러 경전 중에서 『맹자』를 파는 것은 당연하다.

유교와 불교는 '인간을 고통에서 벗어나게 해야 한다'는 목적은 같으나 그 방법에서는 차이를 보인다. 불교는 문제의 원인을 내 마음에서 찾고 문제의 해결방안도 내 마음에서 찾는다. 그런데 유교는 문제의 원인을 인간관계에서 찾고 그 해결방안도 인간관계에서 찾는다. 유교는 인간에게 고통을 주는 것을 없이 하자는 점에서는 춘추전국시대를 풍미했던 사상 중의 하나인 묵가와도 같으나 그 문제해결 방법은 달랐다. 수공업자였던 묵가는 하층노동자의 시각에서 문제해결을 도모한 데 반해, 사(士)계층이었던 공자와 맹자는 지배계층의 시각에서 문제를 해결하고자 한다. 맹자가 왕도정치를 외친 이유도 여기에 있다.

인간관계에서 인간에게 가장 큰 영향을 미칠 수 있는 존재는 통치자, 곧 왕이다. 따라서 백성들의 삶에 가장 큰 영향을 끼치는 사람은 왕이며, 왕이 어떤 정치를 하는가가 백성들이 편안한 삶을 누리는 데 가장 주요한 요소가 되는 것이다. 백성의 삶이 편안해야 교육이 가능해지고, 교육이 가능해져야 백성 한 사람 한 사람이 복성(復性), 곧 인간의 타고난 본성을 회복할 수 있게 된다. 복성한 인간은 성품에 따른 마음의 작용으로 인하여 밖으로 표현되는 말과 행동에 어그러짐이 없게 된다. 그렇게 되면 사람과 사람 사이에는 예(禮)와 의(義)로 가득 차게 되고, 그럼으로써 인간 사회에는 조화로움과 화평이 흐르게 되는 것이다.

> 이 때문에 현명한 군주는 백성의 생업을 제정해 주되, 반드시 위로는 부모를 충분히 섬길 수 있고 아래로는 처자식을 충분히 기를 수 있어서, 풍년에는 1년 내내 배부르고 흉년에는 죽음을 면할 수 있게 해줍니다. 그런 뒤에야 백성들을 몰아서 선(善)으로 나아가게 하므로 백성들이 따르기가 쉬운 것입니다. 그런데 지금에는 백성의 생업을 제정해 주되, 위로는 부모를 섬길 수 없고 아래로는 처자식을 기를 수 없어서, 풍년에는 1년 내내 고생하고 흉년에는 죽음을 면치 못하게 합니다. 만약 이와 같다면 오직 죽음을 모면하기에도 부족할까 두려운데, 어느 겨를에 예의를 차리겠습니까? 왕께서 왕도정치를 행하고자 하신다면 어찌하여 그 근본으로 돌아가지 않으십니까?

> 是故 明君制民之産 必使仰足以事父母 俯足以畜妻子 樂歲終身
> 飽 凶年免於死亡 然後驅而之善 故民之從之也輕 今也制民之産
> 仰不足以事父母 俯不足以畜妻子 樂歲 終身苦 凶年 不免於死亡
> 此惟救死而恐不贍 奚暇治禮義哉 王欲行之 則盍反其本矣
> ―『맹자』「양혜왕장구 상」 7장

요즘 우리나라는 여기저기서 살기가 어렵다고 아우성이다. 언론들은 연일 대통령 지지도 하락의 주요 원인은 경제 때문이라고 한다. 하긴 내 주변의 사람 중에도 경제 때문에 지지를 접었다는 이야기들을 많이 한다. 먹고 사는 것이 편안해지지 않으면 다른 어떤 것들을 잘해도 지지도는 잘 오르지 않을 것이다.

대통령의 힘은 국민의 지지도로부터 나온다. 일찍이 맹자는 한 왕의 힘은 땅의 크기나 백성의 많고 적음, 성곽의 견고함이나 무기와 갑옷의 많고 적음보다도 백성들이 얼마나 자기 나라 왕을 믿고 따르느냐에 있다고 했다. 대통령이 제대로 대통령 역할을 하려면 힘이 있어야 하며, 그 힘은 국민의 지지도로부터 나온다. 문제는 어떻게 하면 대통령이 지지도를 올릴 수 있느냐이다. 답은 이미 나와 있다. 국민에게 최소한의 경제적 안정을 가져다주는 것이다. 그런데 그것이 쉽지는 않은 것 같다.

맹자는 나라를 다스리는 데 있어서 마음을 다했음에도 불구하고 백성이 더 늘어나지 않는 이유를 묻는 양혜왕에게, 농사철을 어기지 않으면 곡식은 다 먹을 수 없을 만큼 많게 될 것이고, 촘촘한 그물을 웅덩이와 연못에 넣지 않으면 고기는 다 먹을 수 없을 만큼 많게 될 것이고, 도끼를 알맞은 때에 산림에 들여놓으면 재목을 이루 다 쓸 수 없게 될 것이라고 했다. 가만히 생각해 보면 그렇게 어려운 것이 아니다. 그저 백성들이 때에 맞게 농사를 지을 수 있도록 해주기만 하면 되고, 지나치게 과욕을 부리지 않게 하면 되는 것이다. 정부가 지나치게 시장에 개입하지 않고, 시장이 자유롭게 잘 돌아가도록 뒤에서 방해만 놓지 않으면 된다는 것이다. 지나친 욕심으로 씨를 말리지 않게만 하면 되는 것이다.

통치자가 가져야 하는 중요한 덕목 중의 하나가 책임의식이다. 『맹자』를 보면, "개와 돼지가 사람이 먹을 양식을 먹어도 단속할 줄 모르며, 길에 굶어 죽은 시신이 있어도 창고를 열 줄 모르고, 사람이 굶어 죽으면 '내 탓이 아니다'라고 하니, 이는 사람을 찔러 죽이고 '내 탓이 아니라 칼 때문이다'라고 말하는 것하고 무엇이 다릅니까? 왕께서 흉년에 죄를 돌리는 것이 없으면 곧 천하의 백성들이 올 것입니다."라고 하여 통치자가 무엇을 해야 하는지를 밝히고 있다. 개와 돼지가 사람의 양식을 먹을 때는 단속하여야 한다는 것은 부정과 부패를 단속하여야 한다는 것으로 볼 수 있다. 어느 때 어느 나라에서든 경제가 어려울 때일수록 그 원인을 찾아보면 사람이 먹을 양식을 개와 돼지가 먹는 경우가 많다. 이것을 방치하면 백성들의 삶은 나아질 수 없다. 길에 굶어 죽은 시신이 있어도 창고를 열 줄 모르고 사람이 굶어 죽으면 내 탓이 아니라는 태도는 국가가 해야 할 일을 하지 않는 것이며 무책임의 극치이다. 맹자는 흉년에 죄를 돌리는 것이 없으면 곧 천하의 백성들이 올 것이라고 했다. 경제가 어려울 때 국민들은 모두 나라의 잘못으로 돌리지는 않는다. 국민이 국가에 바라는 것은 국가가 이런저런 이유를 들어 책임을 회피하거나 근거 없는 변명이나 하는 것이 아니라 모든 책임은 내게 있다는 자세로 어려운 경제문제의 해결을 위해 노력하는 모습이다. 그렇게 하면 떠난 백성들의 마음은 절로 돌아오게 마련이다.

이덕무는 배고픔을 참지 못해서 『맹자』를 팔아 대신 배를 채우고는 희희낙락하면서 친구를 찾았다고 했다. 과연 그는 진실로 희희낙락했을까. 그렇지 않을 것이다. 어쩌면 수많은 밤을 고민으로 지새웠을 것이다. 그 고민이 깊었기에 웃을 수 있었을 것이다. 이제 더는 책을 팔아서 밥을 먹고 술을 마시는 그런 백성은 없어야 할 것이다.

의義, 마땅히 해야 하는 것

　의(義)는 인간의 본래 모습을 회복해 사회적 질서를 확립하려는 인의 실천 방안이다. 맹자는 의를 '마땅한 삶의 길'이라고 하였다. 공자는 "군자는 천하를 살아감에 있어서 이렇게 해야만 한다든지, 이렇게 하지 말아야 한다든지 하는 고정된 행동 원리를 갖지 않고 오직 의를 따라 행동해야 한다.〔君子之於天下也 無適也 無莫也 義之與比〕" 라고 함으로써 의를 인간의 실천 원리로 설명하였다.

　그러나 공자의 중심 사상은 어디까지나 인(仁)이다. 공자는 인을 인간의 본래 모습을 의미하는 것으로 보았다. 인간의 본래 모습은 천명사상(天命思想)을 배경으로 하고 있는데, 그것은 사람과 사람이 고립된 상태에서 서로 대립하는 관계로서가 아니라 존재의 본질에서 서로 하나가 되는 관계로 나타난다. 인간의 본래 모습에서 나타나는 대표적인 행위는 남을 나처럼 생각하고 사랑하는 것이다. 이러한 의미에서 공자는 인을 '애인(愛人)'이라고 하여 남을 사랑하는 것이라고 설명하기도 하였다. 공자는 이처럼 인을 실현, 즉 인간의 본래 모습을 회복함으로써 사회적 질서를 확립하고자 하였다.

그런데 맹자가 활동했던 전국시대로 접어들면서 사람들은 이익 추구에 몰두해 쟁탈을 일삼게 되었고, 이단이 득세해 사상적 혼잡을 초래하는 등 사회가 더욱 혼란해짐으로써 공자의 인에 대한 더욱 구체적이고 명석한 실천 방안이 요구되었다. 맹자의 의사상(義思想)은 바로 이러한 시대적 요구에 부응한 인의 실천 방안이었다. 그리하여 맹자는 공자의 인에 의를 덧붙여 인의(仁義)라고 하였다. 『맹자』 전체 260장 가운데 첫머리 제1장의 벽두에 "하필 이익을 말씀하십니까? 인과 의가 있을 뿐입니다."라고 한 맹자의 말에서 우리는 올바른 사회 구현을 위한 공자의 간절한 소망과 그 기본 정신을 분명히 알 수 있다. 이때의 인과 의 가운데 인은 인간의 본래 모습이며 의는 그 실현 방안이라고 이해할 수 있다.

맹자는 공자 사상의 중심개념인 인과 짝으로 나란히 부를 만큼 의를 중요시하였다. 인은 인간의 본질을 의미하는 존재론적 개념과 그 본질에 입각한 행위를 의미하는 실천론적 개념을 동시에 포함하는 개념이다. 그런데 맹자는 공자의 인이 갖는 두 측면을 분석해 존재론적 측면을 인, 실천론적 측면을 의로 구분하였다.

"인은 사람의 마음이고, 의는 사람의 길이다."(『맹자』「고자장구 상」)라거나 "인은 사람의 편안한 집이고, 의는 사람의 바른길이다."(『맹자』「이루장구 상」)라는 맹자의 말에서 보면, 인은 사람의 마음 중에서도 편안한 집과 같은 마음이므로, 남과 갈등을 일으키지 않는 도심(道心)을 말한다. 그리고 사람이 걸어야 하는 바른길에 비유된 의는 사람의 올바른 실천 원리를 뜻하는데, 이 올바른 실천 원리는 도심, 즉 인에서 찾을 수 있다. 다시 말하면, 인이 인간의 내면적 바탕이라면 의는 인간의 외형적 행위 규범이며, 인과 의는 도덕적 인격성의 겉과 속으로서 서로 보완적이며 조화되어야 함을 의미한다. 인은 의를 제공하는 원리이며, 의는 인이 구체화할 때 도덕적 행위 규범이 된다. 의에 의해 조절되지 못하면 인이 참된 인이 될 수 없고, 인에 근거하지 않으면 의 역시 올바른 의가 될 수 없다. 그러므로 인과 의가 합쳐질 때 비로소 진정한 인격의 완성을 기대할 수 있다. "인에 거처하고 의에 말미암으면 대인(大人)의 할 일은 다 갖춘 것이다."(『맹자』「진심장구 상」)라는 맹자의 말은 바로 이것을 의미하는 것이다.

맹자는 인과 대비될 때 의가 행동 규범이라는 특성을 갖게 되지만, 의 자체로 볼 때 옳고 그름의 판단 기준은 인간의 고유한 '본연지성'에 내재한다고 했다. 이러한 맹자의 의내설(義內說)은 가치 판단의 기준이 인간 외부에 있다는 고자(告子)의 의외설(義外說)과 구분된다. 즉, 선천적인 본래의 마음으로 제기된 사단설 가운데 측은히 여기는 마음이 인의 단(端)이고, 부끄러워하고 미워하는 마음이 의의 단이다. 인이 사랑이라는 포용적 성격이라면 의는 비판이라는 분별의 성격으로서 그 특성이 다를 뿐 모두 인간 고유의 마음인 것이다. 맹자는 이러한 의의 마음이 궁극적으로 천리(天理)에 근거하기 때문에 모든 사람에게 보편적임을 밝히고 있다. 그래서 맹자는 "사람의 마음이 한 가지로 그런 것은 무엇인가? 그것은 이(理)와 의다."(『맹자』「고자장구 상」)라고 했다. 여기에서 이는 인간을 포함한 우주의 만물과 모든 현상의 변화 속에 있는 존재 원리로서 곧 천리

(天理)를 뜻한다. 그리하여 이(理)와 의는 비록 그 속성은 다르나 천리라는 공통 기반으로 매개되며, 인간이 인간다울 수 있는, 인간 모두가 가지는 보편적 당위 규범이 된다.

맹자의 의에 대한 개념을 종합해 보면, 의리란 천리에 기반을 두고 인간의 보편성으로서 내재된 규범 원리(義)에 의해 인간의 마땅한 도리를 인식하고, 구체적 현실에서 그 도리를 마땅함(宜)으로 실현하는 것으로 정의될 수 있다. 현실에서 마땅함을 실천하려는 '상황적 의'의 개념에 도덕적 보편성으로서의 '원리적 의'를 밝힌 맹자의 의가 사회화되는 과정은 인간관계의 가장 원초적 관계인 가족 관계에서 출발한다. 맹자는 "부모와 하나가 되는 것은 인이고 형을 따르는 것은 의다."(『맹자』「진심장구 상」)라면서 원초적 인간관계인 형제간의 상하 관계에서 질서 의식을 의라고 하였다. 현실의 인간 사회에서 맺어지는 원초적인 인간관계는 부모와 자녀의 관계이고 형제 관계는 이 부자 관계를 연역함으로써 성립된다.

공자는 물질 중심의 삶보다는 도덕 중심의 삶을 강조해 의와 이(利)의 가치 선택에 따라 군자와 소인을 구분하였다. 전국시대에 들어와 더욱 도덕적인 인도를 외면하고 이기적 부국강병으로만 내닫는 사회 풍조가 되자, 맹자는 이에 대한 적극적 비판의식에서 이보다 의를 중요시하는 중의경리사상(重義輕利思想)을 주장하였다. 그러나 의리를 중시하는 가치관에는 물질적 가치가 적당하게 충족되어야 하며, 물질을 강조하는 가치관에는 도덕적 가치가 충분히 보충되어야 한다. 바로 의와 이의 조화를 이루는 데에 의리 실현의 참된 목적이 있는 것이다.

공자와 마찬가지로 맹자의 사상도 당시의 사회 정책에 반영되지 못하고 사회는 여전히 혼란을 거듭하게 되었다. 그리하여 맹자 이후에 나타난 순자는 더 강력한 강제력을 가질 수 있는 예를 강조하였다. 그러나 상황적 의의 구체적 제도화에 힘쓴 이 예 사상도 구체적인 실효를 거두지 못하고, 법가사상의 발전과 함께 유가의 의 사상은 상대적으로 크게 약화되었다. 그런데 송대에 이르러 맹자의 사상이 다시 부각되고, 의를 실천해야 하는 근본 이유와 근거까지 밝혀 의에 이(理)를 덧붙여 의리로 일컫게 되었다. 즉, 현실의 구체적 상황 속에서 인간이 살아야 할 올바른 길이 무엇이고, 어떤 삶이 가치 있는 것인가 등의 윤리적 영역이 가치 판단의 기준과 근거 등을 밝히는 철학적 영역으로 심화한 것이 송학(宋學)이다.

맹자께서 말씀하시기를, "마땅히 하지 말아야 할 것을 하지 말고, 마땅히 바라지 말아야 할 것을 바라지 말라."고 하셨다. 이것이 의를 행하는 법이다.

孟子曰 無爲其所不爲 無欲其所不欲 此是行義之法也
- 『맹자』 「진심장구 상」 17장

하지 않아야 할 일을 하지 않고, 욕심내지 말아야 할 것을 욕심내지 않는 것은 참으로 어려운 일이다. 무위기소불위, 무욕기소불욕(無爲其所不爲, 無欲其所不欲)에서 '無'는 '없다, 없어야 한다'라는 뜻이다. '爲'는 '행하다, 해야 하다'라는 뜻이다. '其'는 '그'라는 지시 대명사이다. '所'는 '무엇을 하는 바'라고 하는 경우의 '바'에 해당

한다. '不爲'의 '爲'는 '해야만 하다'이므로 '不爲'는 '해서는 안 된다'
라는 말이 되고, '其所不爲'는 '그, 해서는 안 되는 바'라는 말이 된
다. 그러므로 '無爲其所不爲'는 '그, 해서는 안 되는 바를 행함이 없
어야 한다', 즉 '행해서는 안 되는 그것을 행하는 일이 없어야 한다'
는 말이 된다. '欲'은 '하고자 하다, 욕심을 내다'라는 뜻이다. '不欲'
은 '욕심내서는 안 된다'라는 말이고, '其所不欲'은 '그, 욕심내서는
안 되는 바'라는 말이 된다. 그러므로 '無欲其所不欲'은 '그, 욕심내
서는 안 되는 바를 욕심을 내는 일이 없어야 한다'는 말이 된다. 정
리하면 '無爲其所不爲, 無欲其所不欲'은 '하지 말아야 할 것을 하는
일이 없어야 하고, 욕심내지 말아야 할 것을 욕심내는 일이 없어야
한다'는 말이 된다.

　'하지 말아야 할 것을 하지 않는 것, 바라지 말아야 하는 것은 바
라지 않는 것', 말은 쉬워도 실천하기는 어려운 말이다. 인간 사회에
서 일어나는 많은 문제의 원인을 꿰뚫는 말이며, 동시에 문제해결의
답도 제시하고 있는 말이다. 사실 한 개인이 어렵게 된 데에는 해서
는 안 되는 일을 해서 그렇게 된 경우가 많다. 교통사고를 예로 들어
보자. 흔하게 듣는 말이 신호를 지켜라, 과속하지 말라, 차선을 지켜
라, 음주운전을 하지 말라는 등의 말이다. 그런데 교통사고는 대부
분 하지 말라는 것을 하는 데서 발생했다. 이러한 교통사고의 큰 문
제는 나만 불행해지는 것이 아니라 남도 불행하게 한다는 것이다.
하지 말라는 것, 해서는 안 되는 것을 하지 않았다면 내가 불행에 빠
지는 일도, 남을 불행에 빠뜨리는 일도 없을 것이다.

　유교의 근간은 갈등을 없이하고 조화로운 사회를 만드는 것에

있다. 사람을 힘들게 하는 것은 사람과의 관계 속에 있고, 그런 관계에는 반드시 갈등이 자리하고 있다. 사람과의 관계 속 갈등은 대부분 사람의 이기적 마음과 욕심 때문이다. 이기적 마음과 욕심이 하지 말아야 할 것을 하게 하고, 바라지 말아야 하는 것을 바라게 한다. 따라서 이런 마음이 없어진다면 인간 사회의 많은 문제가 사라질 것이고, 사람 사는 세상은 조화로운 세상이 될 것이다. 맹자는 이런 마음을 의(義)라고 했다.〔此是行義之法也〕 의는 '수오지심(羞惡之心)'으로 나쁜 것을 부끄러워하는 마음이다. 우리가 나쁜 것은 나쁘다고 여겨 그것을 가까이하는 것을 부끄러워하는 마음이 의이다. 따라서 사람이 의로운 마음을 갖고 있다면, 하지 말아야 할 것을 하지 않을 것이고, 바라지 않아야 할 것은 바라지 않을 것이다. 그렇게 되었을 때 공자가 바라던 사회, 모든 것이 조화로운 사회, 대동 사회가 될 것이며, 맹자가 말한 '측은지심(惻隱之心)', 곧 남과 나를 구별하지 않는 인(仁)의 사회가 될 것이다.

　세상에는 하지 말아야 할 것이 너무 많다. 그것들 대부분은 지극히 일상적이며, 마음만 먹으면 지키기 어려운 것들은 아니다. 그 어렵지도 않은 것을 사람들은 지키지 않아서 자신을 힘들게 하고 남을 힘들게 한다. 사람이 살아가면서 겪는 문제의 원인은 대부분 특별한 데에 있는 것이 아니라 일상에 있으며, 다른 사람에게 있는 것이 아니라 나 자신에게 있다. 이 점을 잘 살펴서 하지 말아야 할 것을 하지 않는다면, 우리가 겪는 힘겨움, 우리 사회가 겪고 있는 어려움의 많은 부분이 사라질 것이다. 나를 위하고 남을 위하는 지혜로운 삶은 멀리 있지 않다.

부끄러움을 모르는 사람들

미인을 지칭하는 말 중에 '폐월수화(閉月羞花)'라는 말이 있다. '달이 숨고 꽃이 부끄러워한다'라는 뜻으로 조식(曹植)의 「낙신부(洛神賦)」에 나온다. 진(晉)나라 헌공의 애인인 여희(麗姬)는 절세의 미인으로, 그녀를 본 달도 구름 속에 모습을 감추고, 꽃도 부끄러워했다는 고사에서 유래한 말이다.(폐월(閉月)은 『삼국지』에 나오는 초선의 미모를 일컫는 것으로, 수화(羞花)는 당나라 때의 미인 양귀비의 미모를 일컫는 것으로 사용되기도 한다) 이 고사성어에서 주목되는 것은 '부끄러워하다'라는 말이다. '달이 숨는다'라는 것도 그 이면을 들여다보면 부끄러움을 내재하고 있다.

요즈음 주변에서 자주 듣는 말 중에 '쪽팔린다'라는 말이 있다. '쪽'이 '얼굴'이나 '낯'을 가리키는 말이고, '팔리다'는 '팔다'의 피동사라는 점에서, '쪽팔린다'라는 말은 '얼굴(또는 낯)이 팔리다'는 어원적 의미를 지닌 것으로 보인다. 이런저런 일로 얼굴을 자주 내밀거나 잘못 내밀게 되면 부끄러운 일을 당하게 되고 더 나아가 체면을 깎이게 된다. 그래서 '쪽팔리다'에서 '부끄럽다', '체면이 손상된다'와 같은 비유적 의미가 생겨난 것이다. 한편 '창피하다'라는 말도 자주 쓰인다. '체면이 깎이거나 떳떳하지 못한 일로 부끄럽다'라는 뜻이다. 우리가 일상에서 흔히 들을 수 있는 '쪽팔리다'와 '창피하다'라는 말 속에는 모두 '부끄럽다'라는 뜻을 내포하고 있다.

1925년에 노벨문학상을 수상한 아일랜드의 극작가 겸 소설가인 조지 버나드 쇼는, "우리는 부끄럽다는 기분 속에 살아간다. 우리가 우리의 벌거벗은 피부를 부끄러워하듯이, 우리는 자신에 대해서, 친척에 대해서, 수입에 대해서, 의견에 대해서, 경험에 대해서 부끄러워한다."라는 말을 남겼다. 『라이프성경사전』은 '부끄럽다(be ashamed)'는 단어에 대해서 '(자기의 잘못, 결점 등을 강하게 의식하여) 남을 대하기가 떳떳하지 못하다, 스스로 느껴서 수줍어하다, 양심에 거리껴 남을 대할 낯이 없다'라고 하고 있다. 성경에 언급된 부끄러운 일로는 불임(창 30:23), 남편과 사별하여 과부가 되는 것(사 54:4), 불신앙적 행위(대하 30:15), 성적으로 부도덕한 행실(겔 16:27), 벌거벗음(사 3:17), 전쟁에서의 패배(삼하 19:3), 포로가 되어 당하는 모욕(사 69:19), 도둑질(렘 2:26), 구걸(눅 16:3) 등이 있다고 했다. S. 프로이트는 죄의식이나 부끄러움의 감정이 '도덕적 불안(moral anxiety)'이라고 하여 '부끄러움'을 도덕과 연관시켰다. 그는 퍼스널리티를 고찰함에 있어서 이드와 자아, 초자아를 설정하였다. 자아는 초자아와 협력하여 욕구인 이드를 통제한다고 하면서, 이 통제를 방해하는 요소가 죄의식이나 '부끄러움'의 감정으로 나타난다고 하는데, 여기에서 생기는 것이 '도덕적 불안'이라고 했다.

부끄러움에 관한 서양의 정의들은 부끄러움이라는 감정에서 죄책감과 수치심을 끄집어내고 있다. 죄책감은 곧 양심의 작용이다. 프로이트는 『토템과 터부』에서 터부(Taboo), 곧 금기에 관해서 이야기하면서 "우리에게 터부시되는 것은 신성하면서 불결한 것이고, 더러우면서 순결한 것이다."라고 했다. 이 말을 풀어보자면 우리가 간절하게 소망하는 것들의 상당수는 우리에게 금지된 것이며, 따라서 우리는 그러한 대상에게 매혹되면서도 한편으로는 거부하게 되는 이중적인 감정을 지니게 된다. 특히 인간이 사회를 이루면서 공동체의 질서를 유지시키기 위해서라도 개인의 욕망은 여러 가지 규칙과 제도로 통제되고 억제된다. 다른 사람의 재산을 함부로 뺏을 수 없고, 공공장소에서는 덥더라도 옷을 벗을 수 없으며, 화가 나더라도 타인을 해쳐서는 안 되는 등 여러 규칙과 예절, 법률 등이 바로 그것이다. 이런 규칙들은 오랜 시간 내려오면서 우리 마음속에 내재되어 스스로 욕망을 제어하는 이른바 '양심'으로 작용하게 된다. 달리 말하면 죄책감은 이 양심의 활동이다. 양심은 규칙(터부)을 어긴 자신을 비난하고, 사회적 두려움을 만들어 낸다.

내적 규율인 양심에 의해 발생하는 죄책감과 달리 수치심은 외부의 반응으로 인해 발생한다. 죄책감과 수치심은 매우 비슷한 감정 상태이지만 이를 유발하는 상황은 상당히 다르다. 좋지 않은 성적표를 부모에게 보여주어야 하는 학생은 수치심을 느끼겠지만, 아마 죄책감까지 느끼지는 않을 것이다. 그러나 부정행위로 좋은 성적을 받은 학생은 다른 사람들에게 그다지 수치스럽지는 않겠지만, 마음속으로 상당한 죄책감을 느끼게 될 것이다. 많은 사람 앞에서 옷을 벗고 있어야 하는 상황이라면 생각만 해도 몸서리쳐질 만큼 수치스러운 일일 것이다. 우리가 옷을 입고 다니는 것은 추위와 햇빛, 바람으로부터 신체를 보호하려는 목적도 있지만, 보다 본질적이고 원초적인 이유는 바로 수치심 때문이다. 수치심은 기본적으로 다른 사람과의 관계에서 유발되는 감정 상태이다. 자기 방 안이라면 벌거벗고 있어도 수치심을 느끼지 않지만, 다른 사람들 앞이라면 수치심을 크게 느끼게 된다.

맹자에게 있어서 부끄러움은 수치심보다는 죄책감, 곧 양심의 문제가 더 강하며, 이를 바로잡으려는 마음인 수신(修身)이 중요하다.

맹자는 수오지심(羞惡之心)을 의(義)의 단서라고 말한다.(『맹자』「공손추장구 상」) 수오(羞惡)라는 글자의 뜻은 자신의 잘못을 부끄러워하고 또 타인의 잘못을 미워한다는 뜻이다. '수(羞)'는 '부끄럽다'라는 뜻이다. '수(羞)'는 본래 '음식'을 뜻하는 말이다. 양과 소 등은 사랑의 대상이 되어야 하지만, 나의 생존을 위해서는 사랑하지 못하고 어쩔 수 없이 먹어야 하는 존재들이다. 따라서 나는 그들에게 미안한 마음이 들고, 이 감정이 부끄러움으로 이어진다. 부끄러운 마음으로 음식을 먹는 것, 이것이 의(義)이다. 그리고 이 부끄러움은 인(仁)의 실천을 방해하는 것에 대한 저항으로 나타나기도 한다. 지하철 안에서 폭력배에게 괴롭힘을 당하는 사람을 만났을 때, 그 폭력배를 미워하는 마음이 생기게 마련이며, 그 마음이 확장되면 불의에 항거하는 용기가 생기게 마련이다. '수오(羞惡)'에서 '오(惡)'란 남의 잘못을 미워하는 마음이며, 이는 남의 잘못을 부끄럽게 여기는 마음의 발로이다. 수오지심은 올바름에서 벗어난 것을 미워하는 마음이며, 의는 그런 마음이 안정되어 현실에서 실천하는 것이다.

올바름에 대한 지향, 또는 올바름 자체를 의미하기도 하는 의(義)는 일반적으로 사적인 이익과 대립하는 사회정의라는 뜻으로 사용된다. 자신과 타인이 정의에서 벗어나는 일을 용납하지 않는 마음이다. 사적인 이익을 추구해서 자기 것이 아닌 것을 넘본다거나, 본분을 망각하고 자신의 지위를 남용한다거나, 또는 자신에게 주어진 사명을 게을리하거나 하는 일은 모두 스스로 부끄러워하고 또 배척해야 할 일들이다. 올바름에서 벗어나지 않으려는 의의 덕이 잘 발휘된다면 그 사람의 정의로움, 그리고 그런 사람들이 모여 사는 사회의 정의는 보장될 것이다. 맹자는 '부끄럽게 여겨서 하지 않는 일을 미루어 모든 일에 대해 반성하는 것'이, 의를 실천하는 방법이라고 말한다.(『맹자』「진심장구 하」 31장)

자신에게 부끄러워하는 마음이 있어야 그것을 고치려는 마음이 있게 된다. 남의 잘못을 미워하는 마음이 있어야 그것을 바로잡으려고 하게 된다. 바로잡으려는 마음은 의(義)이다. 바로잡으려는 마음이 반복되면 바르게 된다. 바르게 된 상태를 우리는 인(仁)이라 하며, 인이 절로 밖으로 표현되는 것을 도(道)라 한다. 인은 남과 나를 구별하지 않는 마음이다. 부끄러운 마음이 드는 것은 나에게만 있는 것이 아니다. 남에게도 있다. 따라서 남과 나를 구별하지 않는 인(仁)의 마음이면, 나에게 있어서 부끄러워해야 하는 것은 물론 남에게 있어서 부끄러워해야 할 것도 없이하도록 해야 한다. 남의 부끄러움을 없이하려는 마음의 시작은 그것을 미워하는 것이다. 그러므로 자신의 잘못을 부끄러워하고 남의 잘못을 미워하는 마음이 수오지심이고 단지 부끄러워하는 데서 머무르지 않고 그것을 바로잡으려는 마음이 의(義)이니, 수오지심이 의의 단초가 되는 것이다.

2차 세계대전 종전 74주년이 지났다. 74년이란 세월은 전쟁의 상처가 아물고도 남을 세월이다. 그런데도 지금 한국과 일본은 여전히 갈등과 대립을 벗어나지 못하고 있다. 일제강점기 35년의 가혹한 희생을 치른 우리나라는 일본이 아직도 잘못을 인정하지 않으면서 배상을 하지 않고 있다고 생각한다. 그런데 침략국이었던 일본은 이미 지나간 일로서 아무런 문제가 없다는 듯이 말하고 행동하기 때문이다. 세월이 지나면서 전쟁의 상흔이 잊히기는커녕 곪아 터지는 모습이다. 이렇게 된 것은 잘못에 대한 미안함과 부끄러움을 모르는 일본의 태도 때문이다.

죄책감과 수치심은 불가분의 관계이다. 수치심이라는 매개가 없다면 죄의식은 결코 양심으로 발전할 수 없으며, 죄의식이 없다면 수치심 또한 타인에 대한 책임감으로 발전할 수 없다. 죄의식은 타인과의 관계에서 일어나는 일종의 채무의식이다. 인간은 수치심 속에서 비로소 옳고 그름을 구별할 수 있고, 죄의식을 느낄 수 있다. 수치심은 죄의식을 양심으로 연결해 주는 최초의 도덕 감정이다. 지금 일본이 우리나라에 취하는 행동을 보면 최소한의 죄의식도 없어 보인다. 자신을 부끄러워하는 마음이 없으니 죄책감도 없는 것이다. 아무래도 그들은 부끄러움을 모르는 사람인 것 같다.

맹자에게 있어 부끄러움은 자기 성찰이고 수신(修身)이다. 나아가 남의 부끄러움을 알아 그것을 미워하는 마음이다. 일본은 먼저 자신을 돌아보면서 지난 세월에 그들이 자행했던 잘못에 부끄러워해야 한다. 그리고 그 잘못을 고치려고 노력해야 한다. 그렇게 해야 하는데도 지난 세월의 잘못을 바로잡으려고 하지는 않고 오히려 적반하장의 태도로 더 큰 잘못을 저지르고 있다. 부끄러움을 모르는 일본 사람들에게 『맹자』를 선물해야겠다.

스스로 만든 재앙은
살아남을 수 없다

영화 〈스파이더맨 3〉(샘 레이미 감독, 2007)을 보면, 사진 기자 지망생 에디(토퍼 그레이스)가 뷰글 신문사에 스파이더맨(토비 맥과이어)을 찍은 사진을 가져다주면서 정규직으로 취직하고 싶다고 말하는 장면이 나온다. 그때 편집장은 에디에게 스파이더맨이 범죄를 저지르는 현장을 찍어 오면 직원으로 채용하겠다는 약속을 한다. 에디는 어떻게든 나쁜 짓을 저지르는 스파이더맨의 사진을 찍으려 했으나 사정이 여의치 않자 사진을 합성해 스파이더맨이 은행 강도를 저지르는 사진을 조작한다. 이 사진 때문에 스파이더맨은 하루아침에 도둑으로 몰리고, 에디는 뷰글 신문사의 정직원이 된다. 그러나 동료 기자 피터(토비 맥과이어, 1인 2역)가 에디의 사진이 조작 사진임을 밝혀 에디는 신문사에서 쫓겨나고 만다.

에디가 직장에서 쫓겨나고 망신을 당한 까닭은 그가 사진을 조작했기 때문이다. 그러나 에디는 모든 문제의 원인을 자기가 아닌 다른 데서 찾는다. 자기가 이 꼴이 된 것은 사진이 조작되었음을 밝힌 피터 때문이라고 생각하는 것이다. 에디는 교회를 찾는다. 반성하고 회개하기 위해서가 아니라 피터에 대한 복수를 다짐하기 위해서였다. 교회에서 에디는 "전능하신 하느님께 비참하고 참담한 심정으로 부탁 하나만 드립니다. 피터를 죽여 주십시오."라고 절규한다.

에디의 모습에서 우리는 '이기적 편향(Self-serving bias)'을 발견할 수 있다. 이기적 편향이란 성공했을 때는 자기가 잘해서 성공한 것이고, 실패했을 때는 다른 사람이나 상황을 탓하는 것을 이르는 말이다. 이러한 이기적 편향은 일상에서 자주 만날 수 있다.

가끔 축구 경기를 볼 때가 있다. 그때 내가 좋아하는 팀이 이겼다면 그것은 잘했기 때문이며 너무나 당연한 결과이다. 그렇지만 상대 팀이 이겼다면, 그것은 상대 팀 선수들이 반칙을 많이 했거나 심판의 판정이 편파적이었기 때문이라고 주장한다. 학생들을 보면 성적이 잘 나오면 내가 공부를 열심히 한 탓이고, 성적이 잘 나오지 않으면 시험 문제 유형이 갑자기 바뀌었거나 전날 밤에 친구가 찾아와서 공부를 잘 하지 못한 탓이라고 한다. 심지어는 내가 공부한 데서는 안 나오고 공부하지 않은 데서만 출제했다고 선생님을 탓하기도 한다. 어쨌든 내 탓이 아니고 다른 사람 탓이라는 것이다. 학생뿐만 아니라 선생님도 이기적 편향에 쉽게 빠진다. 1992년, 프랑스의 심리학자 파트리크 고슬링은 중·고등학교 교사들에게 학생들의 시험 성적이 좋을 때와 나쁠 때, 각각의 원인이 무엇이라고 생각하느냐고 물은 적이 있다. 그때 교사의 대부분은 학생들의 성적이 좋은 것은 교사가 뛰어나거나 교수법이 훌륭해서라고 대답했고, 학생들의 성적이 나쁜 것은 학생들이 공부를 안 한 탓이거나 가정환경이 좋지 않아서라고 대답했다.

　남 탓하는 행동은 나의 기분을 위해서 남에게 책임을 지우는 행위일 수도 있다. 이것은 나를 위하여 남을 무시하거나 함부로 하는 행위이다. 물론 사람들은 본래 '이기적이다'라고 치부할 수도 있다. 그런데 현실은 그 '이기적이다'라는 것이 자기에게 이기적인 결과만을 가져다주지는 않는다. 실패했을 때마다 남 탓만 하다가는 자기 발전을 이룰 수 없다. 냉정히 자기를 돌아보고 실패의 원인을 찾아서 반성할 것은 반성하고 고칠 것은 고쳐서 실패를 극복하고 발전을 이루어내어야 한다.

> 『시경』에 이르기를 "하늘이 비를 내리기 전에 미리 저 뽕나무 뿌리의 껍질을 벗겨다가 둥지의 창과 문을 단단히 얽어매면, 지금 이 아래에 있는 인간들이 감히 나를 업신여기겠는가?" 하였는데, 공자께서 말씀하시기를 "이 시를 지은 자는 도를 알 것이다. 자기 나라를 잘 다스린다면 누가 감히 업신여기겠는가?" 하셨다. 지금은 나라가 무사하면 이때를 놓칠세라 놀고 즐기며 나태하고 오만한 짓을 하니, 이는 스스로 재앙을 부르는 짓이다. 화(禍)와 복(福)은 자기로부터 구하지 않는 것이 없다. 『시경』에 이르기를 "길이 천명(天命)에 부합할 것을 생각함이 스스로 많은 복을 구하는 것이다."라고 하였으며, 『서경』「태갑」에 이르기를 "하늘이 만든 재앙은 오히려 피할 수 있지만, 스스로 만든 재앙에는 살 수 있는 길이 없다."라고 하였으니, 이를 말한 것이다.
>
> 詩云 迨天之未陰雨 徹彼桑土 綢繆牖戶 今此下民 或敢侮予 孔子
> 曰 爲此詩者 其知道乎 能治其國家 誰敢侮之 今國家閒暇 及是時

般樂怠敖 是自求禍也 詩云 永言配命 自求多福 太甲曰 天作孽
猶可違 自作孽不可活 此之謂也
－『맹자』「공손추장구 상」4장

위 글에 '화와 복이 자기로 말미암아 구하지 않는 것이 없다'라
는 말이 나온다. 이 이야기는 맹자가 정치에 관한 이야기를 하면서
『시경』「대아(大雅)」에 나오는 '문왕지십(文王之什)' 편을 인용한 데서
나온다. 『시경』에 "하늘이 흐리지 않을 때 저 뽕나무 뿌리의 껍질
을 벗겨다가 창문을 얽어매면, 지금 이 아래의 백성들이 혹시라도
감히 나를 업신여기겠는가?"라는 말이 나온다. 이는 주공이 정치
하는 방법을 새에 빗대어 읊은 것이다. 공자가 이 시를 보고, "이
시를 지은 자는 아마 도(道)를 아는가 보다. 자기 나라를 잘 다스린
다면 누가 감히 업신어기겠는가?"라고 한 것을 빌려 맹자가 "지금
은 나라의 일이 한가하면 이때를 놓칠세라 놀고 즐기며 게으르고
오만하니 이는 스스로 재앙을 구하는 것이다."라고 하면서 이 구
절을 이야기했다.

사람이 편안할 때에 곤궁할 때를 대비하여 준비해 놓으면 쉬이
곤궁해지지도 않을뿐더러, 혹 곤궁해지더라도 곤궁함에서 쉽게 빠
져나올 수 있다. 그런데 사람들은 편안할 때 곤궁할 때를 대비하지
않으며, 잘나갈 때 어렵게 될 때를 생각하지 않는다. 그러므로 사
람이 화를 받게 되는 것은 모두 자기로부터 말미암은 것이다. 맹자
가 화와 복이 자기로 말미암아 구하지 않는 것이 없다는 말은 모두
이 때문이다. 맹자는 사람에게 오는 모든 화가 나로 말미암은 것
임에도 불구하고 사람이 나를 탓하지 않고 남을 탓하는 것만큼 어

리석은 행동은 없다고 하였다. '하늘이 재앙을 만들면 오히려 피할 수 있으나, 스스로 재앙을 만들면 살아남을 수 없다'라고 하였으니 이를 말한 것이다.

스스로 재앙을 만든다는 것은 두 가지로 이해할 수 있다. 하나는 자기 자신으로 인해서 만들어진 재앙이고, 다른 하나는 그 재앙이 자신으로 인한 것임에도 그것을 모르거나 알더라도 인정하지 않고 남에게서 그 원인을 찾는 것이다. 맹자에 따르면 인간에게 주어지는 재앙 중 가장 큰 것은 자신이 만든 재앙임에도 불구하고 그 원인을 자기에게서 찾지 않고 남 탓을 하는 것이다. 비록 내가 잘못했더라도 자신을 돌아보고 그 잘못의 원인을 찾아 스스로 반성하고 다시는 그런 잘못을 저지르지 않으면 된다. 하지만 남 탓을 하는 사람은 더는 나아질 수가 없다. 오히려 그것이 반복되거나 시간이 길어지면 남들에게서 배척을 받거나 자신을 도와주는 사람이 없게 된다.

일찍이 공자도, "군자는 모든 것의 원인과 책임을 자기 자신에게서 찾으려 하고, 소인은 모든 것의 원인과 책임을 다른 사람에게서 찾으려 한다.〔君子求諸己 小人求諸人〕"라고 했다.(『논어』「위령공」 20장) 공자에게 있어서 군자와 소인의 구분은 매우 중요하다. 그것은 유학이 사람에게 바라는 지향점이 군자이기 때문이다. 유교적 덕성과 교양을 겸비한 인격자로서 유교 사회의 이상적 인간상이 군자이다. 그런데 공자는 모든 것의 원인과 책임을 자기 자신에게서 찾으려는 사람을 군자라고 한다고 했다. 남 탓 아닌 내 탓을 하는 사람을 군자라고 하였으니, 맹자가 스스로 재앙을 만들면 살아남을 수 없다고까지 말한 것도 같은 맥락이다.

요즘 사회에는 남 탓이 너무 많다. 아이부터 어른까지 죄다 남 탓하기 일쑤다. 분명히 자신의 잘못임에도 남 탓으로 돌리는 사람들이 있다. 나의 잘못을 되돌아보고 반성하고 수신하기는커녕 오히려 남의 잘못으로 돌리거나, 남의 잘못을 들추어냄으로써 나의 잘못을 가리고자 하는 사람들도 있다.

달포쯤 전에 동창 친구를 만났다. 몇 년 만의 만남이었다. 친구는 실직 상태였고 경제적인 어려움을 토로했다. 나는 그런 친구의 이야기를 주로 듣고만 있었다. 이윽고 취기가 오르고 친구의 말은 조금씩 거칠어지기 시작했다. 친구는 예전에 돌아가신 아버지 탓을 했다. 그때 아버지가 남의 아버지처럼 돈이 많았다면, 그래서 자기를 좋은 대학에 보내주었다면 이렇게 살지는 않았을 것이라고 했다. 친구네 집안 사정을 조금 아는 나는 아버지를 원망하는 친구의 말을 점점 듣기가 거북해졌다. 친구의 아버지는 시골 면사무소 공무원이셨다. 어린 시절 늘 검정 고무신만 신던 우리에게 흰 고무신을 신던 친구는 부러운 존재였다. 친구는 중학교 때부터 공부하지 않았다. 고등학교 때도 그랬다. 친구의 아버지는 하나밖에 없는 아들 대학은 보내야 한다면서 늘 걱정을 하셨다. 나는 친구에게 그 사실을 이야기했다. 친구는 그때 아버지가 자기를 잘 잡아주지 않아서 지금 자기가 이렇게 되었다는 식으로 말을 돌려서 이야기했다. 친구는 현재 자신의 불행에는 마치 자신의 잘못은 조금도 없는 것처럼 모두 아버지 탓으로 돌린 것이다.

나는 친구가 실직의 불행에서 벗어나기 쉽지 않을 것이란 생각을 했다. 자기 자신은 조금도 돌아보지 않고 그저 다른 사람에게서만 원인을 찾고 있으니, 남 탓만 하고 있으니 불행에서 벗어날 가능성이 당연히 거의 없는 것이다. 친구와 헤어져 나오면서 달포쯤 더 전에 만났던 후배가 생각났다. 그는 자기 삶의 실패를 마누라 잘못 만난 탓이라고 말했다. 그때 저건 아닌데 하는 생각을 했었는데, 불과 달포만에 또 그런 생각을 하게 되었다.

가만히 생각해 보면 맹자는 궁극적으로 자기 성찰과 수신을 이야기한 것 같다. 나에게서 이루어지는 모든 것은 남으로부터 말미암은 것이 아니라 나로 말미암은 것이며, 그 결과도, 결과에 따른 책임도 오롯이 나의 것이다. 따라서 누구를 탓할 필요가 없다. 그저 나를 탓하면 된다. 여기서 나를 탓한다는 것은 나를 돌아보고 반성하며, 수신한다는 의미이다. 문득 뉴스를 보면서, 주변 사람들을 보면서, 그리고 나를 보면서, 지금 시대에 꼭 필요한 것은 자기 성찰과 수신이라는 생각이 들었다.

인간의 본성은 악한 것인가?

　이춘재, 그의 이름 석 자가 연일 화제다. 이춘재는 처제를 강간 후 살해하여 무기징역을 선고받은 범죄자이며, 1980~90년대 전국을 떠들썩하게 만든 화성 연쇄살인 사건의 범인이다. 대표적인 미제 사건으로 분류되었던 화성 연쇄살인 사건은 DNA 분석에 힘입어 2019년에 이춘재를 용의자로 특정했다. 2019년 10월 1일, 이춘재는 그동안 모방범으로 확정되었던 8차 사건을 포함해 화성 연쇄살인 사건 10차 모두 본인이 저질렀다고 자백하였으며, 그 외 4건의 살인사건을 더해 총 15건의 연쇄살인과 30여 건의 성범죄를 저질렀다고 경찰에 밝혔다.

　이춘재는 1963년에 경기도 화성군 태안읍 진안1리에서 태어났다. 1983년에 수원에 소재한 모 고등학교를 졸업하고, 직후에 군에 입대한 이춘재는 1986년에 제대했다. 제대 후 화성군에 소재한 전기부품회사에 근무하던 이춘재는 1990년경에 서울 용산구 청파동에 본사를 두고 있는 모 건설주식회사에 들어가 포크레인 기사를 따라다니면서 운전을 배워 면허 없이 포크레인 기사로 일했다. 1991년을 전후한 즈음에 충청북도 청원군 부용면의 한 골재회사에서 포크레인 기사로 일하던 중, 그 회사에서 경리로 일하던 아내를 만나 1992년에 결혼했다. 이후 그는 1994년에 청주에서 처제를 성폭행한 후 살해했고, 이 사건으로 무기징역을 선고받고 현재 부산교도소에서 수감 중이다.

이춘재 이전의 유명한 연쇄살인범으로는 유영철이 있다. 유영철은 20명을 살해하고(유영철 본인은 26명을 살해했다고 증언) 현재 무기징역 상태로 교도소에 수감되어 있다. 유영철은 1970년 출생으로 그에게는 이란성 쌍둥이 여동생이 있었다. 유영철의 아버지는 가족을 학대하고 폭력을 일삼는 게 일상이었고, 그로 인해 유영철의 어머니와 이혼하게 되었다고 한다. 어머니는 쌍둥이 여동생만 데리고 집을 나갔기 때문에 유영철은 중학교 1학년 때까지 아버지 손에 계모와 함께 자랐으며, 계속하여 아버지의 폭력에 노출되어 있었다고 한다. 유영철은 고등학교 2학년 때, 옆집에 살던 여자 고등학생의 집에 침입하여 기타를 훔친 것으로 인해 절도죄로 소년원에 수감되었다. 22살 때, 유영철은 마사지사와 결혼을 하였고, 몇 년 후에 아들을 갖게 되었다. 유영철은 절도에서 손을 못 떼고, 결국 14차례의 특수 절도 및 성폭행으로 인해 교도소에 들어가게 되었다. 교도소에 있는 유영철에게 아내는 이혼소송을 했고, 아내가 양육권을 가져갔다. 이때부터 유영철은 대인기피증에 걸렸으며, 신은 없다는 생각으로 종교에 대한 분노를 키우게 되었고, '여성 혐오, 반사회적 인격, 부유층 증오'가 생기게 되었다.

이춘재의 어린 시절을 기억하는 사람들은 하나같이 착하고 조용한 아이로 기억하고 있다. 마을 주민들은 이춘재를 '착하고 대답도 잘하고 성품도 좋은 아이'로 기억하고 있다. 동창들 역시 이춘재를 '매우 착한 친구'로 기억하고 있었으며, "싹싹하고 인사성도 밝은 아이였다."라고 기억했다. 부모와 남동생 역시 "조용하고 내성적인 사람이었으며, 그런 낌새는 전혀 보이지 않았다."라고 이야기했다. 그런데 이것이 이춘재의 전부는 아니다. 청주 처제 살인 사건 당시 판결문에 따르면 이춘재는 평소에는 조용하고 내성적이나 한 번 터지면 매우 폭력적인 성향을 보였다고 하며, 아내를 하혈할 정도로 폭행한 것은 물론 두 살배기 아들까지 멍이 들 정도로 때렸다고 한다. 심각한 성도착증이 있었고 아내를 강간한 적도 있었다고 아내가 경찰에게 울면서 호소했다고 한다. 이춘재는 심각한 성도착증과 함께 폭력적인 성향이 있었던 것 같다. 마지막 사건인 1991년 4월 3일부터 처제를 살인한 1994년 1월 13일 사이인 약 3년간 살인을 저지르지 않은 이유는 1991년 7월경에 이춘재가 결혼했기 때문으로 보인다. 이후 1992년에 아들을 출산했고 1993년 청주로 이사했으며 1994년 1월에 처제를 강간하고 살해했다. 이춘재가 처제를 살인했을 때는 아내가 가출한 이후였다.

이춘재와 유영철을 보면서 떠오른 생각은 인간의 본성이란 어떤 것인가이다. 인간의 본성은 본래부터 악한 것인가? 후천적으로 악해진 것인가? 본래부터 악한 것이라면 사람은 모두 악하게 태어나는 것인가? 아니면 악하게 태어나는 사람도 있고 선하게 태어나는 사람도 있는 것인가? 후천적으로 악해진 것이라면, 태어날 때는 모두 선한 것이었는데 이후 악해진 것인가? 아니면 악함도 없고 선함도 없이 태어났는데, 후천적 요인에 의해서 악해진 것인가? 맹자는 여기에 대해서 그만의 답을 내놓고 있다.

> 공도자가 말하였다. "고자께서는 '본성은 선한 것도 없고 선하지 않은 것도 없다'라고 말씀하셨습니다. 어떤 사람은 '본성은 선하게 될 수도 있고, 선하지 않게 될 수도 있으니, 이 때문에 문(文)왕과 무(武)왕 같은 성군이 일어났을 때는 백성들이 선을 좋아하게 되고 유(幽)왕과 려(厲)왕과 같은 폭군이 일어났을 때는 백성들이 포악함을 좋아하게 된다'라고 말했습니다. 또 어떤 사람이 말하기를, '본성이 선한 사람도 있고, 본성이 선하지 않은 사람도 있으니, 이 때문에 요(堯)가 임금이셨는데도 상(순의 이복동생으로 순을 여러 번 해치려 하였음) 같은 사람이 있었고, 고수(瞽瞍)가 아버지였음에도 순(舜)임금과 같은 사람이 있었으며, 폭군 주(紂)가 형의 아들이면서 또 임금이었음에도, 미자 계(주나라 말기의 어진 사람)나 왕자 비간(주나라 말기의 어진 사람) 같은 사람이 있었다'라고 말하였습니다. 그런데 지금 선생님께서는 '본성이 선하다'라고 말씀하시니, 그렇다면 저들은 모두 그르다는 것입니까?"

> 公都子曰 告子曰 性無善無不善也 或曰 性可以爲善 可以爲不善 是故文武興則民好善 幽厲興則民好暴 或曰 有性善有性不善 是故以堯爲君而有象 以瞽瞍爲父而有舜 以紂爲兄之子 且以爲君而有微子啓 王子比干 今曰 性善然則彼皆非與
> ―『맹자』「고자장구 상」 6장

맹자의 제자인 공도자가 스승인 맹자에게 인간의 본성에 대해서 의문을 품고서 묻는 장면이다. 공도자는 인간의 본성에 대한 두

가지 견해를 예를 들어 제시하고, 맹자의 성선설에 대해서 이의를 제기하고 있다. 공도자는 인간의 본성은 '선한 것도 없고 선하지 않은 것도 없다'라는 설과 인간의 본성은 '선한 사람도 있고, 선하지 않은 사람도 있다'라는 두 개의 견해를 제시하고 있다. 공도자가 제시한 두 개의 견해는 인간의 악함은 선천적인 요인 때문인가 후천적인 요인 때문인가로 서로 반대된다. 공도자의 이와 같은 물음에 맹자는 다음과 같이 대답하고 있다.

맹자께서 말씀하셨다. "본성을 따라 움직이는 정(情)은 선할 수 있으니 이것이 이른바 성이 선하다는 것이다. 선하지 않게 되는 것은 타고난 재질(才質)의 죄가 아니다. 측은히 여기는 마음은 사람이라면 모두 지니고 있고, 부끄러워하는 마음은 사람이라면 모두 지니고 있으며, 공경하는 마음은 사람이라면 모두 지니고 있고, 시비를 분별하는 마음은 사람이라면 모두 지니고 있다. 측은히 여기는 마음은 인(仁)이고 부끄러워하는 마음은 의(義)이며 공경하는 마음은 예(禮)이고 시비를 분별하는 마음은 지(智)이니, 인의예지(仁義禮智)는 밖에서부터 나에게 녹아 들어오는 것이 아니라 내 안에 본래 지니고 있는 것이다. 다만 사람들이 생각하지 않을 뿐이다. 그러므로 '구하면 얻고, 내버려 두면 잃을 것이다'라고 말한 것이니, 혹 선과 악의 차이가 서로 배가 되고 다섯 배가 되어서 헤아릴 수도 없게 되는 것은 그 재질을 다하지 못했기 때문이다."

孟子曰 乃若其情 則可以爲善矣 乃所謂善也 若夫爲不善 非才之罪也 惻隱之心 人皆有之 羞惡之心 人皆有之 恭敬之心 人皆有之 是非之心 人皆有之 惻隱之心 仁也 羞惡之心 義也 恭敬之心 禮也 非之心 智也 仁義禮智 非由外鑠我也 我固有之也 弗思耳矣

故曰 求則得之 舍則失之 或相倍徙而無算者 不能盡其才者也
－『맹자』「고자장구 상」 6장

맹자는 공도자의 물음에 인간의 본성은 '선한 것이다'라고 답하고 있다. 본래 선한 것이 태어나면서부터 후천적인 요인에 의해서 악하게 된 것으로 본 것이다. 맹자는 타고난 본성을 구하고〔求〕 버려두는〔舍〕 후천적 행위에 따라서 선과 악의 차이가 두 배, 다섯 배, 계산할 수 없을 정도로 차이가 벌어진다고 본 것이다.

맹자든 고자든 인간이 악하게 되는 것이 모두 후천적인 요인에 따른 것으로 본다는 점에서는 같다. 그리고 그 마음의 환경에 따라서 선이 더 선이 되고 악이 더 악이 되는 것으로 보는 것도 같다. 태어날 때는 악하지 않았던 사람이 살아가면서 악하게 된 데에는 반드시 그럴만한 이유가 있을 것이다. 따라서 그 이유를 제거해 주면 사람이 악해지는 질적 양적 정도가 줄어들 것이다.

1992년 미국의 로버트 K. 레슬러는 그간 미국 사회에서 엽기적으로 사람들, 특히 여자를 증오하여 연쇄 살해한 살인범을 관찰하고 상담하면서 『FBI 심리 분석관』이란 책을 내었다. 그 책에서 레슬러는 정상적인 삶을 살다가 35세 이후 갑자기 인성이 바뀌어 살인범이 되는 유형은 단 한 건도 없다고 하였다. 살인의 전조가 되는 행동은 아주 어린 시절부터 존재하고 진전되어 왔다고 하였다. 실제로 레슬러는 연쇄살인범들의 어린 시절을 탐구하다 하나같이 공통된 점을 발견했다. 그들은 하나같이 어린 시절에(단 한 사람의 예외도 없이) 심각한 정서적 학대를 경험했다는 사실이다. 특별히 어린 시절에 그들은 어머니와의 관계 속에서 예외 없이 냉담하고 결핍된 대상관계를 경험했다. 처음에는 가난한 가정의 아이들이 범죄자가 되는 유형이 많다고 생각했는데 결과는 달랐다. 가난과는 상관이 없었으며 결손가정 출신보다는 양쪽 부모가 모두 있는 가정에서 성장한 사람들이 많았다. 그리고 보통의 아이들보다 아이큐가 높다는 것이다.

유영철의 어머니도 이춘재의 어머니도 "내 아들이 설마 그럴 줄 몰랐다."라고 한탄했다고 한다. 전쟁이나 기아 등으로 사는 게 어려우면 사람들은 생존하는데 자신의 리비도(삶의 에너지)를 집중한다. 그런데 생존의 문제가 해결되면 사람은 자기실현을 위해 살려고 한다. 이때부터는 생존이 아니라 자기애의 문제가 된다. 그래서 가급적 자기애가 상처받지 않도록 민감한 자기애적 성격이 되는데 스스로 자기애를 형성하기에 미약한 아이는 당연히 부모에게 그런 자기애적 에너지를 기대한다. 그러나, 부모 자신이 에너지가 부족한 사람들, 에너지가 있어도 그 에너지를(에너지를 사랑이라고 하자) 주고받는 가정에서 자라지 못한 사람은 부모가 되어도 사랑을 어떻게 주어야 할지도 모르고 어떻게 사랑을 받아야 할지도 모른다.

연쇄살인범에 관한 다음의 실화는 많은 것을 시사한다. 대학의 교직원으로 근무하며 능력을 인정받는 직장인 엄마는 하나밖에 없는 아들이 너무 떠들고 누나들과 자주 싸운다는 이유로 아들 방을 지하실로 옮겨버렸다. 명랑하고 쾌활하다 못해 개구쟁이였던 아들은 창문 하나 없는 어둡고 답답한 지하실 방에 틀어박혀 어머니와 누나로 대변되는 여자들에 대한 분노를 무의식 속에 키워왔다. 그는 결국 성인 여자들을 대상으로 한 연쇄살인범으로 전락하였다.

그런데 어머니는 어떤 마음으로 아들의 방을 지하실로 옮겼을까. 아마도 그 어머니는 걸핏하면 떠들고 싸우는 녀석이니 혼자 있으면 좀 더 얌전해지고 남매간의 우애도 돈독해질까 싶어 아무 생각 없이 방을 옮겼을 것이다. 실제로 녀석은 방을 옮기고 나서 좀 더 얌전해지기 시작했다. 아이는 외로움과 분노로 내면으로 침잠해 들어가는 것이었는데 어머니 눈에는 철이 드는 것으로 보였을 것이다.

유영철도 이춘재도 태어날 때부터 악한 성품은 아니었을 것이다. 자라면서 악한 성격이 점점 더 커졌을 것이고 어느 시점에서는 스스로는 제어하기 힘든 단계에까지 도달했을 것이다. 그렇게 된 원인은 어디에 있을까. 첫 번째는 30세 이전, 특히 유년기에서 찾을 수 있고, 두 번째는 부모와 자식 간의 관계, 특히 자식에 대한 부모의 교육관이나 교육방식에서 찾을 수 있다. 첫 번째에도 두 번째에도 모두 중요한 게 있다. 그것은 부모의 사랑이다. 어릴 때의 교육은 사육이 아니고 사랑이어야 한다. 대상 관계 이론가인 로날드 페어베언의 다음 이야기는 이 점에서 시사하는 바가 크다. 학대받은 아이들이 학대를 받을수록 부모를 미워하거나 원망하는 것이 아니라 부모의 인정을 받아내려고 그 부모의 모든 모습을 자신의 모습으로 내면화한다고 하였다. 누가 뭐래도 내 부모였기에, 그 부모를 도덕적으로 방어(moral defense)한다고 했다. 페어베언은 그런 도덕 방어를 하는 사람이 가장 치유하기 힘든 대상이라 했다.

제2, 제3의 이춘재나 유영철 같은 살인마를 방지할 길은 없을까. 있다. 그것은 부모의 자식에 대한 사랑이고, 그로 인해 길러진 자식의 부모에 대한 사랑이다. 맹자는 모든 사랑의 시작은 부모와 자식 간의 사랑이라고 했다. 그 마음이 지극하면 절로 미루어져 형제와 친구, 나아가 사회의 많은 사람을 사랑할 수 있다고 했다. 우리 사회가 이런 단계가 되면 이춘재나 유영철 같은 연쇄살인마는 다시는 나오지 않을 것이다.

비판을 두려워하지 마라

사람은 평생 얼마나 많은 욕이나 비판을 듣고 사는가? 과연 욕이나 비판을 듣지 않고 사는 사람도 있을까? 만약 없다면 우리는 욕이나 비판을 들었을 적에 어떻게 해야 할까? 이에 대한 맹자의 글이 있다.

맥계가 말했다. "저는 남에게서 비방을 많이 듣고 있습니다." 맹자께서 말씀하셨다. "상심할 것이 없소. 선비는 사람들로부터 더 많은 비방을 듣고 있소. 『시경』에 '우울한 마음 근심만 가득하니 소인배에게 노여움을 받는구나'라고 하였으니, 이것은 공자의 경우이고, '마침내 그 백성들의 원망과 노여움을 완전히 없애지 못했으나 그래도 그의 명성은 떨어지지 아니하였구나'라고 하였으니 이것은 문왕의 경우요."

貉稽日稽大不理於口 孟子日無傷也 士憎玆多口 詩云 憂心悄悄
慍于群小 孔子也 肆不殄厥慍 亦不隕厥問 文王也
ー『맹자』「진심장구 하」19장

맥계는 학계라고도 하는데, 그 자체로서 이름을 뜻하기도 하고 학족 사람의 벼슬아치(관리)라고도 하며, 계(稽)라는 이름을 가진 학족 사람이라는 견해도 있다. 그 어느 것이나 구체적인 인적 사항은 잘 알 수 없는 당시의 어떤 사람임은 틀림없다. 불리어구(不理於口)는 '남에게 비방을 듣다'는 뜻이다. 불리(不理)는 '불합리(不合理)'이니 이치에 맞지 않는 말이라는 뜻으로 비난이나 욕, 통칭해서 비방이라고 할 수 있다. 맥계라는 사람이 맹자를 찾아와서(자신은 잘못한 것도 없는데) 남들로부터 비방을 많이 받고 있다고 호소하는 것이다. 이후는 맥계의 호소에 대한 맹자의 답변이다.

맹자는 맥계에게 먼저 상심하지 말라고 말한다. 그런 말 정도에 감정이 상하거나 화를 낼 만한 일은 아니라는 것이다. 달리 해로울 게 없다고 해석할 수도 있다. 전자는 나에 대한 남의 비방이 그렇게 큰일은 아니라는 말이고, 후자는 나에 대한 남의 비방이 별로 해로울 게 없다는 뜻이다. 그 어느 것이든 나에 대한 남의 비방에 마음 쓸 필요가 없다는 뜻이다. 맹자는 선비는 사람들로부터 더 많은 말(여러 가지 비난과 욕)을 듣는 법이라고 했다. 글의 흐름으로 보면 맥계가 사(士) 계층임을 알 수 있다. 선비는 사람들로부터 더 많은 비방을 듣는 법이라는 말은 선비 아닌 일반인들도 남으로부터 비방을 듣지만, 선비는 상대적으로 더 많이 듣는다는 말이다. 일반 백성보다 선비는 더 높은 계층이다. 따라서 맹자는 신분이 높을수록 지위가 높아질수록 덩달아 비방도 더 많아진다고 이야기한 것이다.

'詩云'에서 시(詩)는 『시경』을 뜻한다. '우울한 마음 근심만 가득

하니 소인배에게 원망을 듣는구나'라는 것은 공자의 경우이고, '그 (백성)들의 원망과 노여움을 완전히 없애지 못했으나 그의 명성만은 잃지 아니 하였구나'라는 것은 문왕의 경우라는 말은 공자 같은 성인조차도 다른 사람으로부터 비방과 노여움을 받았고, 문왕 같은 어진 왕도 다른 사람으로부터 비방을 받았다는 것이니, 비방은 사람이면 누구나 받는 것이라는 뜻이다. 그런데 비방을 받아도 명성을 잃지 않았다는 말에 주목해 보자. 이 말은 맹자가 비방이 있다고 호소하는 맥계에게 한 말, 비방이 있어도 해롭지 않다는 것과 서로 통한다. 사람이 살아가면서 비방이 없을 수 없고, 지위가 높아질수록, 명성이 올라갈수록 비방은 더 많아지게 마련이다. 다만 비방이 있다고 해서 내 명성에 해가 되는 것은 아니다. 문제는 그 비방에 내가 흔들리면 안 된다는 것이다. 맹자가 맥계에게 한 말의 본래의 뜻은 저것이다. 남이 나를 비방하더라도 전혀 흔들릴 필요 없다. 그저 나는 나의 길을 가면 되는 것이다.

주변에 자신에 대한 남의 말에 신경 많이 쓰는 사람들을 본다. 어쩌면 나 자신도 예외가 아닐 것이다. 사람이면 대부분 나에 대한 남의 말에 신경을 쓴다. 특히 그것이 나에 대한 비방이라면 더욱 그렇다. 누군가가 나를 비방했다는 말을 들으면 크게 상심하기도 하고 분노를 드러내기도 한다. 비방을 들은 사람이 자신을 비방한 사람에게 가장 많이 하는 행동은 같이 비방하는 것이다.

예전 나의 지인 중에 그런 사람이 있었다. 그는 나에게 누군가가 자신을 비방하고 다닌다고 했다. 그는 그것이 너무 화난다고 했다. 나는 그에게 그 말의 사실 여부를 물었고, 그 사람이 어떤 사람인지를 물었다. 그가 왜 비방하는지를 알아야 문제해결에 도움이 될 것 같아서 한 말이다. 그는 그 사람이 왜 자기를 비방하고 다니는지는 알고 싶지 않다고 했다. 비방하고 다닌다는 것만으로 용서할 수 없다고 했다. 심지어 그는 그 사람의 말을 들어준 사람도 용서할 수가 없다고 했다. 그런 그가 택한 방법은 같이 비방하는 것이었다. 그는 자기를 비방한 사람은 물론, 그 비방하는 말을 듣고도 말리거나 자신에게 알리지 않은 사람들도 비방했다. 결과적으로 그는 자신을 비방했던 사람은 물론 주변의 많은 사람과 얼굴을 붉히며 멀어진 사이가 되었으며, 일부 사람과는 명예 훼손으로 고발을 하니 마니 하는 사이가 되었다. 지인에 대한 이미지는 그 일이 있기 이전보다 더 나빠졌으며, 다른 일에 몰두하느라고 자기 일을 제대로 하지 못해 직장에서도 손해를 많이 봤다.

나 역시 남으로부터 비방을 들은 적이 많다. 가끔은 사실에 바탕을 두고 비방한 것도 있지만, 잘 알지도 못하면서 사실과 다르게 비방한 때도 적지 않았다. 그 당시 나는 내가 하지 않은 것을 했다고 하는 것을 잘 참지 못하였다. 그래서 화를 내기도 했고, 나를 비방한 당사자에게 직접 따져 묻기도 했다. 속이 시원할 때도 있었지만 그런 시간이 길어질수록 마음은 피곤해지고 영혼은 허전해져 갔다. 시간이 지난 후 생각하면 내 삶에 도움이 되기는커녕 손해만 가져다준, 게다가 소중한 인연과도 멀어진 부질없는 시간이었다.

공자는 나이 60세를 '이순(耳順)'이라고 했다. 『논어』「위정편(爲政篇)」에 나오는 말이다. 예순 살부터 생각하는 것이 원만하여 어떤 일을 들으면 곧 이해가 된다는 의미이다. 달리 남으로부터 무슨 말을 들어도 흔들림 없는 나이를 뜻하기도 한다. 내가 바로 서면 남이 무슨 말을 하든 쉽게 흔들리지 않게 된다. 내가 바로 서지 않으면 남의 말에 쉽게 흔들린다는 말이다. 남의 말에 쉽게 흔들리거나 영향을 받는다는 것은 그만큼 내 인생의 주인이 내가 아니라는 것이기도 하다. 남의 말에 영향을 많이 받는 것을 자존감이 없는 것이라고 말하는 사람도 있다. 어떻든 결국 나에 대한 좋지 않은 남의 말에 영향을 받지 않아야 한다는 것인데, 이것은 수신을 통하여 올바른 나를 정립하여야 한다는 것을 전제한다.

고려 말 문신 이달충이 쓴 「애오잠병서(愛惡箴幷書)」는 칭찬하고〔愛〕 비난하는〔惡〕 것에 대하여 잠(箴)의 형식으로 쓴 글이다. 잠은 '자기 자신이나 타인을 경계하는 내용의 한문문체'로서 본래 대(竹)로 만든 바늘을 뜻한다. 『설문(說文)』에 따르면 '침(鍼)'과 같은 의미로 의사가 환자의 질환을 치료하는 의료기구이다. 의사가 침석(鍼石)으로 병을 치료하듯이 잠언(箴言)으로써 사람의 잘못을 예방도 하고 치유도 한다는 데서 붙여진 이름이다.

「애오잠병서(愛惡箴幷書)」는 가상의 두 인물을 내세워 타인의 평가나 비난에 대한 대처법을 보여주고 있다. 그는 사람다운 사람이 나를 사람답다고 여기거나 사람답지 못한 사람이 나를 사람답지 못하다고 여긴다면 그것은 기뻐할 일이라고 말한다. 반대로 사람다운 사람이 나를 사람답지 않다고 여기거나 사람답지 못한 사람이 나를 사람답다고 한다면 이는 두려워할 일이라고 하였다. 남이 나에 대해서 내리는 평가가 중요한 것이 아니라, 그 평가하는 사람이 과연 사람다운 사람인가 사람답지 않은 사람인가가 중요하다는 취지의 말이다. 그런데 「애오잠병서」를 끝까지 읽으면 글쓴이의 의도가 다른 데에 있다는 사실을 알 수 있게 된다.

남이 나에 대해서 내리는 평가가 중요한 것이 아니라, 그 평가하는 사람이 과연 사람다운 사람인가 사람답지 않은 사람인가가 중요하다면, 그런 말을 하는 사람이 어떤 사람인지를 알아보는 나 자신이 어떤 사람인지가 중요하다. 내가 사람다운 사람이어야 한다는 말이다. 내가 사람다운 사람이면 나를 비방하는 사람이 어떤 사람인지를 알 것이고, 그렇다면 그 사람의 말로 인해서 내가 동요되거나 화를 낼 일은 없게 될 것이다. 그런데 내가 사람다운 사람이려면 어떻게 해야 할까? 답은 수신(修身)이다. 끊임없는 수신을 통하여 나 자신이 올바른 인간이 되었다면 나는 남의 말에 신경 쓸 이유가 없다. 내가 바른데 남이 뭐라고 하든 그게 무슨 상관인가.

『여씨춘추』에 "다른 사람을 이기려면 반드시 먼저 자신을 이겨야 하고, 다른 사람을 평가하려면 반드시 먼저 자신을 평가해야 하며, 다른 사람을 알려면 반드시 먼저 자신을 알아야 한다.〔故欲勝人者 必先自勝 欲論人者 必先自論 欲知人者 必先自知〕"라는 말이 나온다. 이는 이달충의 글 말미에 있는 잠(箴)과도 서로 통한다. 조선 후기의 학자인 박세당도 「효애오잠(效愛惡箴)」에서 "사람들에게는 좋고 싫은 것이 있어서 서로 시비(是非)를 다투는데, 내가 거기에 휩쓸려 한편으로는 근심하고 한편으로는 기뻐한다면 지혜롭지 못한 것이다."라고 하였다. 사람들은 대체로 남을 평가하기를 좋아한다. 중요한 것은 남을 올바르게 평가하기 위해서는 자신이 어떤 사람인지를 먼저 알아야 하는데, 사람들은 대체로 자신을 돌아보는 데 게으르다.

공자는 잘못을 자신에게서부터 찾는 것을 군자의 도라고 하였다. 남만 탓하고 원망하는 것은 소인배들이나 하는 행동이다. 맹자도 자신의 몸이 바르면 천하가 돌아오게 되니, 자신에게서 잘못의 원인을 찾아야 한다고 하였다. 모두 수신의 중요성을 말한 것이다. 남이 나를 비방하는 말을 들으면, 그가 누구이냐를 먼저 따져야 할 것이고, 그가 올바르지 않은 사람이라면 신경 쓰지 말아야 하며, 그가 올바른 사람이라면 먼저 자신을 돌아보고 경계하고 반성하여야 할 것이다. 자신의 결점을 지적해 주면 오히려 기뻐하는 마음이 필요하다. 남을 탓하고 원망할 것이 아니라 문제의 원인을 자신에게서 찾고자 하는 '반궁자성(反躬自省)'의 태도가 필요하다.

나에 대한 좋지 않은 말은 언제나 있을 수 있다. 내가 잘되면 잘될수록, 나의 지위나 명성이 오르면 오를수록 비방은 늘어나게 마련이다. 남에 대해서 안 좋은 말을 일삼는 사람은 그로서 이미 사람다운 사람이 아니다. 그러니 우리가 그런 사람의 말에 흔들리거나 상심할 필요가 있는가? 남의 평가에 민감하여 조그만 비난에도 쉽게 화를 내거나 상심하며, 남의 눈치를 보면서 주변의 상황에 지나치게 예민하게 반응하는 것은 그만큼 자존감이 낮고 수신이 덜 된 사람이라는 증거이리라.

경청, 남의 말 파악하기

조선의 3대 임금 태종 이방원은 과감하면서도 치밀한 인물이었다. 이성계의 다섯 번째 아들인 그가 왕이 되기까지에는 무수한 어려움이 있었지만, 끝내 왕이 되었다. 그가 왕이 될 수 있었던 데에는 빠른 판단과 신속한 결정, 과감한 실행이라는 리더로서 그의 장점 때문이겠지만, 한편으로는 치밀한 성품이 뒷받침되었기에 가능했다.

성격이 치밀하지 못해서 최고의 자리에서 내쳐지고 끝내는 쓸쓸히 죽음을 맞이한 사람이 있다. 그는 하륜과 더불어 태종이 왕이 되는 데 큰 공을 세운 이숙번(1373~1440)이다. 이숙번은 기의 문신으로 안산군지사 때 이방원을 도와 제1차 왕자의 난에 공을 세웠다. 박포와 조사의의 반란을 진압했다. 병조판서, 좌참찬, 찬성 등을 지내고 안성부원군에 봉해졌다. 그는 『용비어천가』의 편찬에도 참여한 것으로 알려져 있다.

태종 9년(1409년) 43세의 태종은 2차 선위(禪位) 파동을 벌인다.

선위 파동은 임금 자리를 세자에게 물려주겠다고 운을 띄운 다음 세자에게 줄을 대려는 세력을 제거하려는 군왕들의 고전적 술책이다. 그해 8월 13일 태종은 측근 중 측근인 이숙번을 불러 선위에 대해 어떻게 생각하는지를 물었다. 이숙번은 당연히 "계속 정사에 힘쓰셔야 한다."라고 답했다. 그런데 치밀하기로 소문난 태종이 또다시 물었다. "그러면 언제쯤이나 이 무거운 짐을 벗을 수 있겠는가?" 평소 세심하지 못하고(簡) 직선적인 성품인 이숙번이 무심결에 답했다. "사람 나이 쉰이 되어야 혈기가 비로소 쇠하니 나이 쉰이 되기를 기다려도 늦지 않습니다." 이숙번의 이 말은 뒷날 태종이 쉰이 된 해에 그가 유배지에서 쓸쓸히 생을 마치게 했다.

간(簡)은 대를 쪼갠 조각에서 유래한 한자로 편지를 뜻하는 글자이다. 다른 뜻으로 '대범하다'라는 좋은 뜻으로 사용되기도 한다. 여기서는 소홀히 하다, 치밀하지 못하다, 거칠고 덜렁덜렁한다는 뜻으로 사용되었다. 태종은 매우 주도면밀하고 치밀한 사람이다. 실록을 보면, 태종 16년에 태종이 옛사람의 말이라며 다음과 같은 구절을 인용한 것이 나온다. "임금이 치밀하지 못하면 신하를 잃고, 신하가 치밀하지 못하면 몸을 잃는다." 이 말은 곧 태종 자신의 사람 보는 원칙이기도 했다.

태종이 이숙번을 향해 던진 추가 질문은 윗사람이 먼저 의심하는 속내를 드러낸 것이다. 거친 성품의 이숙번은 그것을 덥석 집어 삼켰다. 이는 같은 1등 공신이면서도 노회했던 하륜이 어떻게 대응했는지를 살펴보는 것만으로 충분하다. 하륜은 이렇게 답했다. "주상의 춘추가 60, 70이고 세자 나이가 30, 40이어도 불가할 텐

데, 하물며 지금 주상의 춘추가 한창때이고 세자가 아직 어리니 절대 불가합니다." 참고로 당시 세자는 16세였으니 7년 후면 얼마든지 국정을 맡을 수 있는 나이였다. 하륜은 자신으로서는 넘볼 수 없는 권력 앞에서 스스로 한계를 지키고 조심하며 경계한 것이다〔敬〕. 이처럼 태종과 하륜 그리고 이숙번의 관계는 각각 밀(密), 경(敬), 간(簡)이라는 사람 보는 핵심 개념을 통해 풀어낼 수 있다.

송나라의 정치가이자 학자인 진덕수(眞德秀, 1178~1235)는 저서 『대학연의(大學衍義)』에서 임금과 신하 사이에는 무엇보다 틈〔隙〕이 있어서는 안 된다고 강조했다. "임금과 신하가 서로 즐거움을 나누려면 실오라기만 한 틈도 생기지 않도록 해야 한다." 물론 임금만이 아니라 신하도 그래야 한다. 윗사람은 그 속성상 아랫사람들을 끊임없이 의심할 수밖에 없다. 다만 그것이 겉으로 드러나선 안 된다. 적어도 겉으로는 강명(剛明)한 모습을 유지해야 한다. 아랫사람은 윗사람의 그런 성향을 알아서 윗사람에 대한 기본적인 경계심은 언제나 지니고 있어야 한다. 이숙번의 말로가 비참해진 건 그 경계심이 없었기 때문이다.

공자도 맹자도 모두 말을 중요시했다. 공자는 '이름〔名〕'을 '바로 잡는 것〔正〕'을 정치의 핵심으로 했다고 하는데, 여기서 이름은 말을 뜻한다. 맹자는 공자에 못지않게 말의 중요성에 대해 심각하게 다루었다. 맹자가 성왕들의 뒤를 잇는 역할을 자임하면서 구체적으로 하려 했던 일도 근거 없는 말과 사특한 말을 종식하는 것이었다. 즉 양주와 묵적의 이론이 사람들을 현혹하지 못하도록 막는 것이었다. 그러한 사특한 말들이 "마음에서 일어나 그 일을 해하며,

그 일에서 일어나 그 정사를 해롭게 할 것이다. 성인이 다시 일어나셔도 나의 말을 바꾸지 않으리라."라고 생각했기 때문이다.(吾爲此懼 閑先聖之道 距楊墨 放淫辭 邪說者不得作 作於其心 害於其事 作於其事 害於其政 聖人復起 不易吾言矣,『맹자』「등문공장구 하」9장)

　맹자는 부동심의 한 방법으로 '남의 말 파악하기'를 들었다. 맹자가 그러게 하는 데에는 무엇보다 자신의 부동심을 성취하기 위해서였겠지만, 단순히 그것을 위한 것만은 아니었다. '남의 말 파악하기'란 결국 자신과 다른 주장을 펴는 이론가들에 대한 대응이다. 자신과 적대하는 이론에 대항하여 그 이론의 약점이나 위험성을 파악해서 사람들에게 보여주고, 그럼으로써 사람들이 그 이론에 현혹되지 않게 하는 일은 맹자처럼 확실하게 자신의 이상을 가지고 게다가 사회를 구제해야 한다는 책임감까지 가진 사람에게는 피할 수 없는 일이었다. 나와 다른 이론이나 주장이 불러일으키는 마음을 흔드는 상황에 대처하기 위해서는 무엇보다 먼저 '남의 말 파악하기'가 필요하다.

　　공손추가 물었다. "남의 말을 안다는 것은 어떤 것입니까?" 맹자가 대답했다. "편파적인 말을 들으면 그 감추어져 있는 것을 알 수 있고, 음탕한 말을 들으면 그 사람이 어디에 빠져 있는지를 알고, 사특한 말을 들으면 그 사람이 정도에서 벗어난 바를 알 수 있고, 둘러대는 말을 들으면 그 사람이 처해있는 곤궁한 상태를 안다. 이런 마음에서 생겨난 것들이 정치를 그르치고, 정치를 펴면서 나온 것들이 나랏일을 그르친다. 성인이 다시 살아와도 내 말을 따를 것이다."

公孫丑曰 何謂知言 曰詖辭 知其所蔽 淫辭 知其所陷 邪辭 知其
所離 遁辭 知其所窮 生於其心 害於其政 發於其政 害於其事. 聖
人 復起 必從吾言矣
ㅡ『맹자』「공손추장구 상」2장

맹자는 자신이 편파적인 말, 근거 없는 말, 사특한 말, 궁한 말 등
을 어떻게 잘 파악하는지 말한다. 올바른 것에 대한 분명한 관념이
있으면 그것을 기준으로 그러한 모자란 이론들을 판단할 수 있을 것이
다. 가령 누군가의 말이 편파적인 것은 그 사람이 정서상으로나
혹은 이익 문제 때문에 어떤 사실을 인정하려고 하지 않는 배경이
있을 것이다. 그 사람이 사실을 직시하지 못하게 하는 장애를 밝혀
내고 바로잡아 준다면, 그 상대를 설복시킬 수 있을 것이다. 적어도
내가 그 편파적인 공격 때문에 허물어지는 일은 없을 것이다.

이론의 장을 넘어서, '남의 말 파악하기'는 일상적인 대화에서도
마음의 평정을 위해 좋은 방법이 될 것이다. 사람들이 서로 분명
하고 솔직하게 서로의 의견을 표현할 수 있다면 굳이 그런 방법이
필요하지 않겠지만, 사회적인 체면이나 이해관계에 얽혀 솔직하
게 자신의 감정이나 의사를 표현하지 못하는 경우가 많다. 가령 노
골적으로 남에게 상처를 주는 말을 하는 사람은 본인이 상처를 지
닌 경우가 많다. 혹은 정도를 넘어 자기 자랑을 늘어놓고 남의 인
정을 필요로 하는 사람은 어느 부분에 열등감을 가지고 있는 경우
가 많다. 그런 식으로 타인의 말을 파악할 수 있다면 그들의 공격
적인 말이나 자랑하는 말에 마음이 흔들리지 않을 것이다. 그러므

로 맹자의 '남의 말 파악하기' 목록 뒤에, '공격적인 말을 들으면 그 사람이 가진 상처가 무엇인지 알고, 자기 자랑하는 말을 들으면 그 사람의 열등감이 무엇인지를 안다' 등의 목록을 더 붙일 수도 있을 것이다.

공자의 제자 중에 중궁(仲弓: 염옹)이 있다. 중궁은 공자가 안연·민자건·염백우와 함께 덕행이 가장 뛰어난 제자라고 꼽은 사람이다. 공자는 놀랍게도 중궁을 두고, '임금이 될 만한 인물'이라고 말했다. 뒷날 순자는 자신의 저서인 『순자』 「비십이자(非十二子)」 편에서, "성인으로 제왕의 권세를 얻지 못한 사람은 오직 공자와 중궁뿐"이라고 말했다. 어느 날, 공자가 제자 중궁은 임금도 될 만하다고 하자 중궁이 그러면 자상백자는 어떠냐고 물었다. 이에 공자는 그도 임금이 될 만하다고 답했다. 공자는 두 사람 다 대범하다고 여겼기 때문이다. 중궁이 다시 물었다. "(저처럼) 속으로는 삼가면서[居敬] 행동은 털털하다면[行簡] 임금 자리도 맡을 수 있겠지만, 속으로도 대충 하면서[居簡] 행동도 신중하지 못하다면 지나치게 소탈한 것[大簡]이 아니겠습니까?" 공자는 즉각 자신의 잘못을 인정하고 중궁의 말이 옳다고 했다. 여기서 지나치게 소탈하다는 것[大簡]은 치밀하지 못하다거나 신중하지 못하다는 뜻이다.

이숙번도 분명 『논어』 「계씨」 편에 나오는 이 대목을 읽었을 것이다. 다만 새기지는 못했던 것 같다. "군주를 모시는 데 세 가지 허물이 있을 수 있다. 위의 말씀이 아직 미치지 않았는데 먼저 말하는 것을 조급함[躁]이라 하고, 위의 말씀이 미쳤는데도 말하지 않는 것을 숨김[隱]이라 하고, 위의 안색을 살피지도 않고 말하는 것을 눈뜬장님[瞽]이라 한다." 누가 봐도 그날 태종 이방원과 대화에서 이숙번은 위의 안색을 살피지 않고 말했으니 눈뜬장님이었다.

우리는 살아가면서 무수한 사람들과 무수히 많은 대화를 나눈다. 그때마다 우리는 남의 말 파악하기에 소홀하다. 그저 자기 말에만 충실한 경우가 많다. 말은 하는 것만이 아니라 듣는 것이며, 그냥 듣기만 하는 것이 아니라 의미를 파악하면서 듣는 것이다. 현대인들은 대체로 그저 자기가 말하기에 바빠서 남의 말을 잘 듣지 않으며, 남의 말을 들더라도 의미 파악을 하면서 듣지 않는다. 자칫 우리가 이숙번이 될 수도 있음이다.

당당할 수 있는 용기

세상에는 당당해야 할 때 당당하지 못할 경우가 있다. 아니 많다. 나 역시 살아오면서 그랬던 경우들이 있다. 이유야 있었겠지만 어쨌든 당당해야 할 때 당당하지 못했던 적이 있었던 것은 사실이다. 돌아서면 비굴한 마음이 들고, 가끔은 비참한 느낌이 들기도하지만, 그 당시에는 어쨌든 살아야 하니까, 살아남아야 하니까 등의 이유로 그랬다. 세상에는 살아야 하니까라는 이유를 넘어 개인의 이익과 영달을 위해서 그렇게 하는 경우도 많다. 그것으로 인한 피해가 고스란히 더 많은 사람들에게 주어지는데도 말이다.

사실 나 같은 평범한 사람은 당당하지 못한들 그로 인해서 다른사람에게 부정적 영향을 끼치는 경우는 드물다. 그저 내 마음에 생채기로 남을 뿐이다. 하지만 평범하지 않은 사람이 자신의 이익을위해서 정의롭지 않은 것에 당당하지 못하게 되면 그 사람의 위치만큼 세상에 부정적인 영향을 끼친다. 그것이 개인의 일이 아니라공적인 일이라면 더 그럴 것이고, 그것이 사회나 국가에 영향을 끼치는 일이라면 더더욱 그럴 것이다. 그런데도 요즘에는 그런 사람이 많은 것 같다. 자꾸 늘어나는 것 같아서 내심 걱정이고, 나 자신을 돌아보게 된다.

맹자는 사상으로는 물론, 교육, 정치, 행정 등 다양한 분야에서 후세 사람들에게 많은 영향을 끼쳤다. 오늘날 유학을 이야기하면서 맹자를 빼놓을 수 없다. 성리학도 마찬가지다. 주자가 성리학을 집대성하여 후세에 자리 잡게 한 것은 부인할 수 없는 사실이지만, 그가 그렇게 할 수 있었던 데는 맹자의 영향을 빼놓을 수 없다. 그가 맹자를 성인의 반열에 올리고, 『맹자』를 경전에 포함한 데에는 그럴 만한 이유가 있는 것이다. 맹자가 교육에 끼친 영향은 실로 크다. 교육에 있어서 환경의 중요성은 물론 가르치는 사람과 배우는 사람의 자세, 그것에 덧붙여 참교육(또는 전인교육)의 중요성까지 집었으니 시대를 한참 앞선 교육철학자라고 할 수 있다. 그의 왕도정치와 역성혁명론은 오늘날에까지 정치, 법, 행정 등에 많은 흔적을 남겼다. 그런데 나는 맹자의 위대함을 다른 곳에서 찾는다. 그것은 그가 권력 앞에 늘 당당했다는 것이다.

공자가 교육의 대상으로 삼은 사람들은 제자들이 대부분이었다. 이에 반해, 맹자는 군왕(君王)이나 권력자, 귀족들을 교육의 대상으로 삼았다. 그리고 맹자가 그들에게 가르친 방법은 아첨이 아니라, 어디까지나 용기와 지혜였다. 그는 군주들 앞에서 늘 당당했고, 막강한 힘을 가진 그들의 어떤 말에도 전혀 동요함이 없었다. 오히려 군주들이 맹자 앞에서 당황하거나 어쩔 줄 몰라 할 때가 있었다. 오늘날 권력자 앞에서 맹자처럼 당당할 수 있는 지식인이 얼마나 될까?

제선왕이 묻기를 "문왕의 동산은 넓이가 칠십 리라고 하는데, (그런 사실이) 있습니까?" 맹자가 답하기를 "전해오는 고서에 있습니다." 하니, 말하기를 "그렇게 큽니까?" 하자, 답하기를 "백성들은 오히려 적다고 하였습니다" 하자, 말하기를 "과인의 동산은 사십 리의 넓이인데도 백성들은 오히려 크다고 합니다. 왜 그럴까요?" 하였다. (맹자가) 대답하기를 "문왕의 동산은 칠십 리의 넓이이지만 꼴 베고 나무하는 자도 들어가고, 꿩과 토끼를 잡는 사냥꾼도 들어가서 백성과 그 동산을 함께 공유하므로 백성이 적다고 하는 것이 역시 마땅하지 않습니까? 신이 처음으로 이 나라 국경에 이르러 나라에서 크게 금하는 일을 듣고 그리고 감히 들어왔습니다. 여기서 신이 듣자니 '이 나라 도읍의 경계 안에 넓이가 사십 리 되는 동산이 있는데 그 동산에서 기르는 사슴을 죽이는 자는 살인한 죄와 같이 처벌한다'라고 하니, 이는 곧 이 사십 리의 넓이로 이 나라 안에 함정을 파 놓은 것과 같으니 백성들이 크다고 하는 것이 역시 당연하지 않습니까?" 하였다.

齊宣王問曰 文王之囿方七十里 有諸 孟子對曰 於傳有之 曰若是其大乎 曰民猶以爲小也 曰寡人之囿 方四十里 民猶以爲大 何也 曰文王之囿方七十里 芻蕘者往焉 雉兔者往焉 與民同之 民以爲小 不亦宜乎 臣始至於境 間國之大禁 然後敢入 臣聞郊關之內 有囿 方四十里 殺其麋鹿者 如殺人之罪 則是方四十里 爲阱於國中 民以爲大 不亦宜乎
—『맹자』「양혜왕장구 하」2장

유세객에 불과한 사람이 절대 권력자인 군주에게 저렇게 말하기가 쉬울까. "여기서 신이 듣자니 '이 나라 도읍의 경계 안에 넓이가 사십 리 되는 동산이 있는데 그 동산에서 기르는 사슴을 죽이는 자는 살인한 죄와 같이 처벌한다'라고 하니, 이는 곧 이 사십 리의 넓이로 이 나라 안에 함정을 파 놓은 것과 같으니 백성들이 크다고 하는 것이 역시 당연하지 않습니까?" 군주의 잘못을 지적하는 글치고 직설적이고 날카롭다. 아무리 옳은 말이라도 함부로 하면 자신의 생사와 직결된다. 그런데 맹자는 그 대상이 어떤 성향의 군주든 대체로 저렇게 말한다. 맹자의 다음 말은 군주의 하야를 담고 있어 실로 그의 용맹이 놀라울 지경이다.

> 맹자가 제선왕에게 묻기를, "왕의 신하 중에 그 처자를 그의 벗에게 맡기고 초나라로 여행을 간 자가 있습니다. 그가 돌아오자 그 처자가 추위에 얼고 주리어 있다면 어떻게 하겠습니까?" 하니, 왕이 대답하기를 "절교를 하도록 하지요." 하였다. 묻기를 "왕의 신하로 옥관을 담당하는 사사가 그 옥관들을 잘 다스리지 못하면 어떻게 하겠습니까?" 하니, 왕이 답하기를 "파직시키지요." 하였다. 또 묻기를 "왕께서 다스리는 사방의 국경 안이 다스려지지 않으면 어떻게 하겠습니까?" 하니, 왕이 좌우에 있는 사람을 보고 다른 말로 화제를 바꾸었다.

> 孟子謂齊宣王曰 "王之臣, 有託其妻子於其友, 而之楚遊者. 比其反也, 則餒其妻子, 則如之何?" 王曰 "棄之." 曰 "士師不能治士, 則如之何?" 王曰 "已之.". 曰 "四境之內不治, 則如之何?" 王顧左右而言他.
> ─『맹자』「양혜왕장구 하」6장

친구의 부탁을 지키지 못하면 그 친구에게 절교를 당할 것이고, 재판관이 재판을 잘못하면 파면되듯이, 임금이 임금의 역할을 잘못하면 그만두어야 한다는 사실을, 왕의 논리에 의하여 이야기하고 있다. 사실상 군주 앞에서 군주가 잘못하면 언제든지 그만두어야 한다는 이야기를 한 것이다. 자칫하면 역모로 몰릴 수도 있는 이야기를 맹자는 스스럼없이 이야기하고 있다. 이처럼 맹자는 어떤 군주 앞에서도 군주의 잘못을 당당하게 이야기한다. 군주의 어떤 질문에도 막힘없이 논리적으로 잘 말할 수 있는 것은 그만큼 맹자의 학문이 깊고 지혜롭다는 것을 알려준다. 그렇더라도 그렇게 말할 수 있는 것은 맹자의 용기이다.

용기는 '씩씩하고 굳센 기운, 또는 사물을 겁내지 아니하는 기개'이다. 용기는 어디에서 나오는 것일까. 맹자는 부동심(不動心)이란 말로 용기를 설명한다. 마음은 흔들리기도 한다. 공포 때문에 그럴 수도 있고 유혹 때문에 그럴 수도 있다. 맹자 같은 경우라면 대단히 영향력 있는 적대 사상이 등장한다면 마음이 동요할 수도 있을 것이다. 타인의 말이나 타인의 사상 때문에 흔들리지 않기 위해서는 그들의 의도를 파악하고 그 진위를 판단하는 능력이 필요하다. 육체적인 역경을 동반하는 위협에 견디기 위해서는 옳음에 대한 신념과 함께 강인한 기백이 필요하다. 맹자의 부동심(不動心)을 이루려면 하늘을 찌를 만큼 굳센 기운을 키우는 것과 하나는 타인이 하는 말에 반영된 그들의 마음을 읽어내고 그 말들의 진위와 함께 그들의 왜곡된 의도를 간파하는 능력을 키우는 것이다.

맹자의 부동심은 옛날 증자가 공자에게 들었다는 용기와 비슷하다. 즉 "자신을 돌아보아 옳지 않다면 누더기를 걸친 비천한 사람에 대해서도 두려움을 느끼게 되고, 스스로 돌이켜 보아 옳다면 천군만마가 쳐들어와도 나아가 용감하게 대적할 수 있는" 그런 종류의 것이다. 그것은 마음의 떳떳함에서 오는 강함이다. 즉 맹자의 '마음 흔들리지 않기', 곧 부동심은 육체적인 용기가 아니라 마음 자체가 핵심이다. 맹자식 부동심을 얻기 위해서는 무엇보다도 부끄러움 한 점 없는 떳떳한 마음을 확립하는 것이 선결문제이다.

용기는 나의 올바름에서 나오며, 그 올바름을 지키려는 강한 의지로 인해서 지켜진다. 넬슨 만델라는 "용기란 두려움이 없는 것이 아니라 두려움을 이기는 것이라는 것을 나는 배웠습니다. 지금 기억나는 것보다 더 여러 번 두려움을 느꼈지만, 담대함으로 두려움을 감췄습니다. 용감한 사람은 무서움을 느끼지 않는 사람이 아니라, 두려움을 정복하는 사람입니다."라고 노벨평화상 수상소감에서 밝혔다. 부동심을 하나의 관념에 그치지 않고 현실에서 실천한 사례로 볼 수 있다.

거백옥은 "나이 50세가 되어서야 지난 49년간의 잘못한 것을 깨달았다.〔伯玉行年五十 而知四十九年非〕"라고 한탄하였고, 소동파(蘇東坡)는 "육십 년을 살아왔는데 아무리 생각해도 잘못 살아온 것 같다.〔百年六十化, 念念竟非是〕"라고 자책하였다. 장자(莊子)는 아예 한 걸음 더 나아가 "거백옥은 60년을 살면서 60번이나 바뀌었지만 한 번도 잘못이 없던 해가 없다.〔遽伯玉 行年六十而六十化〕"라고 했다. 용기는 부동심으로부터 나오고, 부동심은 올바름으로부터 나오고, 올바름은 자기 성찰로부터 나온다.

나는 현대의 우리 사회에 맹자처럼 권력 앞에서도 당당하게 소신껏 말할 수 있는 사람들이 많았으면 좋겠다. 잘못은 지적할 수 있는 사람이 많았으면 좋겠다. 정의롭지 못한 것은 올곧게 거절할 수 있는 사람이 많았으면 좋겠다. 그렇지 못한 세태가 안타깝고 불안하다.

남들이 항상 그를 사랑하다

　최근에 이름 있는 수필가와 함께 점심을 한 적이 있다. 장소가 선생님 댁에서는 멀고 우리 집에서는 가까운 곳인데, 선생님이 예약하셨다. 이런 장소는 어떤지 물은 것은 나인데 선생님께서 그새 예약을 하신 것이다. 황송하다는 말을 드렸더니 그냥 웃기만 하셨다. 이런저런 이야기 중에 장소를 몰랐던 선생님이 직접 와서 장소를 찾아보고 예약을 했다는 사실을 알게 되었다.

　선생님의 이름은 뵙기 전에 이미 알고 있었다. 몇 년 전에 고향 동네 도서관에서 강의한 적이 있다. 내가 나고 자란 곳이어서 그런지 담당자로부터 제안을 받자마자 만사를 제치고서라도 하겠다고 했다. 『사기(史記)』 열전에 관한 강의였는데, 평일 오전이어서 그런지 대부분 중년의 주부들이 많았다. 그런데 뜻밖에 강의실에서 선생님을 뵈었다. 수강생으로 오신 것이다. 처음에는 그분이 선생님인 줄 몰랐다. 나중에 남들이 선생님을 대하는 것을 보고서야 알았다. 선생님은 지역에서는 널리 알려진 분이다. 작품으로도 유명하지만 특히 평생을 가르치는 일을 하셨고, 퇴직 후에도 여기저기 강의를 많이 다니셨다. 내가 선생님의 글을 처음 본 것은 어느 신문사 칼럼에서였다. 짧은 글에 따뜻함과 분명함이 느껴져서 기분 좋게 읽었었다.

선생님을 강의실에서 처음 뵌 날에 나는 마음속으로 놀랐다. 저런 분이 나같이 어린 사람에게 배우러 왔다는 사실에 새삼 놀란 것이다. 사실 나이도 많고, 명성도 높은 사람이 자기보다 나이가 적고, 명성이 낮은 사람에게 배움을 청하기는 쉽지 않다. 강의는 모두 10주였다. 선생님은 거의 빠지지 않고 오셨다. 그리고 열심히 들으셨다. 선생님은 돋보기를 끼고도 잘 보이지 않아 표정을 살짝 찡그리시곤 하셨다. 그런데도 틈틈이 밑줄을 그으면서 메모를 하셨고, 늘 웃음을 잃지 않으셨다. 내가 강의실에 들어오면 먼저 수인사를 하셨고, 마치고 가실 때도 먼저 인사를 주셨다. 나는 선생님이 내 강의를 들으러 왔다는 사실에서 이미 예(禮)가 있음을 알았다.

예의 출발은 겸손이다. 겸손의 마음이 있으면 사양하는 마음이 생기게 되고, 사양하는 마음이 있으면 공경으로 남을 대할 수 있기 때문이다. 겸손은 남과 나를 구별하지 않는 마음에서 나온다. 남과 나를 구별하는 마음, 곧 남과 나를 차별하는 마음으로는 결코 겸손이 나올 수가 없다. 남과 나를 구별하지 않는 마음은 인(仁)이다. 따라서 인이 있어야 예(禮)가 있을 수 있다. 인(仁)한 마음이 없으면 남과 나를 구별하게 되고, 그렇게 되면 남을 남이라 생각하여 차마 하지 못하는 마음, 곧 측은지심으로 대하지 않게 된다. 남이 나보다 뛰어나면 그를 시기 질투하여 헐뜯거나 해치려 하고, 남이 나보다 못하면 그를 무시하고 박대한다. 그러니 그런 사람에게는 예(禮)가 없을 수밖에 없다.

앞에서 남과 나를 구별하지 않는 마음을 인(仁)이라고 했다. 『맹자』에 따르면 사람이면 누구나 천명(天命), 곧 하늘로부터 부여받은 성품을 갖고 있다. 그 성품은 어린아이의 마음처럼 곧고 바르며, 남에 대한 측은지심으로 가득 차 있다. 사람이 자라면서 욕망이 생기고, 욕망으로 인해 이기(利己)가 생기고, 이기로 인해 갈등과 다툼이 생긴다. 따라서 사람은 끊임없이 의(義)를 행함으로써 태어날 때 하늘로부터 부여받았던 그 성(性)을 회복하여야 한다. 성이 회복된 상태를 덕이라 하며, 그 덕으로써 남을 대하면 예는 절로 이루어진다. 예는 결국 인간이 애초에 하늘로부터 부여받은 성품, 곧 인을 전제하고 있음을 알 수 있다.

인은 측은지심(惻隱之心)이다. 측은지심은 남을 사랑하는 마음이다. 본래 '사랑한다'라는 말은 '불쌍하게 여긴다'라는 뜻이니 어원적으로도 벗어남이 없다. 예는 사양지심(辭讓之心)이다. 사양지심은 겸손하여 남에게 양보하는 마음이며, 이것의 드러남이 경(敬)이다. 경으로써 남을 대하는 것이 예인 것이다. 유교는 기본적으로 이상적인 사회를 꿈꾼다. 유교에서 생각하는 이상적인 사회는 갈등과 다툼이 없는 조화로운 세상이다. 갈등과 다툼을 없애려면 남과 나를 구별하지 않는 마음, 곧 나를 위하는 마음을 미루어 남을 위하면 된다.

강의가 끝날 무렵에 선생님이 내게 밥을 사주셨다. 이건 아니라고 손사래를 쳤건만 선생님은 기어이 그렇게 하셨다. 강의실에서도 강의실 밖에서도 선생님은 내게 늘 예로써 대했다. 선생님의 예의에는 진심이 느껴졌다. 사실 사회에서 만나는 사람들 대부분은 예로써 남을 대한다. 하지만 그런 예에서는 진심이 잘 느껴지지 않는다. 그들은 형식적으로, 습관적으로, 필요에 따라서 예를 빌려 대할 뿐이기 때문이다. 본래 예는 예로써 대해야지 해서 예로써 대하는 것이 아니다. 저절로 예로써 대해지는 것이다. 예는 결국 성품의 문제이며, 그것은 인이다. 선생님이 나를 진심으로 예로써 대했다면 선생님은 어진 사람, 곧 인자(仁者)로 볼 수 있다.

선생님을 알게 된 후, 주변 사람들에게서 선생님에 관한 이야기를 가끔 들었다. 사람들 대부분이 '인품이 좋은 분이다', '본받고 싶은 분이다'라는 식의 말을 했다. 그런 말을 들을 때마다 충분히 그럴 수 있겠구나고 여겼다. 그런데 사람들은 무엇을 보고 선생님이 인품이 좋은 분이라고 했을까. 그것은 아마도 남을 대하는 선생님의 태도 때문일 것이다. 내가 본 선생님은 늘 겸손하셨고, 먼저 사양하셨고, 공경으로서 남을 대하셨다. 그리고 하나 더, 잘 베푸셨다. 선생님을 만날 때면 선생님은 늘 작은 선물을 하나씩 주시곤 했다. 나에게만이 아닌 선생님과 식사를 같이 한 제자들에게도 똑같이 그렇게 하셨다. 선생님이 남에게 하신 것들은 쉬운 듯 쉽지 않은 것이었다.

나는 살면서 많은 선생님을 만나 뵈었지만, 선생님 같은 선생님을 뵌 적이 많지 않다. 나이가 많다고 지위가 높다고 대접받고 군림하려는 사람이 많았다. 나는 대학에서 강사 생활을 오래 했었다.

새로운 학교에서 처음 연구실에 가서 인사를 드리면 일어나서 반 갑게 맞아주는 분도 있고, 인사는커녕 앉은 채로 제대로 쳐다보지도 않는 사람도 있다. 외부강연을 다니다 보면 강연 내용이 너무좋다면서 연신 칭찬하던 사람들이 내가 교수가 아니라 강사라면바로 칭찬을 거두고 예의를 버리는 때도 있었다. 그런 사람들은 내가 교수라면 바로 태도를 바꾸어 '진작에 교수님이라고 말씀하시지……'라고 한다. 나는 강사일 때든 교수일 때든 늘 그대로이다.그런데도 나를 대하는 사람들의 태도는 하늘과 땅 차이이다. 그들이 예의를 표한 대상이 사람이 아니라 지위이기 때문이며, 내용에예의를 표한 게 아니라 형식에 예의를 표했기 때문이다. 이런 사람들의 예의는 대체로 과장되고 지나친 경우가 많다. 예의에 진심이담겨 있지 않은 것이다.

> 인(仁)한 사람은 남을 사랑하고 예(禮)가 있는 사람은 남을 공경한다. 남을 사랑하는 사람은 남도 항상 그를 사랑하고, 남을 공경하는 사람은 남도 항상 그를 공경한다. 여기에 어떤 사람이 있어서 자기에게 횡역으로 대한다면, 군자는 반드시 스스로를 돌이켜, 내가 반드시 인하지 않았으며, 반드시 예가 없었는가 보다. 그렇지 않으면 이 사람이 어찌 마땅히 이런 지경에 이르렀겠는가?

> 仁者愛人 有禮者敬人 愛人者人恒愛之 敬人者人恒敬之 有人於此 其待我以橫逆則君子必自反也 我必不仁也 必無禮也
> ─『맹자』「이루장구 하」28장

내가 남을 사랑하면 남도 나를 사랑한다는 것이고, 내가 예로써 남을 대하면 남도 예로써 나를 대한다는 뜻이니 뒤집어 말하면, 내가 남을 사랑하지 않으면 남도 나를 사랑하지 않으며, 내가 예로써 남을 대하지 않으면 남도 나를 예로써 대하지 않는다는 말이다. 따라서 남이 나를 사랑하지 않는다고 남이 나를 예로써 대하지 않는다고 불쾌해하거나 화를 낼 것은 아니다. 그럴수록 먼저 나를 돌아봐야 할 것이다. 횡역은 바로 된 것이 아니라 옆으로 되고 거꾸로 된 것이니, '당연한 이치에 어그러져 있다'라는 뜻으로 사람을 대함에 있어서 이치에 맞지 않게 함부로 대한다는 뜻이다. 사람과 사람의 관계는 단순하다. 내가 그를 사랑하면 그도 나를 사랑하고, 내가 그를 공경하면 그도 나를 공경한다는 것이다. 그러므로 어떤 사람이 나를 사랑하지 않거나 공경하지 않는다면 그 원인은 내가 그를 사랑하지 않았고 공경하지 않은 데 있다.

우리는 늘 남 탓하는 데 익숙하다. 공자는 『논어』「위령공」 편에서 "군자는 모든 것의 원인과 책임을 자기에게서 찾지만 소인은 모든 것의 원인과 책임을 남에게서 찾는다.〔君子求諸己 小人求諸人〕"라고 했다. 우리는 내가 남에게 어떻게 했는지는 관심 없고 남이 나에게 어떻게 하는지에만 관심이 있다. 이렇게만 한다면 남과 나의 관계는 이해에 따른 형식적인 관계가 되거나 갈등과 다툼이 되어 멀어질 뿐이다. 크게 보고 멀리 보면 어리석은 행동이다. 인생의 대부분이 사람과 사람의 관계 속에서 이루어지는 것이니 더욱 그렇다.

문득 선생님 생각이 난다. 조만간에 선생님께 식사 한 끼 하자고 말씀드려야겠다. 그리고 내가 회장으로 있는 인문학 모임의 포럼에 강의 한 번 해달라고 부탁드려야겠다. 선한 것은 나누고 악한 것은 감추어야 한다고 했다. 나는 선생님의 강의를 들은 적이 없다. 하지만 평소 선생님의 모습으로 보아 그로써 강의 부탁을 드리기에 충분하다는 것을 알 수 있다. 어진 성품에 예의를 갖춘 사람이라면, 그 인품과 예의에 진심이 담긴 사람이라면 무엇이 더 필요하겠는가.

나를 버리고
남을 따르는 어리석음

바야흐로 정치의 계절이다. 덩달아 선거에 대한 국민의 관심도 조금씩 높아지고 있다.

대통령과 국회의원은 물론 광역자치단체장과 기초자치단체장도 아무나 할 수 있는 자리가 아니다. 아무나 해서도 안 되는 자리다. 적어도 그 자리에 맞는 능력과 인품을 갖춘 사람이어야 한다. 그들이 내는 정책은 사람들의 삶을 평안하게 해줄 수 있어야 하며, 그들이 보여주는 미래는 희망적이어야 한다. 능력과 인품은 하루아침에 되는 것이 아니다. 긴 세월 동안 축적하는 것이다. 축적의 정도에 따라서 절로 밖으로 드러날 수 있어야 한다. 그렇지 않다면 적어도 내가 왜 그 직을 맡아야 하는지를 보여주어야 한다.

선거 때마다 후보 중 누구도 왜 그 직을 맡아야 하는지를 제대로 보여주는 사람은 별로 없다. 그저 내가 되어야 한다고 주장하는 사람들뿐이다. 오랫동안 그 직을 위해서 준비해 온 후보도 별로 없는 것 같다. 개인의 욕심에 따라서, 여론조사에 따른 당선 가능성에 따라서, 더 큰 것을 꿈꾸기 위한 교두보로써 어쩌다 보니 지지도가 높아서 나온 사람들이 대부분이다. 당선 가능성이 조금이라도 있으면 주변에 사람들이 들끓게 되고, 그들에 의해서 추대되기도 한다. 그들은 대체로 국민의 마음을 대변하는 사람들이라기보다는 자신의 이익을 위해서 일하는 사람들일 뿐이다. 그런 사람들에 의해서 추대된 사람이라면 그 또한 뻔하다.

> 맹자께서 말씀하셨다. "자로(子路)는 사람들이 자기의 허물을 말해주면 기뻐하였다. 우(禹)임금께서는 좋은 말을 들으시면 절을 하셨다. 순(舜)임금께서는 이보다도 더 위대한 점이 있으니, 선(善)을 남들과 함께하여 자신의 불선(不善)을 버리고 남의 선을 따르셨으며, 남에게서 선을 취하여 선을 행함을 좋아하셨다. 농사 짓고 질그릇 굽고 고기 잡을 때로부터, 황제가 됨에 이르기까지 남에게서 선을 취하지 않음이 없으셨다. 남에게서 선을 취하여 선을 행하는 것은 남이 선을 행하도록 도와주는 것이다. 그러므로 군자에게는 남이 선을 행하도록 도와주는 것보다 더 훌륭한 일이 없다."
>
> 孟子曰 子路人告之以有過則喜 禹聞善言則拜 大舜有大焉 善與人同 舍己從人 樂取於人以爲善 自耕稼陶漁 以至爲帝 無非取於人者 取諸人以爲善 是與人爲善者也, 故君子莫大乎與人爲善
> ─『맹자』「공손추장구 상」8장

사마천의 『사기』에는 자로(子路)에 관해 "성격이 거칠고 용맹스러운 일과 힘쓰는 일을 좋아하고 의지가 강하고 정직하였다."라고 기록되어 있다. 공자는 그의 꾸밈없고 소박한 인품을 칭찬하였으나, 성급하고 거친 성정은 주의케 하였다. 공자는 자로를 "닳아빠진 솜옷을 걸치고 여우와 담비 가죽을 입은 사람과 함께 서 있어도 부끄럽게 여기지 않을 자"로 높이 평가하면서도 "일을 잘 헤아려 사리에 맞게 하는 것이 없다."라고 지적하기도 했다. 그런 자로가 공자의 제자들 가운데 가장 뛰어난 10인을 뜻하는 '공문십철(孔門十哲)' 가운데 하나로 꼽히며, '공문칠십이현(孔門七十二賢)' 가운데 한 사람으로 공자의 사당에 배향된 이유는 어디에 있을까? 답은 맹자가 한 말, "자로는 사람들이 자기의 허물을 말해주면 기뻐하였다." 에 있다.

　얻어들어서 고침을 기뻐하는 사람은 드물다. 자신을 수행함에 아주 용감하여야만 가능한 일이다. 주돈이는 "자로는 자신의 허물과 잘못에 대해서 듣기를 좋아하였다. 그래서 훌륭한 명예가 무궁하였는데, 지금 사람들은 허물과 잘못이 있어도 남이 바로잡아줌을 기뻐하지 않는다. 마치 병을 숨기고 의원을 꺼려, 차라리 그 몸을 멸망시키면서도 깨달음이 없는 것과 같으니, 아! 슬프다."라고 하였고, 정자는 "자로는 사람들이 그에게 허물과 잘못이 있음을 말해주면 기뻐하였으니, 또한 백세의 스승이라 할 만하다."고 하였다. 나는 사람, 특히 지도자에게 가장 중요한 덕목이 자신에 대한 비판에 너그러운 것이라고 생각한다. 세상에 완벽한 인간은 없으며, 아무리 뛰어난 한 명의 지혜도 일만 명의 지혜보다 나을 수 없다. 그러므로 삶은 끊임없이 자신을 되돌아보고 허물은 고쳐야 하며 부족한 것은 채워야 한다. 그런데 사람은 자신을 제대로 보기가 쉽지 않으므로 나의 허물에 대한 다른 사람의 지적을 기쁘게 받아들일 수 있어야 한다. 자기의 허물을 말해주면 기뻐하였다는 자로는 그로써 이미 높이 평가되어야 할 인물이다.

우임금은 좋은 말(善言)을 들으면 절을 하였다고 한다. 『서경』「대우모(大禹謨)」를 보면, "우왕이 창언(昌言)에 절하였다."라는 말이 나온다. 여기서 창언은 달리 좋은 말(善言)이다. 우임금은 허물과 잘못이 있기 전에 먼저 자신을 굽혀서 사람들의 좋은 말을 받아들인 것이다. 자신의 허물을 지적받고 기쁘게 수용하는 것도 중요하지만, 그것보다 더 중요한 것은 허물을 짓지 않도록 하는 것이다. 이런 점에서 우임금의 태도는 자로보다 한 걸음 더 나간 것이라 할 수 있다.

순임금은 자로나 우임금보다도 더 위대했다. 선(善)을 남들과 함께하여 자신의 불선(不善)을 버리고 남의 선을 따랐으며, 남에게서 선을 취하여 선을 행함을 좋아하였다. 농사짓고 질그릇 굽고 고기 잡을 때로부터 황제가 될 때까지 남에게서 선을 취하지 않음이 없었다고 한다. 선을 남과 함께하였다는 것은, 천하의 선을 공적으로 하여 사사롭게 여기지 않은 것이다. 자신이 선하지 못하면 얽매이고, 인색히 하는 바가 없이 버리고 남을 따르며, 남에게 선이 있으면 억지로 힘씀을 기다림이 없이 자신에게 취하였으니, 이것은 선을 남과 함께한 것이다. 자로는 남으로부터 허물을 들으면 기뻐했고, 우임금은 남에게서 선한 말을 들으면 절을 하였는 데 반해, 순임금은 남에게서 선을 찾아서 그것을 자신의 선으로 했다. 훌륭한 지도자는 욕심을 부린다고 되는 것이 아니라 끊임없는 수행을 통해서 절로 만들어지는 것이다.

일반적으로 사람은 자신의 나은 점을 찾아서 그 나은 점을 남에게 드러내려고 한다. 반면에 자기의 허물은 보려고도 찾으려고도 하지 않으며 누군가가 자기의 허물을 말해주면 자존심 상해하고 기분 나빠한다. 선(善)도 허물도 드러낼수록 준다. 그런데 허물은 줄수록 좋은 것이고 선은 줄수록 좋지 않은 것이다. 그러니 남이 나의 허물을 말해주면 나의 허물을 없이할 수 있으니 기뻐하는 것이 맞다. 나아가 남의 좋은 점을 찾아서 나의 좋은 점으로 만드는 것은 그 무엇보다도 나를 발전하게 하는 것이다.

『예기』「곡례상」 편을 보면, '禮聞取於人 不聞取人'이라는 말이 나온다. 여기서 취인(取人)은 남의 것을 취하는 것이고, 취어인(取於人)은 남에 의해서 취해지는 것을 말한다. 힘으로 남을 강요하여 높은 자리에 올라가는 것은 취인에 해당하고, 다른 사람의 추대로 높은 자리에 올라가게 되는 것은 취어인에 해당한다. 순임금이 천자가 되어 천하에 좋은 일을 한 것은 스스로 높은 자리에 올라가서 그렇게 한 것이 아니라, 남들에 의해 추대되어 높은 자리에 올라가 그렇게 한 것이다. 순임금은 밭을 갈고 곡식을 심고 질그릇을 굽고 물고기를 잡던 시절부터 천자가 되기에 이르기까지 남들의 추대로 점점 높은 자리로 올라갔다. 순이 이렇게 된 것은 오랫동안 남의 좋은 점을 찾아서 나의 좋은 점으로 만들어간 결과이며, 그렇게 함으로써 순의 인격이 완성되어 감과 동시에 다수 사람의 마음을 알고 그들의 공통된 의지를 실현해 갔기 때문이다.

천자는 하늘이 내는 것이고 제후도 하늘이 내는 것이다. 하늘은 백성들의 공통된 마음이다. 하늘은 천자를 낼 수도 바꿀 수도 있다. 곧 백성들이 천자를 낼 수도 바꿀 수도 있다는 말이다. 대통령이나 국회의원은 하늘이 내는 것이고, 시장도 하늘이 내는 것이다. 하늘은 국민의 공통된 마음이니, 대통령도 국회의원도 시장도 국민의 마음을 잘 읽어야 한다. 국민의 마음, 그 마음에서 비롯된 국민의 공통된 의지, 무릇 지도자는 그것을 알아서 잘 실행하여야 한다. 그런데 국민의 마음은 어느 날 갑자기 읽히는 것은 아니다. 평소에 끊임없이 자신을 돌아보며 국민의 마음속에서 선한 것을 찾아서 내 것으로 만들어가야 한다. 그렇게 해야 국민의 마음을 얻을 수 있는 나의 인격이 완성되고 그 직을 제대로 해낼 수 있는 나의 능력이 갖추어지는 것이다.

지금, 대통령이 되고 싶은 사람도, 국회의원이나 시장이 되고 싶은 사람도 많다. 나는 감히 그들에게 묻고 싶다. 그대들은 그대들의 허물을 지적하는 말을 기쁘게 받아들이는가. 그대들은 다른 사람의 선한 말을 들으면 절한 적이 있는가. 그대들은 다른 사람의 선한 점을 찾아서 나의 것으로 만들려고 한 적은 있는가. 아니 그대들은 그 자리에 맞는 사람이 되기 위해 얼마만큼의 노력을 기울였는가. 그대들은 그대들이 되고 싶어서 나선 것인가? 국민이 되라고 해서 하지 아니할 수 없어서 나선 것인가? 그대들은 그 자리에 맞는 인품과 능력을 갖추었는가. 아니라면 과감히 그 자리에 오르고 싶은 마음을 버릴 수가 있는가.

통치의 근간은 세금이다

　노나라는 주나라 시대의 예법이 가장 잘 보존된 국가로 알려져 있다. 그런데 노나라의 정치는 매우 혼란스러웠다고 한다. 『사기』를 쓴 사마천이 노나라에 대해서 겉과 속이 달랐다는 식의 평가를 한 것으로 봐서 노나라 혼란의 이유를 미루어 짐작할 수 있다. 공자는 노나라의 혼란에 깊은 환멸을 느꼈다. 그는 노나라를 떠나 제나라로 가던 중 허술한 무덤 세 기 앞에서 슬피 우는 여인을 만났다. 사연을 물은즉 시아버지, 남편, 아들을 모두 호랑이가 잡아먹었다는 것이었다. 이에 공자가 "그렇다면 이곳을 떠나서 사는 것이 어떠냐?"고 묻자 여인은 "여기서 사는 것이 차라리 괜찮습니다. 다른 곳으로 가면 무거운 세금 때문에 그나마 살 수가 없습니다."라고 대답하였다. 그때 공자는 말했다. "가혹한 정치는 호랑이보다도 무섭구나."

　위의 이야기가 시사하는 바 중 하나가 세금의 무서움이다. 세금이 얼마나 무서웠으면 시아버지와 남편, 아들을 잡아먹은 호랑이보다 더 무섭다고 했을까. 예나 지금이나 동서양을 막론하고 백성을 가장 힘들게 하는 것은 세금이다. 정확하게 말하면 세금이 아니라 과도하게 많은 세금이다. 풍년이 들었어도 세금이 가혹하면 백성들은 굶주리게 된다. 임·병양란 이후 조선의 백성들을 가장 힘들게 했던 것은 전정·군정·환곡 등 이른바 삼정의 문란이다. 나쁜 관리를 일컫는 탐관오리(貪官汚吏)라는 말은 '백성의 재물을 탐내어 빼앗는, 행실이 깨끗하지 못한 관리'를 뜻한다. 탐관오리들이 백성의 재물을 빼앗는 가장 흔한 방법이 온갖 명목을 붙여 거두는 세금이다. 행실이 나쁘다는 것은 그러한 일을 한다는 것이다.

세금 없는 세상은 없다. 세금은 죽음도 피할 수 없다고 한다. 그렇다면 세금은 무조건 나쁜 것인가? 아니다. 꼭 필요한 것이다. 세금은 국가를 유지하고 국민 생활의 발전을 위해 국민들의 소득 일부분을 국가에 납부하는 돈이다. 국가는 개인의 욕구와 목표를 효율적으로 실현시킬 수 있는 가장 큰 제도적 사회조직이다. 따라서 국가는 인간 스스로가 자신을 위해서 만든 사회조직이다. 이런 조직을 유지하는 데는 돈이 필요하다. 그것이 세금이다. 그러니 세금을 내는 일은 즐거운 일일 수도 있다. 그런데 왜 세금을 내는 일이 백성의 삶을 피폐하게 하고 고통스럽게 하는 것으로 존재해 왔는가? 그것은 지나침과 형평성 결여 때문이다.

과거 사회의 세금 제도는 토지 제도와 밀접한 관련이 있다. 이 점은 『맹자』를 통해서도 알 수 있다. 『맹자』「등문공장구 상(滕文公章句 上)」에 관련 내용이 있다. 등문공이 나라를 다스리는 방법에 관해 묻자 맹자가 대답하면서 이전의 세금 제도를 언급한다.

"하나라는 세대당 전지 50묘를 주고 공법(貢法)을 행하였고, 은(또는 상)나라는 세대당 70묘를 주고 조법(助法)을 행하였으며, 주(周)나라는 세대당 100묘를 주고 철법(徹法)을 행하였는데, 실제로는 모두 10분의 1의 세금을 거둔 것입니다. 철(徹)은 힘을 합해 함께 일하고 똑같이 나눈다는 뜻이고, 조(助)는 힘을 빌려 공전(公田)을 경작한다는 뜻입니다." 용자(龍子)가 말하기를, "토지를 다스리는 데는 조법(助法)보다 좋은 것이 없고, 공법(貢法)보다 나쁜 것이 없습니다. 공(貢)이란 수년 동안의 소출 평균을 계산하여 일정액의 세금을 내게 하는 것인데, 이렇게 할 경우, 풍년에는 곡식이 넘쳐서 많이 거두어도 학정이 되지 않는데도 적게 취하게 되고, 흉년에는 토지에 거름을 내기에도 부족한데 반드시 일정액을 꼭 채워 세금을 취해 가는 일이 벌어집니다. 백성의 부모가 되어서, 백성들이 원망스러운 눈으로 일 년 내내 부지런히 노동해도 제 부모를 봉양할 수 없게 만들고, 거기다 빚까지 내서 일정액의 세금을 채워 내게 함으로써 늙은이와 어린아이들의 시체가 산골짜기에 나뒹굴게 한다면, 어떻게 백성의 부모된 삶이 있겠습니까? 녹(祿)을 주는 세록(世祿)은 등나라가 본래부터 시행하고 있습니다. 『시경』에 '우리 공전에 비가 내리니 마침내 우리 사전(私田)에 이른다'라고 하여 오직 조법(助法)에만 공전이 있는 것입니다. 이것으로 본다면 비록 주나라에는 또한 조법(助法)이 있었던 것입니다."

夏后氏五十而貢 殷人七十而助, 周人百畝而徹 其實皆什一也 徹者 徹也 助者, 藉也. 龍子曰 治地莫善於助 莫不善於貢 貢者校數歲之中以爲常 樂歲 粒米狼戾 多取之而不爲虐 則寡取之 凶年糞其田而不足 則必取盈焉 爲民父母 使民盻盻然 將終歲勤動 不得以養其父母 又稱貸而益之 使老稚轉乎溝壑 惡在其爲民父母也 夫世祿 滕固行之矣 『詩』云 '雨我公田 遂及我私 惟助爲有公田 由

此觀之 雖周亦助也
  -『맹자』「등문공장구 상」3장

맹자가 주장하는 내용은 다음과 같다. '시골에서는 9분의 1의 조법을 행한다. 성안에서는 10분의 1의 조세를 걷는다. 경(卿)과 대부(大夫), 사(士)에게는 규전(圭田) 50전을 준다. 농가의 기타 노동자에게는 25무(묘)를 준다. 사방 1리마다 우물 정 자 모양의 정전을 두어 1정 900묘 중 100묘는 공동 경작하여 그 생산량을 세금으로 내고, 나머지 800묘는 한 가구가 100묘씩 경작하여 먹고 산다'

이 정전법이 실제로 행해졌는지, 맹자가 이상화했는지는 알 수 없지만, 영향력은 확실했다. 이후로 정전법은 이상향이 되어 후대에 막대한 영향력을 미쳤다. 세금과 토지 제도에 관한 맹자의 이야기는 『맹자』「공손추장구 상」에도 나온다.

시장에서 창고의 물품에는 세금을 받지 않고 법에 따라 시장을 다스리면서도 저장된 물품에는 하지 않는다. 그렇게 하면 천하의 상인이 모두 기뻐하고 그 시장에 자기의 물품을 저장하려 한다. 국경 관문에서는 규찰은 하지만 출입세를 받지 않게 되면 천하의 여행객들이 모두 기뻐해 그길로 나서기를 원하게 된다. 경작하는 사람에게는 정전법에 따라 공전 경작을 돕게 하지만 따로 세금을 부과하지 않게 되면 천하의 농부들이 모두 기뻐하면서 그 들판에서 농사짓기를 원할 것이다. 농사짓지 않는 성안의 집에 장정 인두세와 마을 세금으로 베를 징수하지 않으면 천하의 백성 모두 기뻐하면서 그의 백성이 되기를 원하게 된다.

市廛而不征 法而不廛 則天下之商皆悅而願藏於其市矣 關譏而不
征 則天下之旅皆悅而願出於其路矣 耕者助而不稅 則天下之農皆
悅而願耕於其野矣 廛無夫里之布 則天下之民皆悅而願爲之氓矣
— 『맹자』「공손추장구 상」 5장

정전법은 땅을 9등분한 후에 중앙의 공전을 주변 8가구가 공동
으로 경작해 세금으로 바치는 것을 말한다. 농사짓지 않는 모든 사
람에게는 세금인 부(賦)가 부여되는데 이것 이외에 개개 장정에게
인두세를 추가 징수하는 것이 부포(夫布)이고 각 집에 별도의 베를
추가하는 것이 이포(里布)이다. 여기서 전(廛)은 가게나 창고의 뜻이
아닌 성안의 농사짓지 않는 집을 말한다. 세금에 관한 맹자의 이야
기를 한마디로 단정하자면, 그것은 '세금은 가능한 한 적게 거두는
것이 좋다'이다.

춘추의 설계자라고 불리는 관중의 세금에 관한 이야기도 한 번
알아볼 필요가 있다. 제환공을 패자로 만든 관중이 중시한 것은 경
제력이었다. 그의 사상은 즉 이러했다. 나라에 재화가 많으면 먼
데서도 사람들이 몰려오게 마련이다. 땅을 개간하고 개발하면 몰
려온 사람들은 머문다. 곡식 창고가 차 있으면 사람들은 예절을 안
다. 입고 먹는 것이 충족되면 사람들은 영욕을 안다. 법을 지키면
육친(六親)이 화합한다. 예의염치(禮儀廉恥), 즉 예절과 의리와 조심
함과 부끄러움이 있는 나라에서는 임금의 명령도 통한다.

여덟 집에서 세금을 내기 위하여 공동으로 경작하는 농토는 아
무래도 자기 것이 아니라고 등한히 하게 된다. 그래서 관중은 공전
제(公田制)를 폐지하고 징세제를 만들었다. 즉, 농사를 지어서 일정

한 비율의 수확을 세금으로 낸 나머지는 개인 소유로 하도록 한 것이다. 이렇게 되면 개인은 열심히 일한 만큼 자신이 갖게 되는 몫이 많아지니 모두가 노력을 기울이게 된다. 제나라의 생산성은 비약적으로 증가하게 되었고 이것이 군사력의 증강으로 나타나 제나라가 패자의 나라가 될 수 있도록 만들었다.

관중은 국가 경영에 가장 중요한 요소로 경제력을 꼽았다. 나라에 돈이 많으면 먼 데서도 사람이 몰려오고, 국민 개개인의 곡식 창고가 차면 국민이 예절과 의리를 알게 되고 통치자의 명령이 통한다고 했다. 지극히 단순한 이야기이면서도 참으로 맞는 이야기이다. 통치자가 해야 할 가장 주요한 일은 국가를 부강하게 하고 국민의 삶을 넉넉하게 하는 것이다. 우선은 국민의 먹고사는 문제를 해결해 주는 것이 가장 중요하며, 외세로부터 국가와 국민을 지켜주는 것이 다음이다. 배고픈 국민에게 무엇을 이야기한들 그것이 잘 이루어지기는 어렵다. 관중은 그것을 일찍 꿰뚫어 보았고 그것을 실천함으로써 제나라를 춘추의 패자가 되게 했고, 그 자신은 춘추의 설계자라는 칭호를 얻은 것이다.

맹자는 통치자가 현명한 관리를 등용하고, 세금을 줄여서 백성의 삶을 편안하게 해주면 이웃 나라 백성들조차도 부모처럼 그를 우러러볼 것이라고 했다. 천하에 적이 없을 것이라고도 했다. 천하에 적이 없는 사람은 하늘의 관리(天吏)이니, 그러면서도 왕 노릇 하지 못하는 사람은 없다고 했다. 맹자에게 있어서 하늘은 곧 백성이다. 따라서 하늘의 관리는 백성이 인정하는 관리이다. 백성으로부터 인정받고 지지받는 사람은 훌륭한 통치자가 될 수밖에 없다.

지난 보궐선거에서 여당이 큰 표 차이로 패했다. 선거 후 여당이 패한 이유에 대한 말들이 많다. 제기된 이유마다 나름의 의미는 있겠지만, 가장 큰 이유는 간명하다. 그것은 백성들의 삶이 어려워졌기 때문이다. 그런데도 직접세든 간접세든 세금 부담은 자꾸만 늘어났기 때문이다. 살기는 어려워졌는데도 세금은 늘어나니 누군들 좋아할 까닭이 없다. 젊은 세대는 일자리를 얻기도 어렵고 내 집 마련은 더 어려워졌기 때문이다. 그리고 공정과 형평성의 문제도 있다. 정책을 입안하고 추진하는 사람들이 그 위치를 이용하여 부를 늘리고, 상대적으로 세금은 덜 내었기 때문이다. 배고픈 사람에게 아무리 예와 의를 이야기해도 소용이 없다. 교육도 되지 않게 마련이다. 당연히 통치자를 지지하기보다는 원망하는 목소리가 높아질 것이다. 사정이 이렇다면 해결책도 분명하다. 국민의 먹고사는 일을 편안하게 해주면 된다. 무리하게 올린 세금은 줄여주면 된다. 젊은 세대의 일자리를 늘려주고, 굳이 큰 집이 아니더라도 내 집을 마련하기를 쉽게 해주면 된다. 현명한 관리를 늘리고 직위를 이용한 부정한 행위를 못 하게 하면 된다. 물론 쉽지는 않겠지만 그래도 그렇게 해야 한다.

　할 수 없는 것과 하지 않는 것은 다르다. 하기 어려운 것은 있어도 할 수 없는 것은 없다. 마음을 올바르게 먹고 그 마음의 실천을 지속하면 할 수 없는 것은 줄여나갈 수 있다. 이제라도 그랬으면 좋겠다. 말 잔치만 벌이지 말고 자신을 돌아보고 심각하게 반성하고 진정으로 국가와 국민을 위하는 올바른 마음가짐으로 일한다면 떠나간 국민의 마음은 다시 돌아오게 될 것이다. 이것은 야당도 마찬가지이다. 여당이 못해서 온 것이니 내가 잘하지 못하면 언제든 떠나가기 마련이다. 여당을 반면교사로 삼아서 딴짓하지 말고 그저 국민이 편히 먹고살 수 있는 일에 집중하여야 할 것이다. 잘하지 못해서 반대를 지지하는 나라가 아닌, 잘해서 지지하는 나라가 되었으면 좋겠다.

좋은 친구를 사귀는 법

어떤 교수님을 만났다. 자기 분야에서는 나름 실력을 인정받는 분이었다. 그분이 펴낸 저서에 담긴 내용 중 궁금했던 것을 물었다. 그분의 답변은 자기 인정 자기 칭찬이었다. 일정 부분 인정하는 부분이어서 긍정적 호응을 하면서 계속 들었다. 그분은 신나서 자신의 이야기를 계속 이어갔다. 그런데 이야기는 점점 자기 예찬으로 넘어가더니 어느 순간부터 타인 무시로 갔다. 한마디로 내가 다 했고, 내가 최고고, 나 외에는 제대로 된 학자가 없다는 말이었다.

가끔 연락을 주고받는 지인을 만났다. 이야기의 시작은 나의 힘겨운 현실에 대한 위로였다. 위로는 힘겨움을 극복한 것에 관한 것으로 이어졌다. 여기까지는 짧은 시간이었다. 이후 그의 이야기는 자기 자랑이었는데, 장황했다. 그의 이야기를 들을수록 왠지 기분이 나빠졌다. 그는 자기 자랑이 가끔은 상대방에게 불쾌하게 들릴 수도 있다는 사실을 아는지 궁금했다. 알든 모르든 그는 자기 자랑을 하기에 여념이 없었다. 상대방의 힘겨움을 위로하는 것 같은 말이지만 사실은 상대방의 힘겨움을 빌려서 자기를 자랑하는 것이다.

세미나에 초청받아 갔다. 이름만 들었던 어떤 정치인과 대화를 나눌 일이 있었다. 그분의 이야기를 듣다 보니 웬만한 일에 그분이 관여하지 않은 것이 없고, 그분의 공이 아닌 것이 없었다. 문득 드는 생각이 그분이 만능 맥가이버인가 싶었다. 그분이 자기 자신을 칭찬하면 할수록 그분에 대한 나의 호감은 떨어져만 갔다. 그분과 헤어져 나오면서 나는 그분이 더 큰 정치를 하려면 조금은 현명해졌으면 하는 생각이 들었다. 정치인에게 현명함은 사람의 마음을 얻는 것이다. 그런데 사람의 마음을 얻으려면 우선은 남을 대함에 있어서 겸손해야 하며 상대를 존중해야 한다.

공자의 언행록(言行錄)인 『논어(論語)』에 나오는 공자와 제자들의 대화 내용과 비교해 보면, 맹자의 저서인 『맹자(孟子)』에 나오는 맹자와 그 제자들의 대화 내용은 뚜렷한 차이를 보인다. 공자와 제자들의 대화 내용은 여유롭고 온화하며 넉넉하다. 공자가 제자들에게 말하는 방법 역시 직설적이기보다는 우회적이거나 간접적이다. 반면 맹자가 제자들과 나눈 대화를 보면 매우 논리적이고 날카롭다. 대화 방법 또한 공격적이고 직설적이다. 이와 같은 차이는 맹자가 다른 학파 특히 묵가나 양주와의 사상 논쟁에서 공자의 사상을 논리적·이론적으로 더욱 정교하고 치밀하게 하기 위해서였다.

어쨌든 논쟁에 능수능란하고 다분히 공격적인 대화법을 지닌 맹자였지만, 제자에 대한 사랑만큼은 여느 스승 못지않았다. 부모와 스승이 자식과 제자들을 대할 때, 가장 걱정하는 일 가운데 하나가 '좋은 친구를 사귀는 것과 나쁜 친구를 멀리하는 것'이다. 맹자는 만장에게 '친구를 사귀는 방법'에 대해 가르쳐 주었다. 만장은 맹자 제자 중 공손추와 더불어 수제자이다.

만장이 물어 말하기를, "감히 친구를 사귀는 방법에 대해 여쭙겠습니다." 했다. 그러자 맹자가 말하기를 "나이 많은 것을 내세워서는 안 되고, 지위가 귀한 것을 내세워서도 안 되며, 형제 많은 것을 뽐내지 말고 친구를 사귀어야 한다. 친구를 사귄다는 것은 그 사람의 덕을 사귀는 것이다. 자랑하고 뽐내서는 안 된다. 노나라의 맹헌자는 백승의 대부였다. 그에게는 5명의 친구가 있었다. 악정구와 목중 그리고 나머지 3명의 이름은 내가 잊어버렸다. 맹헌자가 이 5명의 친구와 사귄 이유는, 그가 자신이 지닌 부귀를 마음에 두지 않았기 때문이다. 5명의 친구 또한 맹헌자의 부귀를 마음에 두었다면 그와 더불어 사귀지 못했을 것이다. 다만 백승의 대부만 그러한 것이 아니다. 작은 나라의 군주 가운데에서도 그와 같은 사례가 있다. 비(費)나라의 혜공은 '나는 자사(子思: 공자의 손자, 맹자는 자사학파의 일원이다)를 스승으로 존경한다. 안반과는 친구로 사귄다. 왕순과 장식은 나를 섬기는 사람들이다'라고 말했다. 진(晉)나라의 평공(平公)은 해당(亥唐)을 대할 때, 해당이 들어오라면 들어가고, 앉으라고 하면 앉고, 먹으라고 하면 먹었다. 비록 거친 밥과 나물국일지라도 평공은 맛있게 먹었다. 평공은 해당과 같은 현자가 권하는데 어찌 배불리 먹지 않겠는가 하고 생각했다. 그러나 그들은 그곳에서 멈췄을 뿐이다.
그들은 하늘이 자신들에게 준 지위를 친구들과 함께 나누어 가지지 않았다. 하늘이 자신들에게 준 직분을 친구들과 함께 나누어 다스리지도 않았다. 그리고 하늘이 자신들에게 준 녹봉을 친구들과 함께 나누어 가지지도 않았다. 따라서 이것은 선비가 현자를 존경한 것이지, 임금으로서 현자를 존경한 것은 아니다. 순임금이 평민 시절 요임금을 만났을 때, 요임금은 순을 부궁(副宮)에 머무르게 하면서 가서 만나보고 혹은 향연에 부르기도 했다. 서로 빈객이 되었다가 주인이 되기도 하였다. 이것은 천자의 지위와 신분으로 필부와 사귄 것이다. 아랫사람이 윗사람을 공경하는 것을 귀귀(貴貴)라고 한다. 또 윗사람이 아랫사람을 공경하는 것을 존현(尊賢)이라고 한다. 귀귀(貴貴)와 존현(尊賢)의 뜻과 의미는 이와 같다."

萬章問曰敢問友 孟子曰不挾長 不挾貴 不挾兄弟而友 友也者 友其德也 不可以有挾也 孟獻子 百乘之家也 有友五人焉 樂正裘牧仲 其三人則子忘之矣 獻子之與此五人者 友也 無獻子之家者也 此五人者亦有獻子之家則不與之友矣 非惟百乘之家爲然也 雖小國之君亦有之 費惠公曰吾於子思則師之矣 吾於顏般則友之矣 王順長息則事我者也 非惟小國之君爲然也 雖大國之君亦有之 晉平公之於亥唐也 入云則入 坐云則坐 食云則食 雖疏食菜羹 未嘗不飽 蓋不敢不飽也 然終於此而已矣 弗與共天位也 弗與治天職也 不與食天祿也 士之尊賢者也 非王公之尊賢 舜尙見帝 帝館甥于貳室 亦饗舜 迭爲賓主 是天子而友匹夫也 用下敬上 謂之貴貴 用上敬下 謂之尊賢 貴貴尊賢 其義一也
-『맹자』「만장장구 하」

참된 벗은 자신의 신분과 지위를 자랑하거나 뽐내지 않고, 진정한 마음으로 친구를 대하는 사람이다. 맹자는 아끼는 제자 만장에게 이런 사람들과 벗하여야 한다고 가르치는 것이다. 이와 더불어 맹자는 넓은 견문과 바른 행동을 가진 사람과 사귀는 것이 중요하다는 것을 만장에게 일깨워주었다.

우리나라 사람들은 처음 만났을 때 대체로 나이를 먼저 묻는다. 나이가 많다는 게 확인되면 상대를 자기보다 어린 사람으로 보고 은근히 권위를 내세우거나 가르치려 든다. 가끔 어떤 자리에 가면, 나이를 묻고는 바로 아랫사람 대하듯이 대하는 사람을 만난다. 그런 사람에게는 마음의 문이 먼저 닫힌다. 굳이 친하려고 하는 마음이 사라진다. 물론 나이는 존중받아야 한다. 그만큼 세상을 많이 산 것이고, 많이 산 만큼의 경험이 쌓였을 것이기 때문이다. 하지만 그건 어디까지나 일정한 시간이 필요하다. 게다가 중요한 것은 나이가 어린 사람의 마음이다. 그가 상대의 나이 많음을 인정하고 존중하려는 마음을 가져야 한다. 그러니 만나자마자 나이로 사람을 대하려는 것은 잘못이다.

이런저런 모임에 가게 되면 대체로 끼리끼리 어울리는 것을 본다. 그 끼리끼리의 기준이 직위임을 알게 된다. 직위가 높은 사람은 직위가 높은 사람들하고 어울리려 하고, 직위가 낮은 사람 역시 가능하면 직위가 높은 사람과 어울리려고 한다. 직위가 낮다는 것만으로 바로 상대방을 낮게 보고 은근히 자신의 직위를 내세우거나 아닌 듯 함부로 대하는 사람도 있다. 나는 그대로의 나인데도 내 직위 여부에 따라서 다르게 대하는 사람들을 많이 본다. 그럴 때마다 나는 내심 저 사람과는 어울리지 말아야겠다고 생각한다.

"내 친구 중에 ○○○이 있어, 우리 형제 중에 ○○이 있어. 그 사람은 내가 잘 알아." 이런 말을 자주 듣는다. 잘난 주변 사람을 들먹이는 것이다. 그럼으로써 자신을 올리고 싶은 마음에서 한 말일 것이다. 내가 관심 있고 사귀고 싶은 사람은 정작 그인데 그는 자꾸 다른 사람을 들먹인다. 참다못해 관심 없다고 말해도 계속 주변 사람 이야기를 하는 삶이 있다. 그럴 때마다 내게 드는 생각은 역시 '이 사람하고는 어울리지 말아야겠다'이다. 잘난 주변 사람을 들어서 자신을 올리고 상대방을 누르려는 사람하고는 벗이 될 수가 없기 때문이다.

　사람 사귐에서 가장 중요한 것은 그 사람이 어떤 사람이냐다. 그중에서도 가장 중요한 것은 그의 인성이다. 그가 덕이 있는 사람인지 아닌지가 제일 중요하다. 덕은 옳게 하려는 마음인 의가 끊임없이 반복되어서 쌓여야만 가능하다. 덕이 꽉 찬 사람은 인하다. 인은 남과 나를 구분하지 않는다. 남과 나를 같이 여기는 마음이다. 마음속이 인이면 밖으로 표현되는 것은 절로 예이고 지이다. 예는 겸손이며 존중이다. 지는 옳고 그름을 아는 것이다. 덕이 있는 사람은 사람을 대함에 있어서 자신을 낮추고 상대방을 높이며, 옳은 사람을 사귀고 옳지 않은 사람을 경계한다. 이런 사람이라면 어찌 사귀고 싶지 않겠는가. 그런데 여기서 중요한 게 있다. 그것은 덕이 있는 사람을 사귀려면 먼저 내가 덕이 있어야 되며, 선한 사람을 사귀려면 먼저 내가 선한 사람이 되어야 한다.

　　한 지역의 선(善)한 선비만이 한 지방의 선한 선비와 사귈 수 있다. 한 나라의 선한 선비만이 한 나라의 선한 선비와 사귈 수 있다. 천하의 선한 선비만이 세상의 선한 선비와 사귈 수 있다. 만약 천하의 선한 선비들과 사귀는 일만으로 만족하지 못한다면, 나아가 옛 선인들을 논의하고 비평하면서 벗으로 사귄다. 옛 선인들이 지은 시(詩)를 읊고 문장을 읽으면서 그 사람됨을 알지 못한다면 말이 되겠는가! 따라서 그가 산 시대를 논하게 된다. 이것이 곧 위를 향해 옛사람과 사귀는 것이다.

孟子謂萬章曰一鄕之善士 斯友一鄕之善士 一國之善士 斯友一國之善士 天下之善士 斯友天下之善士 以友天下之善士 爲未足 又尙論古之人 頌其詩 讀其書 不知其人 可乎 是以論其世也 是尙友也
ㅡ『맹자』「만장장구 하」